# 昭明文选·选读

邓腾跃 / 评注

云南美术出版社

图书在版编目（CIP）数据

昭明文选·选读 / 邓腾跃评注. -- 昆明：云南美术出版社，2025.2. -- ISBN 978-7-5489-5856-7

Ⅰ.Ⅰ206.2

中国国家版本馆CIP数据核字第2024L44Y47号

责任编辑：韩　洁　　赵异宝
责任校对：贾　远　　方　帆
封面设计：熊真兴

昭明文选·选读
邓腾跃　评注

出版发行　云南美术出版社（昆明市环城西路609号）
印　　装　三河市金兆印刷装订有限公司
开　　本　710mm×1000mm　　1/16
印　　张　17.5
版　　次　2025年2月第一版
印　　次　2025年2月第一次印刷
书　　号　ISBN 978-7-5489-5856-7
定　　价　88.00元

版权所有　侵权必究

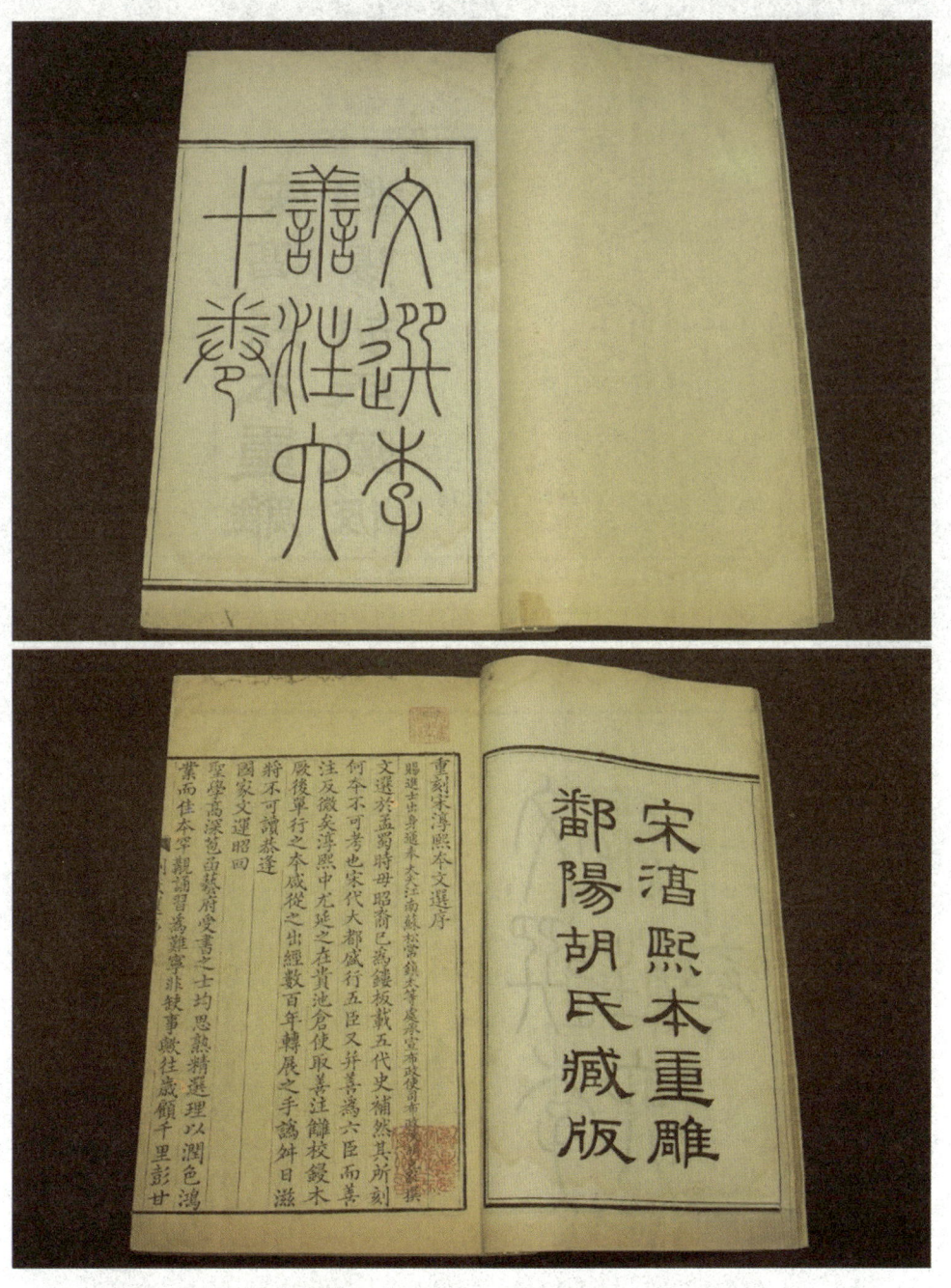

清·胡克家刻本《文选》，图片来自于二手书商。

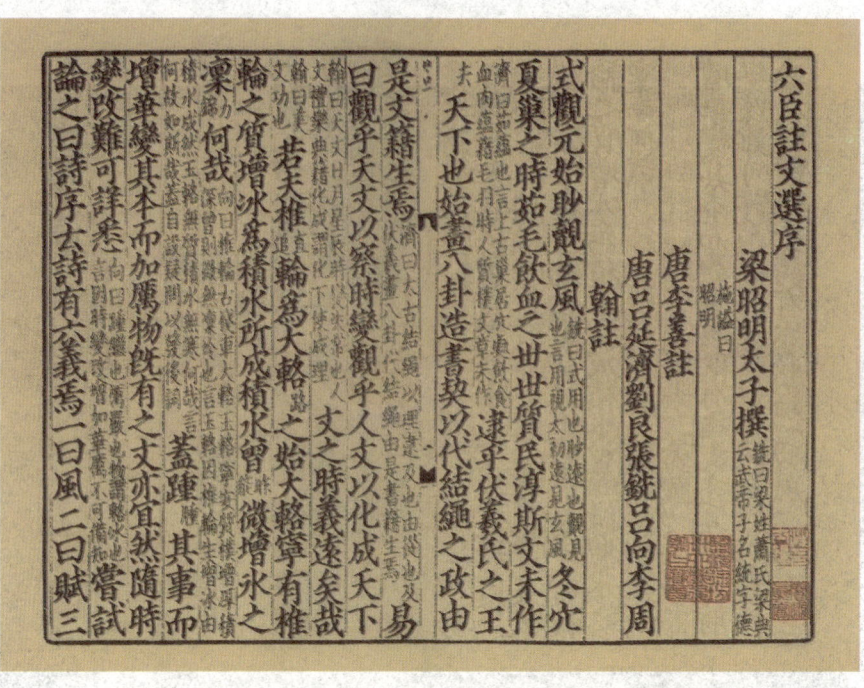

宋·建州本《六臣注文选》，图片引自"中华再造善本"。

宋·尤袤刻本李善注《文选》，图片引自"中华再造善本"。

昭明太子像，图片出自《三才图会》。

镇江市南山风景区·昭明太子读书台（赵妍冰·摄）

镇江市南山风景区·昭明馆（赵妍冰·摄）

# 序

　　笔者有幸主持了《文选古字通·合集》的研究整理工作，深感中华文化博大精深，源远流长。《昭明文选》流传较广，版本复杂。其内文章用字深奥，故又著《文选古字通·辨析》解释其中疑难字词，方便后来读者。然前两书侧重研究，不适合普通学生，为了让大家领略《昭明文选》的风采，降低阅读的门槛，享受阅读的乐趣，故又著《昭明文选·选读》。

　　陆游《老学庵笔记》中有俗语："文选烂，秀才半。"然《文选》篇幅巨大，国家图书馆出版社的《宋尤袤刻本文选》有十五本之多。吉林文史出版社的《昭明文选译注》，中华书局的《昭明文选》三全本，亦有六大本之巨。想唐诗宋词元曲都有三百首之选编本，《史记》《汉书》等正史也有今人的精选本，古代散文也有《古文观止》之类的选辑。而《文选》辞彩富丽，文句繁缛，开篇又是难度很大的汉赋，初学者往往不得其门而入，故笔者胆大妄为地推出了这个"选"中之"选"的入门读物，算是聊以自践，以飨读者。

# 本书简介

《昭明文选·选读》是选取《昭明文选》内文章的选集，主要选取大家耳熟能详的名篇佳作，本书采用新的编排方式，打破原书各种文体细类的局限，总括为文、赋两部分。古代诗歌的选本太多，故不再重复选取。本书题解、注释、点评齐备，适合广大学生阅读。对于初中、高中阶段语文教材中出现的文章，为帮助读者加强古文训练，扩充文化知识，文中皆保留古注。教材中未出现的名篇，为降低阅读难度，则用今注。

本书共分为两大部分，第一部分是文类；第二部分是赋类，其中包含"骚"类。最后的附录中还有影印本文章一篇，供大家提高古代文献阅读能力。本书难易相配，总体适中，选文韵律优美、辞藻华丽、意蕴丰富，读者看之可以享受文学之美陶冶性情，增强人文素质，提高语文成绩。

本书正文以清代胡克家刻本《文选》为底本，参考了宋代尤袤刻本《文选》，又参考了《四部丛刊》的《六臣注文选》。古注部分的底本参考本同上，但是略作删改组合，由于是文学普及类作品，故不一一标出。《文选》版本复杂，异文异体字众多，故本书与现行教材不一致之处，皆以教材为准。

由于笔者学识有限，错误在所难免，希望诸位及时指正。

# 前言

## 一、《昭明文选》与萧统

《昭明文选》是我国现存最早编选的诗文总集。它选录了先秦至南朝梁代八九百年间，七百余篇各种体裁的文学作品，涉及一百多位作者。因是梁代昭明太子萧统主持编选的，故称《昭明文选》，又简称为《文选》。由于《文选》本身所具有的特点，与同类型的其他诗文总集相比，影响更深广。唐代以诗赋取士，唐代文学又和六朝文学具有密切的继承关系，因而《文选》就成为人们学习诗赋的一种最适当的范本，甚至与经传并列。宋初承唐代制度，亦以诗赋取士，《文选》仍然是士人的必读书，甚至有"《文选》烂，秀才半"的谚语。至王安石主政，以新经学取士，此后《文选》才不再成为士人的科举读本。唐宋以及后代著名的诗文家，无一不受到这部文学总集的影响，由《昭明文选》而兴起的"选学"，更是彰显了《文选》在中国历史上的价值和地位。可以说《文选》是一座蕴含着丰富文化内涵的宝藏。

萧统（501—531）字德施，小字维摩。梁武帝萧衍长子，梁简文帝萧纲、梁元帝萧绎长兄。生于襄阳，祖籍兰陵郡兰陵县（今山东省临沂市），故史书定为南兰陵郡兰陵县人（今镇江市与常州市）。母亲为萧衍的贵嫔丁令光，又称丁贵嫔。于天监元年（502）十一月被立为太子，然英年早逝，未及即位即于中大通三年（531）三月去世，死后谥号昭明，故后世又称昭明太子。原有集，已散佚，后人辑有《昭明太子集》。他生来聪颖，三岁时受学《孝经》《论语》，五岁时便通晓《五经》。天监十四年（515）正月初一，梁武帝在太极殿前给萧统加戴太子冕。太子仪容俊美，举止优雅，读书一目数行，过目不忘。每次

游玩聚宴饯行，都赋诗达十几韵，有时还作连韵，都是略加思索挥笔便成，不做任何改动。萧统觉得做皇帝虽然尊荣至极，但是一旦逝世，涡灭无踪，只有写出好的文章才是千古之事，他性爱山水，喜欢吟咏左思《招隐诗》中"何必丝与竹，山水有清音"的名句。他决定离开建康，到镇江南郊招隐山读书撰文。这里群山环抱，树木茂密，环境极为幽静。山中修竹清泉、山花烂漫，莺歌燕语，风景十分秀丽。他在招隐寺后半山建造了两座楼台，一名读书台，一名增华阁，两座楼台之间有天桥相连。修成后，萧统将三万册图书从建康运到招隐山。他在此"历观文囿，泛览辞林。"终于编成了三十卷本的《文选》。由于注解之后文字量大增，今天见到的多为六十卷本。

## 二、《昭明文选》的选文标准

《昭明文选》的选文标准详见《文选序》，笔者在此略作介绍，主要是三个方面。魏晋南北朝是我国古代文学发展的自觉时期。随着大一统的汉王朝的覆灭，儒家诗教也结束了它的绝对统治地位。人们突破儒家诗教的束缚，对文学的探讨不断深入，萧统在这场争论中，采取折衷的态度，既反对排斥形式美的"典"，又反对一味浮艳的"丽"，他主张"丽而不浮，典而不野"。这是《昭明文选》的选文标准之一。《昭明文选》主要收录诗文辞赋，除了少数赞、论、序、述被认为是文学作品外，不收经、史、子等学术著作。《文选序》曰："事出于沉思，义归乎翰藻。"即情义与辞采内外并茂，偏于一面则不收。萧统有意识地把文学作品同学术著作、疏奏应用之文区别开来，反映了当时对文学的特征和范围的认识日趋明确。这是《昭明文选》的选文标准之二。选文作者上起子夏、屈原，下迄当时，唯不录生人。这是《昭明文选》的选文标准之三。编排的顺序是"凡次文之体，各以汇聚。诗赋体既不一，又以类分。类分之中，各以时代相次"。从分类的实际情况来看，大致划分为赋、诗、杂文三大类，又分列赋、诗、骚、七、诏、册、令、教等三十七小类。赋、诗所占比重最多，又按内容把赋分为京都、郊祀、耕籍等十五门，把诗分为补亡、述德、劝励等二十三门，这样的分类体现了萧统对文学发展、尤其是对文体分类及源流的理论观点，反映了文体辨析在当时已经非常细致。但由于分类过于繁杂，因而也遭到后世一些学者的批评。总而言之，《昭明文选》的出现打破了文学历来与经学、史学、子学的从属关系，文学有了自己独立学科的地位。

### 三、《昭明文选》主要注本与研究情况

隋、唐以来，学者文人对《文选》从各种角度作了研究，据不完全统计，今天还可以见到的专著即有九十种左右，其他散见的有关考据、训诂、评论更难数计。研治《文选》成为一种专门的学问，以致从唐初开始就有了"文选学"这一名称。首先对《昭明文选》作注释的是《昭明文选》问世六七十年后的《文选音义》，这是隋代萧统的侄子萧该对《文选》语词作的音义解释。稍后，在隋唐之际有曹宪，"文选学"的名称就见于《旧唐书·曹宪传》。这两位学者的著作都题为《文选音义》，均已亡佚。许淹、李善、公孙罗等都曾是曹宪的学生，他们都曾批注《文选》。现存最早的、影响最大的著作是唐高宗显庆（656—661）年间李善的《文选注》。李善是一位渊博的学者，号称"书麓"。他注释《文选》，用力至勤，引书近一千七百多种，前后数易其稿。高宗显庆三年（658），书成进呈。他的注释偏重于说明语源和典故，体例谨严，引证赅博，但对文义的疏通则比较忽略。凡作品有旧注而又可取者，即取旧注入书，例如《二京赋》取薛综注，屈原的作品用王逸注等等。他自己对旧注的补正，则加"善曰"以志区别。李善注的重要性不仅在于其代表了当时的研究水平，而且在于所引用的大量古籍已经亡佚，后世学者往往以它作为考证、辑佚的渊薮。《新唐书·艺文志》载有他的另一部著作《文选辨惑》十卷，已佚。

至今流传的另一种唐人注本是唐玄宗开元（713—741）年间的《五臣注文选》。所谓五臣，即工部侍郎吕延祚组织的吕延济、刘良、张铣、吕向、李周翰五人。据吕延祚在开元六年（718）的进书表中说，李善的注释只知引用过去的载籍，而没有把作品的旨趣注释清楚，因此在他的组织主持下，由吕延济等重新作注。吕延祚虽高自标榜，而五臣的学力不逮李善，书中荒陋错误之处极多，以致受到了后代许多研究者的指责。《四库全书总目》在概括叙述了前人的批评以后指出："然其疏通文义，亦间有可采。唐人著述，传世已稀，固不必竟废之也。"此外尚有唐写本《文选集注》残卷二十三卷，撰人姓名无考，书中引据，除李善、五臣注外，尚有陆善经注、《文选钞》、《文选音诀》，今皆不存。

李善注和五臣注问世以后，宋代就有人把两者合并刊刻，称"六臣注"。北宋哲宗元祐九年（1094）的秀州州学本是第一个五臣注与李善注的合并本，其后的六家注本（即五臣注在前李善注在后）如广都裴氏刻本、明州本，是此本的重刻本；又其后，六臣注本（即李善注在前五臣注在后）如赣州本、建州本，又据六家注本重刻，只不过是将五臣注与李善注的前后顺序调换了一下。

南宋孝宗淳熙年间，尤袤所刻的李善注本对后来很有影响。宋代时"文选学"已趋衰微，有关的专著大都是摘录排比辞语典故，如《文选双字类要》《文选类林》。一些比较认真的研究成果，则散见于笔记、诗话中。元代著作不多，刘履《选诗补注》较有参考价值。明代文选学成就无多，张凤翼《文选纂注》杂采前人众说，稍有可取。

清代朴学大兴，学者在经、史、子部之外，发其力于《文选》，研究专著众多。校勘、训诂类有孙志祖《文选考异》《文选李注补正》，胡克家《文选考异》，许巽行《文选笔记》，胡绍煐《文选笺证》，梁章钜《文选旁证》；笔记、点评类有何焯《义门读书记》，顾炎武《日知录》，于光华《重订昭明文选集评》，方廷珪《文选集成》；综合类有汪师韩《文选理学权舆》，孙志祖《文选理学权舆补》，张云璈《选学胶言》，朱珔《文选集释》；语言、文字类有薛传均《文选古字通·疏证》，吕锦文《文选古字通·补训》《文选古字通·拾遗》，杜宗玉《文选通假字会》。

清嘉庆年间，胡克家重雕宋代尤袤本，又据宋代吴郡袁氏、茶陵陈氏所刻六臣本以校刊异同，写成《考异》十卷。以后的传本多以胡本为底本，如中华书局影印本，中华书局《昭明文选》三全本，上海古籍点校本，吉林文史《昭明文选译注》等。今人常见的电子本多为胡克家本与《四部丛刊》本。

## 四、《昭明文选》的阅读

《昭明文选》的大名虽早有耳闻，可惜笔者少年时学力不逮，又无名师指导，直到三十岁时方能独立阅读宋刻本。《文选》这部书实在是太大了太难了，推荐给学生显然不合适，但我读得挺爽，也想让大家一睹为快，故有了今天这本《昭明文选·选读》。大家在阅读时要能沉下心来，遇到理解困难的地方多多思考，广泛查询资料。实在理解不了还可以问我,我会讲到你理解为止。

  白云出岫先生朗读的《昭明文选》音频已登陆喜马拉雅 APP,可与本书配合使用。部分《文选》中的经典作品,网络上有讲解课程,我之后也会上传讲课视频及朗读音频。

# 目录

**第一部分：文** ································· 001

汉武帝诏两篇 ······························· 002
    诏 ········································· 002
    贤良诏 ·································· 003
傅亮教两篇 ································· 005
    为宋公修张良庙教 ·················· 005
    为宋公修楚元王墓教 ··············· 006
荐祢衡表 ···································· 008
出师表 ······································· 012
陈情事表 ···································· 017
上书秦始皇 ································· 022
报任少卿书（节选） ···················· 028
报孙会宗书 ································· 033
为曹公作书与孙权 ······················· 036
与山巨源绝交书 ·························· 044
与陈伯之书 ································· 052
北山移文 ···································· 058
为袁绍檄豫州 ····························· 064
对楚王问 ···································· 073
秋风辞并序 ································· 076
归去来并序 ································· 078

| 毛诗序 | 083 |
|---|---|
| 思归引序 | 089 |
| 三月三日曲水诗序 | 091 |
| 酒德颂 | 098 |
| 宋书·谢灵运传论 | 100 |
| 过秦论 | 105 |
| 典论·论文 | 113 |
| 女史箴 | 116 |
| 封燕然山铭并序 | 120 |
| 座右铭 | 124 |
| 夏侯常侍诔并序 | 126 |
| 陈太丘碑文并序 | 131 |
| 吊屈原文并序 | 137 |

## 第二部分：赋 …………………………… 141

| 登楼赋 | 142 |
|---|---|
| 游天台山赋并序 | 146 |
| 芜城赋 | 154 |
| 风赋 | 159 |
| 雪赋 | 163 |
| 月赋 | 169 |
| 鵩鸟赋并序 | 174 |
| 归田赋 | 179 |
| 长门赋并序 | 182 |
| 恨赋 | 188 |
| 别赋 | 193 |
| 高唐赋并序 | 200 |
| 神女赋并序 | 209 |

洛神赋并序 ·············································· 215
离骚经（节选）········································· 223
九歌六首 ··············································· 231
　东皇太一 ············································ 231
　云中君 ·············································· 232
　湘君 ················································ 233
　湘夫人 ·············································· 235
　少司命 ·············································· 237
　山鬼 ················································ 238
渔父 ···················································· 240

**附录** ················································· 244

**主要参考文献** ········································ 257

**后记** ················································· 259

# 第一部分：文

# 汉武帝诏两篇

刘彻

## 【题解】

刘彻（前156—前87）谥号孝武皇帝，庙号世宗，史称汉武帝。汉景帝之子，西汉第七位皇帝。他在位五十四年，承文景之业，对内实行政治经济改革，对外用兵，开拓疆土。尊儒术，倡仁义，而罢黜百家，建太学，置五经博士。是杰出的政治家、军事家、战略家、文学家。

诏是皇帝下的公文。吕向曰："诏，照也。天子出言如日之照于天下也。"如下两诏表现了武帝求贤若渴的心态。第一诏下自武帝元封五年（前106）冬，据《汉书·武帝纪》云："初置刺史部十三州，名臣文武欲尽。"由此，可窥见下此诏的背景。第二诏下自元光元年（前134）五月。《汉书·东方朔传》云："武帝初即位，征天下举方正贤良文学材力之士，待以不次之位，四方士多上书言得失，自炫者以千数，其不足采者辄报闻罢。"此诏下后董仲舒、公孙弘等皆出焉。

## 诏

诏曰：盖有非常之功，必待非常之人。故马或奔踶[1]而致千里，士或有负俗之累而立功名[2]。夫泛驾之马、跅弛之士[3]，亦在御之而已。其令州县，察吏民有茂才异等，可为将相及使绝国者[4]。

【注释】

〔1〕踶（dì）：踢。

〔2〕负俗：背离世俗之见。谓被世人讥论。累（lèi）：过失。

〔3〕泛驾：颜师古曰："言马有逸气而不循轨辙也。泛，覆也。"跅（tuò）弛：言放荡不循规矩。

〔4〕茂才：应劭曰："旧言秀才，避光武讳，改称茂才。"异等：应劭曰："越等轶群，不与凡同也。"使：出使。绝国：绝远之国，边远之国。

## 贤良诏

朕闻昔在唐虞，画象而民不犯[1]。日月所烛，罔不率俾[2]。周之成康，刑措不用，德及鸟兽；教通四海，海外肃慎。北发渠搜，氐羌来服[3]。星辰不孛[4]，日月不蚀，山陵不崩，川谷不塞。麟凤在郊薮，河洛出图书。呜呼！何施而臻此乎？

今朕获奉宗庙[5]，夙兴以求，夜寐以思，若涉渊水，未知所济。猗欤伟欤[6]！何行而可以彰先帝之洪业休德？上参尧舜，下配三王，朕之不敏，不能远德，此子大夫之所睹闻也。贤良明于古今王事之体，受策察问，咸以书对。著之于篇，朕亲览焉。

【注释】

〔1〕画象而民不犯：应劭曰："二帝但画衣冠章服，而民不敢犯也。"善引《尚书大传》曰："唐、虞象刑而民不敢犯。"

〔2〕罔不率俾：言皆听从指挥。俾，使也。

〔3〕肃慎、渠搜、氐羌：皆古国名。

〔4〕孛（bèi）：指彗星，古人认为有彗星不吉利。

〔5〕获奉宗庙：指继承大统，即当皇帝。

〔6〕猗欤伟欤：美哉大哉。

**【点评】**

两诏态度谦虚诚恳，语言质朴无华。体现了汉武帝效古之圣王，欲有所作为的决心。

人才个性鲜明，不循规蹈矩有"负俗之累"，我们不能以世俗的眼光看待人才。人才难得，得人才者得天下。汉武帝任人唯贤，故能成就一番大业。

# 傅亮教两篇

傅亮

## 【题解】

傅亮（374—426）字季友，北地郡灵州县（今陕西省耀县）人。南朝宋开国功臣，西晋司隶校尉傅玄的玄孙。沈约《宋书》曰："亮，博涉文史，尤善文辞。初为建威参军，稍迁至散骑常侍。后太祖收亮付廷尉，伏诛。"

裴子野《宋略》曰："义熙十三年，高祖北伐，大军次留城，令修张良庙。"李周翰曰："宋公，谓宋高祖刘裕也，晋封宋公。时北伐过彭城，修张良庙，乃下此教。秦法：诸公、王称教。教者，教示于人也。"

楚元王刘交，汉高祖异母弟。封于楚，谥曰元。宋公刘裕是其后人，故修治其墓，歌颂其功德，比之于周公。

## 为宋公修张良庙教

纲纪[1]：夫盛德不泯，义存祀典；微管之叹，抚事弥深。张子房道亚黄中[2]，照邻殆庶，风云玄感，蔚为帝师[3]，夷项定汉，大拯横流。固已参轨伊、望[4]，冠德如仁。若乃交神圯上，道契商洛[5]，显默之际，窅然难究[6]，渊流浩瀁[7]，莫测其端矣。

途次旧沛，伫驾留城[8]，灵庙荒顿，遗像陈昧，抚事怀人，永叹实深。过大梁者，或伫想于夷门[9]；游九京者，亦流连于随会[10]。拟之若人，亦足以云[11]。可改构栋宇，修饰丹青。苹蘩行潦，以时致荐[12]。抒怀古之情，存不刊之烈[13]。主者施行。

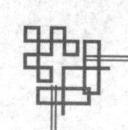

## 【注释】

〔1〕纲纪：善注曰："谓主簿也。教，主簿宣之，故曰纲纪。"

〔2〕黄中：《周易·坤》："君子黄中通理，正位居体，美在其中，而畅于四支，发于事业，美之至也。"朱熹注："黄中，言中得在内。"黄，为中和之色，以喻内德之美。道亚：言张良之德行勋业仅次于《周易·坤》之黄中。

〔3〕蔚：盛。帝师：指为汉高祖刘邦师。

〔4〕伊、望：伊尹、吕尚。

〔5〕商洛：即商山四皓，名东园公、绮里季、夏黄公、甪（lù）里先生。

〔6〕窅（yǎo）然：深远貌。

〔7〕浩瀁（yǎng）：广大无边貌。

〔8〕途次旧沛，伫驾留城：次，停留。留城是张良封地，在沛国境内。

〔9〕过大梁者，或伫想于夷门：《史记·魏公子列传》载，魏有隐士曰侯嬴，年七十，家贫。为大梁夷门监者，太史公过，见梁之虚，求问其所谓夷门者。夷门，城之东门。

〔10〕游九京者，亦流连于随会：九京，五臣本作"九原"，是。《礼记·檀弓》曰："赵文子与叔誉观乎九原。文子曰：'死而可作，吾谁与归？'叔誉曰：'其阳处父乎？'……文子曰：'利其君不忘其身，谋其身不遗其友。'"郑玄曰："武子，士会也，食邑于随。"

〔11〕拟之若人，亦足以云：指他们不足以与张良比较。

〔12〕苹蘩行潦，以时致荐：吕延济注曰："言守以忠信，虽物之微可时荐祀也。"腾跃案：苹蘩指两种水藻，行潦指沟中积水。此与太牢和旨酒对比是微贱的。

〔13〕不刊：不可更改，不可磨灭。刊，《说文》本义是"剟（duō）"，颜师古《汉书注》曰："剟，削也。"古人用竹简写字，削剟即是修改。


## 为宋公修楚元王墓教

纲纪：夫褒贤崇德，千载弥光。尊本敬始，义隆自远[1]。楚元王积仁基德，启藩斯境。素风道业，作范后昆[2]。本支之祚[3]，实隆鄙宗；遗芳余烈，奋乎百世。而丘封翳然，坟茔莫翦[4]。感远存往，慨然永怀。夫爱人怀树，甘棠且犹勿翦[5]；追甄墟墓，信陵尚或不泯[6]。况瓜瓞所兴，开元自本者乎[7]！可蠲复近墓五家[8]，长给洒扫。便可施行。

【注释】

〔1〕义隆：谓意义重大。

〔2〕作范后昆：垂范后人。《尔雅·释言》曰："昆，后也。"

〔3〕本支之祚：本指刘邦一脉，支指楚元王一脉。祚，福。

〔4〕而丘封翳然，坟茔莫翦：此句言墓地无人看管。

〔5〕甘棠：《诗经·甘棠》："蔽芾甘棠，勿翦勿伐。"毛序曰："《甘棠》，美召伯也。"相传召伯曾在甘棠树下听讼决狱，公正无私。后人思其德美，爱其树而不敢伐。

〔6〕信陵：指信陵君魏公子无忌。《汉书·高祖纪》诏曰："秦始皇守冢三十家，魏公子无忌五家也。"

〔7〕瓜瓞（dié）：谓召伯、信陵尚且如此，况我与元王，如瓜蔓所起相连，皆开源自彭城。瓜瓞，《诗经·大雅·绵》："绵绵瓜瓞，民之初生。"孔疏："大者曰瓜，小者曰瓞；而瓜蔓近本之瓜必小于先岁之大瓜。"

〔8〕蠲（juān）：通"捐"，除去。复：免除赋税或劳役。

【点评】

张良有辅弼之功，元王有周公之亲、周公之贤。宋公修张良庙、修楚元王墓，可见其重贤重亲。无贤则业不立，无亲则家不成。前人论文，过重于元王之亲，而忽视其贤。笔者认为元王集亲、贤于一体，有如周公，故宋公重修其墓，追甄其功。

如今社会百业俱兴、尊贤重教，前贤皆"不泯"，这样的现象值得我们高兴。

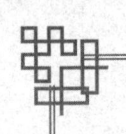

# 荐祢衡表

孔融

【题解】

孔融（153—208）字文举，鲁国（今山东曲阜一带）人。"建安七子"之一。为孔子的二十世孙。《后汉书》曰："幼有异才，性好学，举高第，拜御史，历官至将作大匠，迁少府。曹操既积嫌忌，奏诛之。下狱弃市。"《后汉书》又曰："祢衡，字正平，平原人也。少有才辩而尚气傲。"《荐祢衡表》作于汉献帝初平三年（192），表面上是孔融向汉献帝推荐祢衡，实际是向当权者曹操推荐。

表，是古代下向上奏事的一种文体，多用于陈述衷情。《文选》李善注云："表者，明也，标也，如物之标表。言标著事序，使之明白，以晓主上，得尽其忠曰表。"

臣闻洪水横流，帝思俾乂[1]，旁求四方，以招贤俊。昔世宗继统[2]，将弘祖业，畴咨熙载[3]，群士响臻。陛下睿圣，纂承基绪，遭遇厄运[4]，劳谦日昃。维岳降神[5]，异人并出。

窃见处士平原祢衡，年二十四，字正平，淑质贞亮，英才卓跞。初涉艺文，升堂睹奥[6]，目所一见，辄诵于口，耳所暂闻，不忘于心，性与道合，思若有神。弘羊潜计，安世默识[7]，以衡准之，诚不足怪。忠果正直，志怀霜雪，见善若惊，疾恶若仇。任座抗行[8]，史鱼厉节[9]，殆无以过也。鸷鸟累百，不如一鹗[10]。使衡立朝，必有可观。飞辩骋辞，溢气坌涌[11]，解疑释结，临敌有余。

昔贾谊求试属国，诡系单于[12]；终军欲以长缨，牵致劲越[13]。弱冠慷慨，前代美之。近日路粹、严象[14]，亦用异才，擢拜台郎，衡宜与为比。如得龙跃天衢，振翼云汉，扬声紫微，垂光虹霓，足以昭近署之多士，增四门之穆穆[15]。钧天广乐[16]，必有奇丽之观；帝室皇居，必畜非常之宝。若衡等辈，不可多得。《激楚》《阳阿》[17]，至妙之容，掌技者之所贪；飞兔、腰褭[18]，绝足奔放，良、乐[19]之所急也。臣等区区，敢不以闻。

陛下笃慎取士，必须效试，乞令衡以褐衣召见。无可观采，臣等受面欺之罪。

## 【注释】

〔1〕帝思俾乂（bì yì）：《孟子》曰："当尧之时，天下犹未平，洪水横流，泛滥于天下。"《尚书》曰："汤汤洪水方割，有能俾乂。"孔安国曰："俾，使也。乂，治也。"

〔2〕世宗：汉孝武帝刘彻庙号。

〔3〕畴咨熙载：问询群臣谁能助其弘扬帝业。畴，谁。咨，语助词。熙，兴盛。载，事业。

〔4〕遭遇厄运：指宦官专权、黄巾起义、董卓作乱、汉少帝被废、曹操霸权等一系列事件。

〔5〕维岳降神：善引《毛诗》曰："维岳降神，生甫及申。"腾跃案：此《大雅·嵩高》之文。甫，甫侯。申，申伯。皆为周宣王重臣。后以"维岳降神"暗指贤才出世。

〔6〕升堂睹奥：同登堂入室。《论语·先进》："由也升堂矣，未入于室也。"奥，《尔雅》曰："室西南隅谓之奥。"此亦有高深之意。

〔7〕弘羊潜计，安世默识（zhì）：弘羊，西汉政治家桑弘羊。《汉书·食货志》曰："弘羊，洛阳贾人之子，以心计，年十三侍中。"安世，张安世。据《汉书·张汤传》曰："安世，字子孺，少以父任为郎。上行幸河东，尝亡书三箧。诏问莫能知，唯安世识之，具作其事。后购求得书以相校，无所遗失。"默识，心记。

〔8〕任座抗行：《吕氏春秋·不苟论》："魏文侯饮，问诸大夫曰：'寡人何如主也？'任座曰：'君，不肖君也。克中山，不以封君之弟，而以封君之子，是以知君不肖君也。'文侯不悦。"抗行，高尚的行为。

〔9〕史鱼厉节：《论语·卫灵公》："子曰：'直哉史鱼，邦有道如矢，

邦无道如矢。'"史，官名。鱼，卫大夫，名鳝。如矢，言其直。朱熹注曰："史鱼自以不能进贤退不肖，既死犹以尸谏，故夫子称其直。"厉节，崇高的节操。

〔11〕鸷（zhì）鸟累百，不如一鹗（è）：鸷鸟，击杀鸟雀的猛禽，喻普通人。鹗，俗称鱼鹰，古称雎鸠，喻贤才。此句意思是，一百个普通人比不上一个有才能的人。

〔11〕坌（bèn）涌：喷涌。坌，涌貌。

〔12〕昔贾谊求试属国，诡系单于：《汉书·贾谊传》："陛下何不试以臣为属国之官，以主匈奴？行臣之计，请必系单于之颈而制其命。"属国，典属国，官名，掌管与少数民族往来的事务。诡，李善引《说文》曰："责也。"腾跃案：此处指"任务是"。

〔13〕终军欲以长缨，牵致劲越：《汉书·终军传》："南越与汉和亲，乃遣终军使南越说其王，欲令入朝，比内诸侯。军自请愿受长缨，必羁南越王而致之阙下。"终军，字子云，济南人。少以辩博能文闻于郡中。武帝时官谏议大夫。

〔14〕路粹、严象：路粹，汉末人，字文蔚。少学于蔡邕，高才，擢拜尚书郎，后为军谋祭酒。严象，汉末京兆人。与路粹同拜尚书郎。后以兼有文武，出为扬州刺史。

〔15〕穆穆：恭敬，肃敬。《尚书·舜典》："宾于四门，四门穆穆。"

〔16〕钧天广乐：指天上的仙乐。《史记·赵世家》赵简子语大夫曰："我之帝所甚乐，与百神游于钧天，广乐九奏万舞，不类三代之乐，其声动人心。"

〔17〕《激楚》《阳阿》：皆古代高雅乐曲。又李善注引王逸曰："激楚，清声也。"

〔18〕飞兔、騕褭（yǎoniǎo）：皆骏马名。

〔19〕良乐：良，王良，春秋时晋国大夫。乐，伯乐，春秋秦穆公时人。皆善于相马。

【点评】

"世有伯乐，而后有千里马。"司徒王允推荐孔融，孔融又推荐祢衡，真是英雄知英雄。表中以把祢衡与从前的贤相桑弘羊、张安世，少年有为的贾谊、终军，当今的异才路粹、严象等人物相比，认为祢衡同样是贤俊之材。如以他善良的品质，高洁的志向，疾恶如仇的行为，言辞飞驰的才辩，使之立于朝廷，必能有所作为。可惜后来黄祖杀之，时年二十六，未能建功立业。本文气势通畅，感情抑扬往复，体现了建安时期所特有的慷慨之气与作者本人清高、俊逸的个性。刘勰《文心雕龙》评价为："气盛于为笔。"又引刘桢评价为："笔墨之情殆不可胜。"

# 出师表

诸葛亮

【题解】

诸葛亮（181—234）字孔明，琅琊阳都（今山东沂南）人。三国时著名军事家、政治家。蜀汉建兴五年（227），诸葛亮出师北伐，临行时写此奏表给刘禅。本篇最初见于《三国志·蜀书·诸葛亮传》，原无篇名，篇名为萧统编《文选》时所加。因建兴六年（228）诸葛亮率军出散关前，又给刘禅上一表，故此表称《前出师表》。又上之表称《后出师表》。

本文收录于人教版教科书，难度较低。为让读者习惯古籍阅读，故采用古注，补充部分用案语。胡克家本《文选》下附《考异》内容，专业性太强，本《选》不载。为阅读方便，再加无注原文。

臣亮言：先帝创业未半而中道崩殂。今天下三分，益州罢弊，此诚危急存亡之秋也。然侍卫之臣不懈于内，忠志之士忘身于外者，盖追先帝之遇，欲报之于陛下也。诚宜开张圣听，以光先帝遗德，恢志士之气，不宜妄自菲薄，引喻失义，以塞忠谏之路也。

宫中府中，俱为一体，陟罚臧否，不宜异同。若有作奸犯科及为忠善者，宜付有司，论其刑赏，以昭陛下平明之理，不宜偏私，使内外异法也。侍中侍郎郭攸之、费祎、董允等，此皆良实，志虑忠纯，是以先帝简拔以遗陛下。愚以为宫中之事，事无大小，悉以咨之，然后施行，必能裨补阙漏，有所广益也。将军向宠，性行淑均，晓畅军事，试用于昔日，先帝称之曰能，是以众议举宠为督。愚以为营中之事，悉以咨之，必能使行阵和穆，优劣得所也。亲贤臣，远小人，此先汉所以兴隆也；亲小人，远贤士，此后汉所以倾颓也。先帝在时，每与臣论此事，未尝不叹息痛恨于桓、灵也。侍中、尚书、长史、参军，此悉贞亮死节之臣也，愿陛下亲之信之，则汉室之隆，可计日而待也。

臣本布衣，躬耕于南阳，苟全性命于乱世，不求闻达于诸侯。先帝不以臣卑鄙，猥自枉屈，三顾臣于草庐之中，咨臣以当世之事。由是感激，遂许先帝以驱驰。后值倾覆，受任于败军之际，奉命于危难之间，尔来二十有一年矣。先帝知臣谨慎，故临崩寄臣以大事也。受命以来，夙夜忧叹，恐托付不效，以伤先帝之明。故五月度泸，深入不毛。今南方已定，兵甲已足，当奖帅三军，北定中原。庶竭驽钝，攘除奸凶，兴复汉室，还于旧都。此臣之所以报先帝而忠陛下之职分也。至于斟酌损益，进尽忠言，则攸之、祎、允之任也。

愿陛下托臣以讨贼兴复之效，不效则治臣之罪，以告先帝之灵。责攸之、祎、允等咎，以章其慢。陛下亦宜自课，以咨诹善道，察纳雅言，深追先帝遗诏。臣不胜受恩感激！今当远离，临表涕泣，不知所云。

# 出师表

〔《蜀志》曰:"建兴五年,亮率军北驻汉中,临发上疏。"腾跃案:此为题解。《蜀志》即《三国志·蜀志》,疏即表。〕

诸葛孔明〔《蜀志》云:"诸葛亮,字孔明,琅邪人也。时先主屯新野,徐庶谓先主曰:'诸葛孔明乃卧龙也,将军岂欲见之乎?'先主遂诣见之。及即帝位,拜为丞相。后主即位十二年卒。"腾跃案:此为作者小传。琅邪即琅琊。〕

臣亮言:先帝创业未半而中道崩殂。〔《孟子》曰:"君子创业垂统。"〕今天下三分,益州罢弊,此诚危急存亡之秋也。〔岁以秋为功毕,故以喻时之要也。冯衍《与田邑书》曰:"忠臣立功之日,志士驰马之秋。"腾跃案:罢与疲古字通。〕然侍卫之臣不懈于内,忠志之士,忘身于外者,〔腾跃案:原作"亡",《三国志》本传作"忘",胡克家《文选考异》皆同,教材从之。故改。〕盖追先帝之遇,欲报之于陛下也。〔遇,谓以恩相接也。《史记》豫让曰:"以国士遇我。"腾跃案:人教版作"殊遇"。李善注潘岳《怀旧赋》引《史记》豫让曰:"智伯以国士遇我,我故以国士报之。"〕诚宜开张圣听,以光先帝遗德,恢志士之气,〔《汉书》谷永上书曰:"王法纳乎圣听。"《庄子》盗跖曰:"此父母之遗德也。"腾跃案:人教版作"恢弘"。〕不宜妄自菲薄,引喻失义,以塞忠谏之路也。〔《方言》曰:"菲,薄也。"郭璞曰:"微,薄也。"〕

宫中府中,俱为一体,陟罚臧否,不宜异同。〔《毛诗》曰:"呜呼小子,未知臧否?"何休《公羊传注》曰:"否,不也。"〕若有作奸犯科,及为忠善者,宜付有司,论其刑赏,以昭陛下平明之理,不宜偏私,使内外异法也。侍中、侍郎郭攸之、费祎、董允等,〔《楚国先贤传》曰:"郭攸之,南阳人,以器业知名。"《蜀志》曰:"费祎,字文伟,江夏人也。"后主袭位,亮上疏曰："侍中郭攸之、费祎。"然攸之与祎，俱为侍中。又曰："董允，字休昭，后主袭位，迁黄门侍郎。"〕此皆良实，志虑忠纯，是以先帝简拔，以遗陛下。愚以为宫中之事，事无大小，悉以咨之，然后施行，必能裨补缺漏，有所广益也。将军向宠，〔《蜀志》曰："向宠，襄阳人也。建兴元年，为中部督，典宿卫兵，迁中领军。"〕性行淑均，晓畅军事，〔《广雅》曰："畅，达也。"〕试用于昔日，先帝称之曰能，是以众议举宠为督。愚以为营中之事，悉以咨之，必能使行阵和穆，〔腾跃案：人教版作"睦"。穆与睦古字通。〕优劣得所也。亲贤臣，远小人，此先汉所以兴隆也；亲小人，远贤士，此后汉所以倾颓也。先帝在时，每与臣论此事，未尝不叹息痛恨于桓、灵也。〔桓、灵，后汉二帝，用阉竖所败也。〕侍中、尚书、长史、参军，此悉贞亮死节之臣也，〔《蜀志》曰："建兴二年，陈震拜尚书。"又曰："诸葛亮出驻汉中，张裔领留府长史。"又曰："蒋琬迁参军，统留府事。"〕愿陛下亲之信之，则汉室之隆，可计日而待也。

　　臣本布衣，躬耕于南阳，〔《说苑》唐且谓秦王曰："王闻布衣之士怒乎？"腾跃案：唐且即唐雎。〕苟全性命于乱世，不求闻达于诸侯。〔《论语》子张曰："在邦必闻。"又孔子曰："在邦必达。"〕先帝不以臣卑鄙，猥自枉屈，〔猥，犹曲也。言己曲蒙先帝自枉屈而来也。〕三顾臣于草庐之中，咨臣以当世之事。〔《汉晋春秋》曰："诸葛亮家于南阳之邓县。"《荆州图副》曰："邓城旧县西南一里，隔沔有诸葛亮宅，是刘备三顾处。"刘歆《七言诗》曰："结构野草起室庐。"〕由是感激，遂许先帝以驱驰。〔赵岐《孟子章指》曰："千载闻之，犹有感激也。"腾跃案：岐注《孟子》，每章之后，各附以说，标为章指。〕后值倾覆，受任于败军之际，奉命于危难之间，尔来二十有一年矣。〔裴松之《蜀志注》案曰："刘备以建安十三年败，遣亮使吴，亮以建兴五年抗表北伐，自倾覆至此整二十年。然则备始与亮相遇在军败前一年也。"〕先帝知臣谨慎，故临崩寄臣以大事也。〔《蜀志》曰："先主于永安病笃，召亮成都，属以后事，谓亮曰：'君才十倍曹丕，必能安国，终定大业。若嗣子可辅，辅之；如其不才，君可自取。'亮涕泣曰：'臣敢竭股肱之力，效忠贞之节，继之以死。'"〕受命以来，夙夜忧叹，恐托付不效，以伤先帝之明。故五月度泸，深入不毛。〔《蜀志》曰："建兴元年，南中诸部并皆叛乱。三年春，亮

率众征之,其秋悉平。"《汉书》曰:"泸水出牂柯郡句町县。"《史记》郑襄公曰:"君王锡不毛之地,使复得改事君王。"何休曰:"境埆不生五谷曰不毛。"腾跃案:泸,水名。即如今的金沙江。境埆(qiāoquè)指土地贫瘠。度与渡古字通。〕今南方已定,兵甲已足,当奖帅三军,北定中原。〔《尔雅》曰:"奖,劝也。"人教版"帅"作"率"。〕庶竭驽钝,攘除奸凶,〔《广雅》曰:"驽,骀也。"谓马迟钝者。《毛苌诗传》曰:"攘,除也。"〕兴复汉室,还于旧都。此臣之所以报先帝,而忠陛下之职分也。至于斟酌损益,进尽忠言,则攸之、祎、允之任也。

愿陛下托臣以讨贼兴复之效;不效,则治臣之罪,以告先帝之灵。责攸之、祎、允等咎,以章其慢。〔《蜀志》载亮《表》云:"若无兴德之言,则戮允等以章其慢。"今此无上六字,于义有缺,误矣。腾跃案:人教版作"若无兴德之言,则责攸之、祎、允等之慢,以彰其咎"。章与彰古字通。彰,表明;显扬。〕陛下亦宜自课,以咨诹善道,察纳雅言,深追先帝遗诏。〔王逸《楚辞注》曰:"课,试也。"《毛诗》曰:"载驰载驱,周爰咨诹。"毛苌曰:"访问于善为咨,咨事为诹。"《论语》曰:"子所雅言。"《南都赋》曰:"奉先帝而追孝。"腾跃案:"课"人教版作"谋"。〕臣不胜受恩感激!今当远离,临表涕泣,不知所云。

## 【点评】

"不宜异同""不宜偏私"是教育工作者必备的素质,"亲贤臣,远小人"是教育工作者必讲的道理。本文还有许多有教育意义的词句。这是一篇教人做"人"的文章。杜甫用"三顾频繁天下计,两朝开济老臣心",高度地概括了孔明一生的功业。孔明一生行事的准则又高度概括于这篇文章中。

本文词情恳挚,肝胆照人。刘勰在《文心雕龙·章表》中说:"孔明之辞后主,志尽文畅。"陆游赞曰:"出师一表真名世,千载谁堪伯仲间!"文天祥赞曰:"或为《出师表》,鬼神泣壮烈。"

# 陈情事表

李密

## 【题解】

李密（224—287）又名宓，一名虔，字令伯。西晋犍为武阳（今四川彭山县）人。从师著名学者谯周，博览五经，尤好《左传》。曾任西蜀尚书郎。晋灭蜀后，武帝司马炎征为太子洗马，诏书累下，郡县逼迫，故密不得已而上《陈情事表》。武帝览其表曰："密不空有名者也。"嘉其诚款，赐奴婢二人，使郡县供其祖母奉膳。祖母卒，服终（服孝期满），徙尚书郎，为河内温令，左迁汉中太守。后因赋诗得罪晋武帝，被免官。

本文后代一般叫《陈情表》，今各版教材皆从之。

  臣密言：臣以险衅，夙遭闵凶。生孩六月，慈父见背。行年四岁，舅夺母志。祖母刘，愍臣孤弱，躬亲抚养。臣少多疾病，九岁不行，零丁孤苦，至于成立。既无伯叔，终鲜兄弟；门衰祚薄，晚有儿息。外无期功强近之亲，内无应门五尺之僮；茕茕独立，形影相吊。而刘夙婴疾病，常在床蓐；臣侍汤药，未曾废离。

  逮奉圣朝，沐浴清化。前太守臣逵察臣孝廉，后刺史臣荣举臣秀才。臣以供养无主，辞不赴命。诏书特下，拜臣郎中，寻蒙国恩，除臣洗马。猥以微贱，当侍东宫，非臣陨首所能上报。臣具以表闻，辞不就职。诏书切峻，责臣逋慢。郡县逼迫，催臣上道；州司临门，急于星火。臣欲奉诏奔驰，则刘病日笃；欲苟顺私情，则告诉不许。臣之进退，实为狼狈。

  伏惟圣朝以孝治天下，凡在故老，犹蒙矜育，况臣孤苦，特为尤甚。且臣少仕伪朝，历职郎署；本图宦达，不矜名节。今臣亡国贱俘，至微至陋，过蒙拔擢，宠命优渥，岂敢盘桓，有所希冀！但以刘日薄西山，气息奄奄，人命危浅，朝

不虑夕。臣无祖母，无以至今日；祖母无臣，无以终余年。母孙二人，更相为命。是以区区不能废远。臣密今年四十有四，祖母刘今年九十有六，是臣尽节于陛下之日长，报养刘之日短也。乌鸟私情，愿乞终养。

臣之辛苦，非独蜀之人士及二州牧伯所见明知，皇天后土，实所共鉴。愿陛下矜愍愚诚，听臣微志，庶刘侥幸，保卒余年。臣生当陨首，死当结草。臣不胜犬马怖惧之情，谨拜表以闻。

# 陈情事表

李令伯〔《华阳国志》曰:"李密字令伯。父早亡,母何氏更适人,密见养于祖母,事祖母以孝闻。侍疾,日夜未尝解带。蜀平后,晋武帝胜为太子洗马,诏书累下。郡县逼迫,密上书。武帝览其表曰:'密不空有名者也。'嘉其诚款,赐奴婢二人,使郡县供其祖母奉膳。祖母卒,服终,徙尚书郎,为河内温令,左迁汉中太守。一年去官,卒。密一名虔。"腾跃案:《玉篇》曰:"适,女子出嫁也。"诚款,忠诚和真诚。奉膳,指提供官方伙食。〕

臣密言:臣以险衅,夙遭闵凶。〔贾逵《国语注》曰:"衅,兆也。"《左氏传》楚少宰曰:"寡君少遭闵凶。"〕生孩六月,慈父见背。〔《孟子》曰:"孩提之童。"赵岐曰:"知孩笑,可提抱也。"《文子》曰:"慈父之爱子,非求报。"〕行年四岁,舅夺母志。〔《庄子》田开之曰:"单豹行年七十。"《毛诗序》曰:"卫世子蚤死,其妻守义,父母欲夺而嫁之。"腾跃案:蚤与早古字通,详见《文选古字通·合集》〕祖母刘,愍臣孤弱,躬亲抚养。〔《毛诗》曰:"父兮生我,母兮鞠我,抚我畜我,长我育我。"毛苌曰:"鞠,养也。"〕臣少多疾病,九岁不行,零丁孤苦,至于成立。〔李陵《赠苏武诗》曰:"远处天一隅,苦困独伶丁。"《国语》曰:"晋赵文子冠,韩献子戒之曰:'此之谓成人。'"《论语》曰:"三十而立。"〕既无伯叔,终鲜兄弟;〔《毛诗》曰:"终鲜兄弟,维予与女。"〕门衰祚薄,晚有儿息。〔《字书》曰:"祚,福也。"〕外无期功强近之亲,内无应门五尺之僮;〔《孙卿子》曰:"仲尼之门,五尺竖子,羞言五伯。"腾跃案:《昭明文选译注》曰:"外无期(jī)功强(qiǎng)近之亲,全句的意思是没近亲。古代以亲属关系的远近而制订丧服的轻重。期,服丧一年,穿缝边的粗麻布丧服。功,服丧九个

月叫大功,穿粗麻布丧服;服丧五个月叫小功,穿细麻布丧服。强近,比较亲近。〕茕茕独立,形影相吊。〔曹植《责躬表》曰:"形影相吊,五情愧赧。"腾跃案:人教版作"茕茕孑立"。〕而刘夙婴疾病,常在床蓐;〔腾跃案:《昭明文选译注》曰:"婴,缠绕。蓐同褥。"〕臣侍汤药,未曾废离。

逮奉圣朝,沐浴清化。前太守臣逵,察臣孝廉,后刺史臣荣,举臣秀才。臣以供养无主,辞不赴命。诏书特下,拜臣郎中,寻蒙国恩,除臣洗马。〔朱浮书曰:"同被国恩。"如淳《汉书注》曰:"凡言除者,除故官,就新官也。"《汉书》曰:"太子属官有洗马。"如淳曰:"前驱也。"〕猥以微贱,当侍东宫,非臣陨首所能上报。〔《广雅》曰:"猥,顿也。"《汉书·〈谷永上书〉》王凤曰:"齐客陨首公门,以报恩施。"《史记》曰:"孟尝君相齐,使其舍人魏子收邑,三反而不致。孟尝君问其故,对曰:'有贤窃假之。'数年,或毁孟尝,孟尝乃奔。魏子所与粟贤者闻之,乃上书言孟尝不作乱,请身盟,遂自刎宫门,以明孟尝。"〕臣具以表闻,辞不就职。诏书切峻,责臣逋慢,郡县逼迫,催臣上道;州司临门,急于星火。臣欲奉诏奔驰,则刘病日笃;欲苟顺私情,则告诉不许。臣之进退,实为狼狈。〔《孔丛子》孔子曰:"吾于狼狈,见圣人之志。"荀悦《汉纪论》曰:"周勃狼狈失据,块然囚执。"〕

伏惟圣朝以孝治天下,凡在故老,犹蒙矜育,〔《尔雅》曰:"矜,怜也。"〕况臣孤苦,特为尤甚。且臣少仕伪朝,历职郎署;本图宦达,不矜名节。〔郑玄《礼记注》曰:"矜,谓自尊大也。"〕今臣亡国贱俘,至微至陋,〔贾逵《国语注》曰:"伐国取人曰俘。"〕过蒙拔擢,宠命优渥,〔《毛诗》曰:"既优既渥。"〕岂敢盘桓,有所希冀!〔《周易》曰:"初九,盘桓利居贞。"〕但以刘日薄西山,气息奄奄,〔杨雄《反骚》曰:"临汨罗而自陨兮,恐日薄于西山。"《广雅》曰:"奄,困迫也。"〕人命危浅,朝不虑夕。〔《左氏传》赵孟曰:"朝不谋夕,何其长也?"〕臣无祖母,无以至今日;祖母无臣,无以终余年。〔《鹦鹉赋》曰:"匪余年之足惜。"〕母孙二人,更相为命。是以区区不能废远。臣密今年四十有四,祖母刘今年九十有六,是臣尽节于陛下之日长,报养刘之日短也。乌鸟私情,愿乞终养。〔葛龚《丧伯父还传记》曰:"乌鸟之情,诚窃伤痛。"《毛诗》曰:"蓼莪,孝子不得终养也。"腾跃案:当为《毛诗序》曰。〕

臣之辛苦,非独蜀之人士及二州牧伯所见明知,皇天后土实所共鉴。〔《左氏传》晋大夫曰:"皇天后土,实闻君之言。"〕愿陛下矜愍愚诚,听臣微志,庶刘侥幸,保卒余年。〔《礼记》曰:"子曰:'小人行险以侥幸。'侥与徼同。"〕臣生当陨首,死当结草。〔陨首,已见上文。《左氏传》曰:"晋魏颗败秦师于辅氏,获杜回,秦之力人也。初,魏武子有嬖妾,无子,武子疾,命颗,必嫁是。疾病,曰:'必为殉。'颗嫁之,曰:'疾病则乱,吾从其治也。'及辅氏之役,魏颗见老人结草,以亢杜回,杜回踬而颠,故获之。夜梦之曰:余,而所嫁妇人之父也。"腾跃案:亢同坑。踬指被物体碰了一下,夹了一下。〕臣不胜犬马怖惧之情,谨拜表以闻。〔《史记》丞相青翟曰:"臣不胜犬马心。"〕

【点评】

本文动之以深情,喻之以大义,不矫揉做作。语言亦形象生动精粹自然,少有典故和藻饰,有行云流水、天真自然之妙。读之令人潸然泪下,为后世所称道。故晋武帝览《表》,嘉其诚款,允其所奏,特赐奉膳。清人唐介轩《古文翼》赞曰:"情真语挚,绝无粉饰之迹,读之令人感动。盖《出师》,一忠心所注;《陈情》,一孝思所迫,文章根忠孝中来,自足不朽千古。"

# 上书秦始皇

李斯

## 【题解】

李斯（？—前208），战国末楚国上蔡（今河南省驻马店市上蔡县）人。秦朝政治家、文学家、书法家。年轻时曾为小吏，后向荀卿学"帝王之术"，学成西游秦国，拜为客卿，为秦国的内政、外交出谋划策。秦始皇统一天下后，被任为丞相。在统一全国的政治、经济、文化方面，起了重要的作用。始皇帝死后，与赵高矫诏迫太子扶苏自杀，立二子胡亥为帝。不久，为赵高所害，被腰斩于咸阳，诛灭三族。

据李善的题解，韩国派水利专家郑国（人名）游说秦王嬴政，言凿渠溉田的好处，企图耗费秦国人力而不能攻韩，以实施"疲秦计划"。事被发觉，秦王嬴政听信宗室大臣的进言，认为来秦的客卿大抵都想游间于秦，就下令驱逐客卿。李斯也在被驱逐之列，故写下了《上书秦始皇》。

"书"是我国古代一种常见的实用文体，大约相当于奏、章、表、议。《文心雕龙·书记》曰："战国以前，君臣同书。秦汉立仪，始有表、奏。"当时秦国尚未统一天下，故仍称"书"。本文最早见于《史记·李斯列传》，《文选》题名《上书秦始皇》，另归"上书"一类。后世一般选本均题作《谏逐客书》，人教版教材从之。

臣闻吏议逐客，窃以为过矣。昔穆公求士，西取由余于戎，东得百里奚于宛，迎蹇叔于宋，来邳豹、公孙支于晋。此五子者，不产于秦，穆公用之，并国三十，遂霸西戎。孝公用商鞅之法，移风易俗，民以殷盛，国以富强，百姓乐用，诸侯亲服，获楚、魏之师，举地千里，至今治强。惠王用张仪之计，拔三川之地，西并巴蜀，北收上郡，南取汉中，包九夷，制鄢、郢，东据成皋之险，割膏腴之壤，遂散六国之从，使之西面事秦，功施到今。昭王得范雎，废穰侯，逐华阳，强公室，杜私门，蚕食诸侯，使秦成帝业。此四君者，皆以客之功。由此观之，客何负于秦哉！向使四君却客而弗纳，疏士而弗用，是使国无富利之实，而秦无强大之名也。

今陛下致昆山之玉，有和随之宝，垂明月之珠，服太阿之剑，乘纤离之马，建翠凤之旗，树灵鼍之鼓。此数宝者，秦不生一焉，而陛下悦之，何也？必秦国之所生然后可，则夜光之璧，不饰朝廷，犀象之器，不为玩好；而赵卫之女，不充后庭；骏良駃騠，不实外厩；江南金锡不为用，西蜀丹青不为采。所以饰后宫，充下陈，娱心意，悦耳目者，必出于秦然后可，则是宛珠之簪，傅玑之珥，阿缟之衣，锦绣之饰，不进于前，而随俗雅化，佳冶窈窕，赵女不立于侧也。

夫击瓮叩缶，弹筝搏髀，而歌呼呜呜快耳者，真秦之声也。《郑》《卫》《桑间》，《韶》《虞》《武》《象》者，异国之乐也。今弃叩缶击瓮而就《郑》《卫》，退弹筝而取《韶》《虞》，若是者何也？快意当前，适观而已矣。今取人则不然。不问可否，不论曲直，非秦者去，为客者逐。然则是所重者，在乎色乐珠玉；而所轻者，在乎民人也。此非所以跨海内、制诸侯之术也。

臣闻地广者粟多，国大者人众，兵强者则士勇。是以太山不让土壤，故能成其大；河海不择细流，故能就其深；王者不却众庶，故能明其德。是以地无四方，民无异国，四时充美，鬼神降福。此五帝三王之所以无敌也。今乃弃黔首以资敌国，却宾客以业诸侯，使天下之士，退而不敢西向，裹足不入秦，此所谓藉寇兵而赍盗粮者也。夫物不产于秦，可宝者多；士不产于秦，愿忠者众。今逐客以资敌国，损民以益仇，内自虚而外树怨诸侯，求国无危，不可得也。

# 上书秦始皇

李斯〔《史记》曰:"李斯者,楚上蔡人也。西说秦,秦拜斯为客卿。会韩使郑国来间秦,以作溉渠。已而觉,秦室大臣皆言秦王曰:'诸侯人来秦者,只为其主游间秦耳,请一切逐客。'李斯议亦在逐中。斯乃上书,秦王乃除逐客之令,复李斯官,始皇帝以斯为丞相。后二世具斯五刑,论腰斩咸阳市。"腾跃案:五刑此泛指各种刑罚。〕

臣闻吏议逐客,窃以为过矣。昔穆公求士,西取由余于戎,〔《史记》曰:"戎王使由余于秦,秦后归由余,缪公又使人间要由余,遂去降秦。缪公以客礼礼之。"〕东得百里奚于宛,〔《史记》曰:"晋献公以百里奚为秦穆公夫人媵于秦。百里奚亡秦走宛,楚之鄙人执之,缪公闻百里奚,欲重赎之,恐楚子不许,以五羖羊皮赎之,楚人许,与之。缪公与议国事,大悦,授之国政。"腾跃案:媵(yìng),古代指随嫁物品,亦指随嫁的人。羖(gǔ),黑色的公羊。〕迎蹇叔于宋,〔《史记》百里奚谓缪公曰:"臣不及臣友蹇叔,贤,而世莫知。缪公使人厚币迎蹇叔,以为上大夫。"〕来邳豹、公孙支于晋。〔《左氏传》曰:"晋郤芮、丕郑、丕豹奔秦。"又曰:"秦伯谓公孙支曰:'夷吾其定乎?'对曰:'今其言多忌克,难哉!'"杜预曰:"公孙支,秦大夫子桑也。"〕此五子者,不产于秦,穆公用之,并国三十,遂霸西戎。〔《史记》曰:"秦用由余谋,伐戎王,益国十二,开地千里,遂霸西戎。"腾跃案:人教版"三十"作"二十"。〕孝公用商鞅之法,移风易俗,民以殷盛,国以富强,百姓乐用,诸侯亲服,〔《史记》曰:"献公卒,子孝公立。"又曰:"卫鞅西入秦,说孝公变法修刑,内务耕稼,外励战死之士。赏罚三年,百姓便之,天子致胙,诸侯毕贺也。"腾跃案:胙指祭祀用的肉。〕获楚、魏之师,举地千里,至今治强。〔《史记》曰:"卫鞅将兵围魏安邑,降之。"又曰:"卫鞅击魏公子卬,封鞅为列侯号商君。"〕惠王用张仪之计,拔三川之地,西并巴蜀,北收上郡,南取汉中,〔《史记》曰:"孝公卒,子惠文君立。"又曰:"惠文君八年,张仪复相秦,攻韩宜阳,降之云。孝王十年,纳魏上郡。张仪伐蜀,灭之,又攻楚汉中,取地六百里,置汉中郡。"《史记》云:"孝王纳上郡,"此云惠王,疑此误也。又曰:"武王立,张仪死。武王谓甘茂曰:'寡人欲通车三川,窥周室,使甘茂伐宜阳,拔之。'"然通三川是武王,张仪已死,此云惠王用张仪之计拔三川,疑此误也。三川,韩界也。宜阳,韩邑也。腾跃案:降之云的云是古本衍文,本段涉及历史考据学和文献学知识,有兴趣的读者可以参看《史记》。《史记》云到疑此误也一段,是古人刻书时补上的案语。〕包九夷,制鄢、郢,〔九夷,属楚夷也。鄢、郢,楚二县也。盖秦令人据之也。〕东据成皋之险,割膏腴之壤,〔成皋,县名。周之东境。〕遂散六国之从,〔六国,韩、魏、燕、赵、齐、楚也。《汉书·音义》文颖曰:"关东为从。"〕使之西面事秦,功施到今。〔《史记》曰:"惠王卒,韩、魏、齐、楚皆宾从。"〕昭王得范雎,废穰侯,逐华阳,〔《史记》曰:"孝王卒,立异母弟为昭襄王。"又曰:"穰侯魏冉者,秦昭王母宣太后之弟。太后二弟,其异父长弟曰穰侯,姓魏氏,名冉。同父弟曰芈戎,为华阳君。魏冉为相国,范雎说秦昭王,言穰侯权重诸侯,昭王乃免相国,逐华阳君关外。"〕强公室,杜私门,蚕食诸侯,使秦成帝业。〔《春秋保乾图》曰:"光闳害,蚕食天下。"高诱《淮南子注》曰:"蚕食,无余也。"〕此四君者,皆以客之功。由此观之,客何负于秦哉!〔负犹累也。〕向使四君却客而弗纳,疏士而弗用,〔腾跃案:人教版"弗"作"不","纳"作"内"。皆古代通假字。〕是使国无富利之实,而秦无强大之名也。

今陛下致昆山之玉,有和随之宝,〔《新序》固桑对晋平公曰:"夫剑产于越,珠产于江南,玉产于昆山,此三宝皆无足而致。"《墨子》曰:"和氏之璧,随侯之珠。"〕垂明月之珠,服太阿之剑,〔《越绝书》曰:"楚王召欧冶子干将作铁剑二枚,二曰太阿。"〕乘纤离之马,建翠凤之旗,树灵鼍之鼓。〔《孙卿》曰:纤离、蒲梢,皆马名。郑玄《礼记注》曰:"鼍皮可以冒鼓。"腾跃案:鼍与鼉古字通。皆音驼,即今之扬子鳄。〕此数宝者,秦不生一焉,而陛下悦之,何也?必秦国之所生然后可,则夜光之璧,不饰朝廷,犀象之器,

025

不为玩好；而赵卫之女，不充后庭；〔腾跃案：人教版作"郑卫之女，不充后宫"。〕骏良駃騠，不实外厩；〔《周书》曰："正北以駃騠为献。"《广雅》曰："駃，马属。"腾跃案：駃騠（juétí），良马名。《淮南子》曰："六骐骥，四駃騠。"〕江南金锡不为用，西蜀丹青不为采。所以饰后宫，充下陈，〔下陈，犹后列也。《晏子》曰："有二女，愿得入身于下陈。"〕娱心意，悦耳目者，必出于秦然后可，则是宛珠之簪，傅玑之珥，阿缟之衣，锦绣之饰，不进于前，〔言以宛珠饰簪，以玑傅珥也。《说文》曰："珥，瑱也。"徐广曰："齐之东阿县，缯帛所出者也。"此解阿义与《子虚》不同，各依其说而留之。旧注既少不足，称臣以别之。他皆类此。〕而随俗雅化，佳冶窈窕，赵女不立于侧也。〔随俗雅化，谓闲雅变化，而能随俗也。〕

夫击瓮叩缶，弹筝搏髀，而歌呼呜呜快耳者，真秦之声也。〔《说文》曰："瓮，汲瓶也。"《说文》曰："缶，瓦器。秦鼓之以节乐。"〕《郑》《卫》《桑间》，《韶》《虞》《武》《象》者，异国之乐也。〔《礼记》曰："郑卫之音，乱世之音也。"又曰："桑间濮上，亡国之音也。"《乐动声仪》曰："舜乐曰《箫》《韶》。"又曰："周乐伐时曰《武》《象》。"宋均曰："《武》《象》，象伐时用干戈。"徐广曰："韶一作昭。"腾跃案：《韶》《虞》《武》《象》用今天的观点来看，是先王之乐，不当言"异国之乐"。〕今弃叩缶击瓮而就《郑》《卫》，退弹筝而取《韶》《虞》，若是者何也？快意当前，适观而已矣。〔高诱《吕氏春秋注》曰："适，中适也。"〕今取人则不然。不问可否，不论曲直，非秦者去，为客者逐。然则是所重者，在乎色乐珠玉；而所轻者，在乎民人也。此非所以跨海内、制诸侯之术也。

臣闻地广者粟多，国大者人众，兵强者则士勇。是以太山不让土壤，故能成其大；河海不择细流，故能就其深；〔《管子》曰："海不辞水，故成其大；山不辞土石，故能成其高。"〕王者不却众庶，故能明其德。〔《文子》曰："圣人不让负薪之言，以广其名。"〕是以地无四方，民无异国，四时充美，鬼神降福。此五帝三王之所以无敌也。今乃弃黔首以资敌国，〔郭象《庄子注》曰："资者，给赍之谓。"〕却宾客以业诸侯，使天下之士，退而不敢西向，裹足不入秦，此所谓藉寇兵而赍盗粮者也。〔《战国策》范雎说秦王曰："此所谓藉贼兵而赍盗食者也。"《说文》曰："赍，持遗也。"腾跃案：赍俗齎字，指赠送。

夫物不产于秦，可宝者多；士不产于秦，愿忠者众。今逐客以资敌国，损民以益仇，内自虚而外树怨诸侯，求国无危，不可得也。

【点评】

本文围绕着强国富民这一核心问题，利害并举、层次递进，把前贤和今客，宝物和人才联系起来，说明了国家兴亡与人才得失之间的辩证关系，有很强的说服力。秦王读了这一奏章，取消了逐客令，李斯官复原职。本文辞采富赡、文思横溢，结构趋于骈文，刘勰曾言"秦世不文"，而萧统独收此篇，可见其文理兼备，华实并存。

广纳人才，为我所用，此为秦始皇并吞八荒、一统天下之根基。今人亦当广交天下人才，保持交流沟通，如此方能开阔见闻、持续进步，不被时代所淘汰。

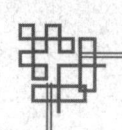

# 报任少卿书（节选）

司马迁

【题解】

司马迁（约前145或前135—？）字子长，左冯翊夏阳（今陕西韩城南）人。伟大的史学家、文学家。其父司马谈，是汉武帝时太史令，知识渊博，立志修史，没世未遂。司马迁继承父业，几尽毕生精力完成了《史记》。这部书"善序事理，辨而不华，质而不俚，其文直，其事核，不虚美，不隐恶，故谓之实录。"（《汉书·司马迁传赞》）他将愤懑、感慨倾注其中，因此又被称为"史家之绝唱，无韵之《离骚》。"（鲁迅《汉文学史纲要》）《史记》不仅是一部伟大的历史巨著，也是一部杰出的传记文学作品。在史学与文学等多方面，对后世都有巨大的影响。

任安字少卿，西汉荥阳（今属河南）人。故此文又名《报任安书》。征和二年（前91）朝中发生巫蛊之祸，江充乘机诬陷戾太子刘据，戾太子发兵诛杀江充等。与丞相刘屈氂军大战于长安。当时任安担任北军使者护军，负责监理京城禁卫军中的北军，乱中接受戾太子要他发兵的命令，但按兵未动。戾太子事件平定后，汉武帝认为任安坐观成败，怀诈，有不忠之心，论罪腰斩。任安在两年前曾写信给司马迁，希望他"推贤进士为务"。入狱临刑前又写信给司马迁求救，所以司马迁才写了这封著名的回信。

本文是根据人教版选文范围，对《昭明文选》内文章的再次节选，教材一般节选自《汉书》。不同版本的教材节选的范围也不一致。

古者富贵而名摩灭，不可胜记，唯倜傥非常之人称焉。盖文王拘而演《周易》；仲尼厄而作《春秋》；屈原放逐，乃赋《离骚》；左丘失明，厥有《国语》；

孙子膑脚，《兵法》修列；不韦迁蜀，世传《吕览》；韩非囚秦，《说难》《孤愤》；《诗》三百篇，大底圣贤发愤之所为作也。此人皆意有郁结，不得通其道，故述往事，思来者。乃如左丘无目，孙子断足，终不可用，退而论书策，以舒其愤，思垂空文以自见。

仆窃不逊，近自托于无能之辞，网罗天下放失旧闻，略考其行事，综其终始，稽其成败兴坏之纪，上计轩辕，下至于兹，为十表、本纪十二、书八章、世家三十、列传七十、凡百三十篇，亦欲以究天人之际，通古今之变，成一家之言。草创未就，会遭此祸，惜其不成，已就极刑，而无愠色。仆诚以著此书，藏诸名山，传之其人，通邑大都。则仆偿前辱之责，虽万被戮，岂有悔哉！然此可为智者道，难为俗人言也。

# 报任少卿书(节选)

司马子长〔《汉书》曰:"迁既被刑之后,为中书令,尊宠任职。故人益州刺史任安乃与书,责以进贤之义,迁报之。迁死后,其书稍出。"《史记》曰:"任安,荥阳人,为卫将军,后为益州刺史。"〕

古者富贵而名摩灭,〔腾跃案:摩与磨古字通。〕不可胜记,唯倜傥非常之人称焉。〔《广雅》曰:"俶傥,卓异也。"腾跃案:倜与俶古字通。〕盖文王拘而演《周易》;〔《周易》曰:"《易》之兴也,当文王与纣之事邪。"又曰:"作《易》者,其有忧患邪。"《史记·本纪》曰:"崇侯谮西伯于殷纣曰:'西伯积善累德,诸侯皆向之,将有不利于帝。'纣乃囚西伯于羑里。西伯演易之八卦,为六十四。"《地理志》曰:"河内汤阴有羑里城,西伯所拘。"韦昭曰:"羑音酉。"《苍颉篇》曰:"演,引之也。"腾跃案:谮(zèn),逸毁;诬陷。羑音有。〕仲尼厄而作《春秋》;〔《史记》孔子曰:"吾道不行矣,何以自见于后世哉?乃约鲁史而作《春秋》。"〕屈原放逐,乃赋《离骚》;〔《史记》曰:"屈原,名平,楚之同姓。为楚怀王左司徒,博文强志,敏于辞令,王甚任之。上官大夫与之同列,心害其能,怀王使原为宪令,原草藁未定,上官大夫见而欲夺之,不与,因逸之曰:'王使屈原为令,众莫不知,每令出,平伐其功,以为非我莫为王也。'王怒而疏之,平病听之不聪,作《离骚经》。"腾跃案:草藁即草稿。平伐即评伐,指夸赞。〕左丘失明,厥有《国语》;〔《汉书》曰:"《国语》左丘明著。"失明,未详。腾跃案:左丘明失去视力后著作《国语》的事,除本文外,不见他书,故李善注未详,我认为是晚年得了白内障之类的疾病。〕孙子膑脚,《兵法》修列;〔《史记》曰:"孙膑与庞涓俱学兵法。涓事魏惠王,自以为能不及膑,乃阴使人召膑。膑至,涓恐其贤于己，则以法刑断其两足而黥之，欲隐勿见。齐使者田忌，善客待之，于是田忌进孙子于威王，威王问兵法而师之。其后魏伐赵，赵急，请救于齐，齐威王欲将膑。膑曰：'刑余之人，不可。'于是乃以田忌为将，而孙子为师，居辎重中，主为计谋。田忌从之，魏果去邯郸与齐战于桂陵，大破魏军。"腾跃案：膑脚，古代肉刑之一，剜去膝盖骨。黥，《说文》曰："墨刑在面也。"古代在人脸上刺字并涂墨之刑。修，修撰。〕不韦迁蜀，世传《吕览》；〔《史记》曰："吕不韦，大贾人也。庄襄王即位三年，薨。太子正立为王，尊不韦为相国，号仲父。当是时，魏有信陵，楚有春申，赵有平原，齐有孟尝，皆下士喜宾以相倾。吕不韦以秦之强，大招士，厚遇之，乃致食客三千人。是时诸侯多辩士，如荀卿之徒，著书布于天下。不韦乃使其客，人人著所闻，集论为八览十二纪，三十余万言，以为备天下之物，古今之事，号曰《吕氏春秋》。布咸阳市门，悬千金其上，延诸侯游士宾客，有能增损一字，与千金。及始皇帝壮，太后通不韦，恐祸及己，私求嫪毐（làoǎi）为舍人，诈令以腐罪告之，遂得侍太后，与太后通。九年，人有告嫪毐实非宦者，下吏治之，得情实，事连相国。秦王恐其为变，乃赐不韦书曰：'君何功于秦？秦封君河南，食十万户。君何亲于秦？号称仲父。'后与家属徙处蜀，饮鸩而死。"〕韩非囚秦，《说难》《孤愤》；〔《史记》曰："韩非者，韩之公子也。见韩稍弱，以书谏王，王不能用。非心廉直，不容于邪枉之臣，观往者得失之变，故作《孤愤》《五蠹》《说难》十余万言。秦王见《孤愤》《五蠹》之书曰：'嗟乎！寡人得见此人与游，死不恨矣。'李斯曰：'此韩非所著书。'秦因急攻韩，韩乃遣非使秦，秦王悦之，未信用。李斯、姚贾毁之曰：'韩非，韩之诸公子也。今王欲并诸侯，非终为韩，不为秦，此人情也。今王不用，久留而归之，此自遗患也，不如以过法诛之。'秦王为然，下吏治非。李斯使人遗药使自杀。韩非欲自陈，不得见。秦王后悔之，使人赦而非已死矣。《说难》《孤愤》，《韩子》之篇名也。〕《诗》三百篇，大底圣贤发愤之所为作也。〔《论语》曰："《诗》三百。"孔安国曰："篇之大数也。"《尔雅》曰："厎，致也。"郭璞曰："音恉。"腾跃案：厎与抵古字通。人教版"厎"作"抵"。〕此人皆意有郁结，不得通其道，故述往事，思来者。〔言故述往前行事，思令将来人知己之志。〕乃如左丘无目，孙子断足，终不可用，退而论书策，以舒其愤，思垂空文以自见。〔空文，谓文章也。

自见己情。〕

仆窃不逊，近自托于无能之辞，〔《论语》子曰："唯女子与小人为难养也，近之则不孙。"腾跃案：不孙即不逊，指恭顺。〕网罗天下放失旧闻，略考其行事，综其终始，稽其成败兴坏之纪，上计轩辕，下至于兹，为十表、本纪十二、书八章、世家三十、列传七十、凡百三十篇，〔腾跃案：此《史记》之目录。〕亦欲以究天人之际，通古今之变，成一家之言。草创未就，会遭此祸，惜其不成，已就极刑，而无愠色。〔腾跃案：人教版作"是以就极刑而无愠色"。〕仆诚以著此书，藏诸名山，〔腾跃案：诸是之于的合音字。人教版"诸"作"之"。〕传之其人，通邑大都。〔其人，谓与己同志者。〕则仆偿前辱之责，虽万被戮，岂有悔哉！然此可为智者道，难为俗人言也。

## 【点评】

这封信（不仅指节选部分）气势郁勃跌宕，言辞深沉委婉，结构反复曲折。叙事、议论与抒情融在一起，具有强烈的艺术感染力。除了陈述作者的种种情况，把自己见死不救的苦衷，向老朋友说明，并请求他原谅之外。又有关于《史记》创作动机、创作过程的内容，体现了作者为实现理想而忍辱发奋的精神，是研究司马迁生平思想难得的第一手资料。

《重订文选集评》引明人孙月峰曰："直写胸臆，发挥又发挥，惟恐倾吐不尽。读之使人慷慨激烈，唏嘘欲绝，真是大有力量文字。"又曰，"粗粗卤卤，任意写出，而矫健磊落，笔力真如走蛟龙、挟风雨，且峭句险字，往往不乏，读之但见其奇肆，而不得其构造锻炼处。古圣贤规矩准绳文字，至此一大变，卓为百代伟作。"

# 报孙会宗书

杨恽

【题解】

　　杨恽（？—前54）字子幼，西汉弘农华阴（今陕西省华阴市）人。丞相杨敞之子，司马迁外孙，以忠任为郎，补常侍骑。事迹附《汉书·杨敞传》，班固称其"以材能称。好交英俊诸儒，名显朝廷。"先因揭发霍氏谋反有功，封为平通侯，迁中郎将；后因得罪汉宣帝近臣太仆戴长乐，被贬为庶人；最后因为小人诬陷，被以大逆不道之罪腰斩。

　　善注："恽见已失爵位，遂即归家闲居，自治产业，起（居）室，以财自娱。岁余，友人安定太守西河孙会宗与恽书诫谏之。言大臣废退，当杜门惶惧，为可怜之意，不当治产业，通宾客，有称举。恽乃作此书报之。"

　　恽材朽行秽，文质无所底[1]，幸赖先人余业，得备宿卫。遭遇时变，以获爵位，终非其任，卒与祸会。足下哀其愚蒙，赐书教督以所不及，殷勤甚厚[2]。然窃恨足下不深惟其终始，而猥随俗之毁誉也[3]。言鄙陋之愚心，则若逆指而文过[4]；默而自守，恐违孔氏各言尔志之义[5]。故敢略陈其愚，惟君子察焉！

　　恽家方隆盛时，乘朱轮者十人[6]，位在列卿，爵为通侯[7]，总领从官，与闻政事，曾不能以此时有所建明，以宣德化。又不能与群僚并力，陪辅朝廷之遗忘，已负窃位素飡之责久矣[8]。怀禄贪势，不能自退，遂遭变故，横被口语，身幽北阙，妻子满狱。当此之时，自以夷灭不足以塞责，岂得全其首领，复奉先人之丘墓乎[9]？伏惟圣主之恩，不可胜量。君子游道，乐以忘忧；小人全躯，说以忘罪。窃自念过已大矣，行已亏矣，长为农夫以没世矣。是故身率妻子，

戮力耕桑，灌园治产，以给公上。不意当复用此为讥议也。

夫人情所不能止者，圣人弗禁。故君父至尊亲，送其终也，有时而既[10]。臣之得罪，已三年矣。田家作苦，岁时伏腊，烹羊炮羔，斗酒自劳。家本秦也，能为秦声。妇赵女也，雅善鼓瑟，奴婢歌者数人，酒后耳热，仰天抚缶而呼呜呜。其诗曰："田彼南山，芜秽不治；种一顷豆，落而为萁"。人生行乐耳，须富贵何时？是日也，拂衣而喜，奋袖低昂，顿足起舞，诚淫荒无度，不知其不可也。恽幸有余禄，方籴贱贩贵，逐什一之利[11]。此贾竖之事，污辱之处，恽亲行之。下流之人，众毁所归，不寒而栗。虽雅知恽者，犹随风而靡，尚何称誉之有？董生不云乎："明明求仁义[12]，常恐不能化民者，卿大夫之意也；明明求财利，常恐困乏者，庶人之事也。"故道不同不相为谋。今子尚安得以卿大夫之制而责仆哉？

夫西河魏土[13]，文侯所兴[14]，有段干木、田子方之遗风[15]，凛然皆有节概，知去就之分。顷者足下离旧土，临安定。安定山谷之间，昆夷旧壤[16]，子弟贪鄙，岂习俗之移人哉！于今乃睹子之志矣。方当盛汉之隆，愿勉旃[17]，无多谈。

## 【注释】

〔1〕文质无所厎：善注："《论语》曰：'文质彬彬，然后君子。'厎，致也。"腾跃案：致，达到。

〔2〕教督：教导。以：文言虚词，同之。殷勤：情谊。

〔3〕惟：思考。人教版作"推"，可从。猥随：曲随，从众。毁誉：偏义副词，指毁。

〔4〕逆指而文过：善注："言逆会宗之指，自文饰己之过。《论语》子曰：'小人之过也，必文。'孔安国曰：'文饰其过，不言实也。'"

〔5〕孔氏各言尔志之义：善注引《论语》曰："颜渊、季路侍，子曰：'盍各言尔志。'"

〔6〕乘朱轮者：指高官显爵者，汉制，二千石皆得乘朱轮。

〔7〕爵为通侯：善注引应劭曰："旧曰彻侯，避武帝讳，故为通。"腾跃案：又称列侯，后代文献多称列侯。

〔8〕素飡：善注引《毛诗》曰："彼君子兮，不素飡兮。"腾跃案：指尸位素餐。飡与餐古字通。

〔9〕横被口语：善注："即戴长乐所告也。"复奉先人之丘墓：指被贬为庶人，没有问斩。

〔10〕有时而既：善注："既，尽也。张晏《汉书》注曰：'丧不过三年。'"

〔11〕什一：十分之一，指利润薄。

〔12〕明明：善注引《汉书·董仲舒传》曰："夫皇皇求财利，常恐匮乏者，庶人之意也；皇皇求仁义，常恐不能化人者，大夫之意也。"腾跃案：《汉书》本作皇皇，指紧迫的样子。

〔13〕西河：郡名。战国时魏国的领土，今陕西东部黄河西岸地区。汉代西河郡，乃孙会宗出生地，与魏国西河本非一地。作者以此讽刺孙会宗。

〔14〕文侯：即魏文侯。姬姓，魏氏，名斯，安邑（今山西省夏县）人。魏桓子之孙，战国时期魏国开国君主。

〔15〕段干木、田子方：皆魏之贤人，文侯的老师。

〔16〕昆夷旧壤：善注："《毛诗》曰：'文王西有昆夷之患，北有狁狁之难。'郑玄曰：'昆夷，西戎也。'"腾跃案：此《采薇》之毛序。

〔17〕旃（zhān）：之焉的合音。

【点评】

本文详细叙述了个人情况，强烈地表达了思想感情，看似满腹牢骚，实则无情嘲讽。有力地揭露了官场的黑暗与朝政的腐败。豪气疏荡，言词激越，真快意恩仇，无穷酸文人气息。刘勰说："杨恽之《酬会宗》，子云之《答刘歆》，志气盘桓，各含殊采，并杼轴乎尺素，抑扬乎寸心。"《古文观止》注说："其《报会宗书》，宛然外祖《答任安书》风致。"

人活一世，要有敢做自己的勇气，不要被外界所干扰。杨恽不畏谗言，不附权贵，不怕封建礼法，只从本心行事。是我们学习的好榜样。当今社会民主法治，诸君可各随其志，各展其能。

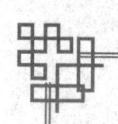

# 为曹公作书与孙权

阮瑀

【题解】

阮瑀（约165—212）字元瑜，陈留尉氏（今河南尉氏县）人。汉末著名文学家，为"建安七子"之一。阮籍之父，阮咸之祖父。早年曾从著名学者蔡邕学习，颇有文名。深得曹操父子器重，任为司空军谋祭酒，掌书记，徙为仓曹掾属。其时军国书檄，皆出于瑀与陈琳之手。

本文是赤壁之战后，为拆散吴蜀联盟而作。无联盟则吴蜀皆可分而击之，不足为虑。《昭明文选译注》认为，赤壁之役，决定了三国鼎立之势。曹操兵败北还。孙权据有江东，徙治秣陵，改为建业，领徐州牧，已巩固了父兄基业。刘备得荆州刘琦部众，又南征武陵、长沙、桂阳、零陵四郡，领荆州牧，徙治公安，也完全据有了可以抗衡的地盘与实力。赤壁交兵，吴蜀结好。其后孙权嫁妹于刘备，吴蜀交往益固，对曹操十分不利。曹操赤壁之败，败在吴蜀联盟；此后曹操欲保存自己，南下江汉，也必首先分裂吴蜀联盟。蜀魏对立，孙吴为缓冲之国，且与蜀魏皆有联系，适成为两方争夺的对象。

离绝以来[1]，于今三年，无一日而忘前好。亦犹姻媾之义[2]，恩情已深；违异之恨，中间尚浅也。孤怀此心，君岂同哉！每览古今所由改趣，因缘侵辱，或起瑕衅，心忿意危[3]，用成大变。若韩信伤心于失楚[4]，彭宠积望于无异[5]，卢绾嫌畏于已隙[6]，英布忧迫于情漏[7]，此事之缘也。

孤与将军[8]，恩如骨肉，割授江南，不属本州[9]，岂若淮阴捐旧之恨[10]。抑遏刘馥[11]，相厚益隆，宁放朱浮显露之奏[12]。无匿张胜贷故之变[13]，匪有阴构贲赫之告[14]，固非燕王淮南之衅也。而忍绝王命，明弃硕交，实为佞人所构会也[15]。夫似是之言，莫不动听，因形设象[16]，易为变观。示之以祸难，激之以耻辱，大丈夫雄心，能无愤发[17]。昔苏秦说韩，羞以牛后，韩王按剑作色而怒，虽兵折地割，犹不为悔，人之情也[18]。仁君年壮气盛，绪信所嬖[19]，既惧患至，兼怀忿恨，不能复远度孤心，近虑事势，遂赍见薄之决计[20]，秉翻然之成议[21]。加刘备相扇扬，事结衅连，推而行之。想畅本心，不愿于此也。

孤之薄德，位高任重，幸蒙国朝将泰之运，荡平天下，怀集异类，喜得全功，长享其福。而姻亲坐离，厚援生隙，常恐海内多以相责，以为老夫苞藏祸心，阴有郑武取胡之诈。乃使仁君翻然自绝[22]，以是忿忿。怀惭反侧[23]，常思除弃小事，更申前好，二族俱荣，流祚后嗣，以明雅素中诚之效[24]。抱怀数年，未得散意。昔赤壁之役，遭离疫气，烧舡自还，以避恶地，非周瑜水军所能抑挫也[25]。江陵之守，物尽谷殚，无所复据，徙民还师，又非瑜之所能败也[26]。荆土本非己分，我尽与君，冀取其余，非相侵肌肤，有所割损也[27]。思计此变，无伤于孤，何必自遂于此，不复还之[28]。高帝设爵以延田横[29]，光武指河而誓朱鲔[30]，君之负累，岂如二子？是以至情，愿闻德音。

往年在谯，新造舟舡，取足自载，以至九江，贵欲观湖漅之形，定江滨之民耳，非有深入攻战之计[31]。将恐议者大为己荣，自谓策得，长无西患[32]。重以此故，未肯回情。然智者之虑，虑于未形；达者所规，规于未兆。是故子胥知姑苏之有麋鹿[33]，辅果识智伯之为赵禽[34]。穆生谢病，以免楚难[35]；邹阳北游，不同吴祸[36]。此四士者，岂圣人哉？徒通变思深，以微知著耳。以君之明，观孤术数，量君所据，相计土地，岂势少力乏，不能远举，割江之表，宴安而已哉？甚未然也！若恃水战，临江塞要，欲令王师终不得渡，亦未必也。夫水战千里，情巧万端。越为三军，吴曾不御[37]；汉潜夏阳，魏豹不意[38]。江河虽广，其长难卫也。

凡事有宜，不得尽言，将修旧好而张形势，更无以威胁重敌人。[39]然有所恐，恐书无益。何则？往者军逼而自引还，今日在远而兴慰纳[40]，辞逊意狭，谓其力尽，适以增骄，不足相动，但明效古，当自图之耳[41]。昔淮南信左吴之策[42]，汉隗嚣纳王元之言[43]，彭宠受亲吏之计[44]，三夫不寤，终为世笑。梁王不受诡胜[45]，窦融近逐张玄[46]，二贤既觉，福亦随之。愿君少留意焉。

若能内取子布[47]，外击刘备，以效赤心，用复前好，则江表之任，长以相付，高位重爵，坦然可观。上令圣朝无东顾之劳，下令百姓保安全之福，君享其荣，孤受其利，岂不快哉！若忽至诚以处侥幸，婉彼二人[48]，不忍加罪，所谓小人之仁，大仁之贼，大雅之人，不肯为此也。若怜子布，愿言俱存，亦能倾心去恨，顺君之情，更与从事，取其后善。但禽刘备，亦足为效。开设二者，审处一焉[49]。

闻荆、杨诸将，并得降者，皆言交州为君所执[50]，豫章距命，不承执事[51]，疫旱并行，人兵减损，各求进军，其言云云。孤闻此言，未以为悦。然道路既远，降者难信，幸人之灾，君子不为[52]。且又百姓，国家之有，加怀区区[53]，乐欲崇和，庶几明德，来见昭副[54]，不劳而定，于孤益贵。是故按兵守次，遣书致意。古者兵交，使在其中[55]，愿仁君及孤虚心回意，以应诗人补衮之叹[56]，而慎《周易》牵复之义[57]。濯鳞清流，飞翼天衢[58]，良时在兹，勖之而已。

【注释】

〔1〕离绝：指赤壁之战后曹魏与孙吴关系的恶化。

〔2〕姻媾（gòu）：姻亲。《三国志·吴书·孙策传》曰："策并江东，曹公力未能逞，且欲抚之，乃以弟女配策小弟匡；又为子章取（孙）贲女。"义：情义。

〔3〕趣：旨趣。瑕釁（xìn）：指可乘之隙，引申指事端。忿：同愤。

〔4〕韩信伤心于失楚　韩信，秦末淮阴人。初从项羽，后归刘邦，拜为大将军。破魏、赵、燕，后与汉师合围灭项羽，封为楚王。汉初六年，有人告韩信谋反，高祖伪游云孟，执之，降为淮阴侯。

〔5〕彭宠积望于无异：彭宠，汉南阳宛人，助光武帝开创大业有功，拜偏将军，渔阳太守。光武即位，封建忠侯，赐号大将军。以功自伐，与幽州牧朱浮结怨而反。积望，积久的怨恨。望，怨，怨恨。无异，谓没有得到殊礼接见的待遇。善注引《后汉书》曰："宠谓至当延阁握手，交欢并坐。今既不然，所以失望也。"

〔6〕卢绾（wǎn）嫌畏于己隙：卢绾其父与高祖父为友，本人与高祖又相友

爱。为汉之开国功臣，封燕王。时刘邦进击代相陈豨，命卢绾从东北方向配合进攻。陈豨派使者去匈奴求救，卢绾也命使者张胜去匈奴，有人建议不如缓击陈豨，与匈奴和好相处，即可长保燕王之位。后陈豨被诛，其事泄露，高祖遣樊哙击燕，卢绾逃至匈奴。

〔7〕英布忧迫于情漏：秦末英布率众起义，归项羽，以战功封九江王。后背楚归汉，立为淮南王。当时韩信已死，后梁王彭越被砍成肉酱，遍赐诸侯。英布大恐，暗中聚兵，又疑中大夫贲赫上告泄漏军情。不久汉使又来，颇有征验，就诛杀赫家，发兵反汉。

〔8〕孤与将军：孤与下文的老夫都指曹操。将军与下文的大丈夫、仁君、姻亲、厚援都指孙权。

〔9〕割授江南，不属本州：善注："杨州旧属江南，江南之地尽属焉。今魏徙杨州于寿春，而孙权全有江南之地，故云（不）属本州也。"善又引《江都图经》曰："江西寿春属魏，魏杨州刺史镇寿春。"腾跃案：原文无"不"字，当补。孙权实际控制了扬州长江以南部分，故曰："割授江南，不属本州。"

〔10〕淮阴捐旧之恨：善注引《汉书》曰："高祖徙信为楚王，后以为淮阴侯，信知汉畏其能，称疾不朝，由此日怨。"

〔11〕抑遏刘馥：刘馥，字元颖，时任扬州刺史。吕延济注："刘馥每请伐吴，而曹公常遏绝不许。"

〔12〕宁放朱浮显露之奏：放，仿也。善注引《后汉书》曰："朱浮为幽州牧，奏渔阳守彭宠多买兵器，不迎母。宠遂反。"腾跃案：不迎母指不接老母亲一起生活，此古人不孝之大罪。

〔13〕张胜贷故之变：燕王卢绾的使者张胜私下与匈奴勾结，卢绾本已上奏诛杀张胜一家，后得知张胜实为己谋，乃诈报他人，而包匿张胜及其家族。贷故，宽恕故人。贷，赦免，宽恕。

〔14〕阴构贲赫之告：阴构，私下罗织陷害。贲赫之告，指贲赫告发淮南王英布谋反之事。

〔15〕淮南：上注之淮南王英布。构会：陷害。

〔16〕因形设象：根据形式而造的假象。

〔17〕示之以祸难……能无愤发：善注引《吴志》周瑜云："受制于人，

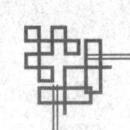

岂与南面称孤同哉？"腾跃案：愤发同奋发，指有所作为。

〔18〕昔苏秦说韩……人之情也：《战国策·韩策》载，苏秦为楚合纵，说韩王曰："臣闻鄙语曰：'宁为鸡口，无为牛后。'今大王西面交臂而臣事秦，何以异于牛后乎？夫以大王之贤，挟强韩之兵，而有牛后之名，臣窃为大王羞之。"韩王忿然作色，攘臂按剑仰天太息曰："寡人虽死，必不能事秦。"腾跃案：口字原为尸，后字原为从。详见清代胡绍煐《文选笺证》卷二十八。

〔19〕绪信所嬖：张铣注："绪，顺。嬖，宠也。言权年少，勇气方盛，顺信所宠之臣也。"

〔20〕度（duó）：思量。赍（jī）：怀着。见薄：见识浅薄。

〔21〕秉翻然之成议：翻然同反然，成议指众人归降的想法。本句言孙权反对"大多数人"归降的想法。

〔22〕郑武取胡之诈：善注引《韩子》曰："昔者郑武公欲伐胡，故先以其女妻胡君，以娱其意。因问于群臣：'吾欲用兵，谁可伐者？'大夫关其思对曰：'胡可伐。'武公怒而戮之，曰：'胡，兄弟之国也，子言伐之何也？'胡君闻之，以郑为亲己，遂不备郑。郑人袭胡，取之。"

〔23〕怀惭反侧：心中惭愧的睡不着觉。

〔24〕雅素中诚之效：吕延济曰："雅素犹平生也，诚，心也。効，勤也。"

〔25〕离：罹。舡：船的异体字。挫：挫败。

〔26〕昔赤壁之役……所能败也：这两句是阮瑀为曹操赤壁之败找的原因，实际只是部分原因。

〔27〕荆土本非己分……有所割损也：善曰："言荆州之土，非我之分，今尽以与君，实冀取其余地耳。"腾跃案：刘备实际控制荆州南部大部分土地。

〔28〕思计此变……不复还之：此句言赤壁之战我的损失很小，你不需要顾虑我生气而不理我。

〔29〕高帝设爵以延田横：善注引《汉书·高帝纪》曰："初，田横归彭越。项羽已灭，横惧诛，与宾客亡入海。上恐其久为乱，遣使者赦横，曰：'横来，大者王，小者侯。'"

〔30〕光武指河而誓朱鲔（wěi）：善注引谢承《后汉书》曰："光武攻洛阳，朱鲔守之。上令岑彭说鲔曰：'赤眉已得长安，更始为胡殷所反害，今公谁为

守乎？'鲔曰：'大司徒公被害，鲔与其谋，诚知罪深，不敢降耳。'彭还白上，上谓彭复往明晓之：'夫建大事，不忌小怨。今降，官爵可保，况诛罚乎？'上指水曰：'河水在此，吾不食言。'"腾跃案：大司徒公指光武帝长兄刘縯。

〔31〕谯：三国时魏地，今安徽亳州市。湖灈：即灈湖，今作巢湖。

〔32〕将恐……西患：李周翰曰："是时江西户十余万渡江入吴，恐权之君臣议者大为己国之荣以自得。"腾跃案：《三国志·吴主传》："初，曹公恐江滨郡县为权所略（夺），微令内移。民转相警，自庐江、九江、蕲春、广陵户十余万，皆东渡江，江西遂虚，合肥以南惟有皖城。"西患，汉患。孙吴在东，故曰西。

〔33〕子胥知姑苏之有麋鹿：善注："《汉书》伍子胥谏吴王曰：'臣今见麋鹿游姑苏之台也。'《越绝书》曰：'姑苏，台名，夫差所造，高见三百里。'"

〔34〕辅果识智伯之为赵禽：善注引《战国策》曰："智伯与韩、魏围赵于晋阳。张孟谈阴见韩、魏之君，曰：'智伯伐赵，赵亡则二君为之次。'二君乃与孟谈阴约，夜遣人入晋阳。智果见二君，说智伯曰：'二主色动而变，必背君矣，不如杀之。'智伯曰：'不可。'智果见言之不听，出便易姓为辅氏。"禽与擒古字通。腾跃案：张孟谈是赵之臣。阴指暗。辅果即智果。

〔35〕穆生谢病，以免楚难：善注引《汉书》曰："穆生不嗜酒，楚王戊常设醴。后忘设焉，穆生退曰：'可以逝矣。'遂谢病去。后戊乃与吴王通谋，遂应吴王反。"

〔36〕邹阳北游，不同吴祸：善注引《汉书》曰："邹阳仕吴，吴王有邪谋，阳奏书谏吴王，王不纳。去之梁，从孝王游。"腾跃案：楚王刘戊和吴王刘濞掀起"七国之乱"，后皆兵败而亡。

〔37〕越为三军，吴曾不御：善注引《左氏传》曰："越子伐吴，吴子御之笠泽，夹水而陈。越子为左右勾卒，使夜或左或右，鼓噪而进。吴师分以御之。越子以三军潜涉，当吴中军而鼓之，吴师大乱，遂败之。"腾跃案：笠泽，地名；今在江苏吴江一带。

〔38〕汉潜夏阳，魏豹不意：善注引《汉书》曰："韩信为左丞相，进击魏王豹。魏王豹盛兵蒲阪，塞临晋。信乃益为疑兵，陈舡欲渡，至于临晋，而伏兵从夏阳以木罂渡军，袭安邑。魏王豹惊，张兵迎信，信遂虏豹而归。"腾

跃案：蒲阪、临晋、夏阳、安邑皆地名，在今山西运城附近。盛兵、张兵，意同上注陈兵。塞，堵塞；指据守。罂与甖古字通。是一种盛酒容器；服虔曰："以木柙缚罂缶以度也。"

〔39〕胁重敌人：即重胁故人，指再次威胁老朋友。敌为故字之讹。

〔40〕而兴慰纳：写信慰问。

〔41〕辞逊意狭……当自图之耳：此句言不是我不客气，我客气了你不听劝，只好举一些前人的列子，你好自为之。

〔42〕昔淮南信左吴之策：善注引《汉书》曰："淮南王谋反，日夜与左吴等按舆地图，部署兵所从入。"腾跃案：淮南，西汉时淮南王刘安。左吴，刘安的谋士。

〔43〕汉隗嚣纳王元之言：善注引《后汉书》曰："隗嚣，字季孟，天水人。更始乱，嚣亡归天水，招聚其众，自称西州上将军，遗子恂诣阙。嚣将王元说嚣曰：'天水完富，天下士马最强，元请一丸泥，东封函谷，此万世一时也。'嚣心然元计，遂反。"

〔44〕彭宠受亲吏之计：见本文注〔5〕注〔12〕。

〔45〕梁王不受诡胜：善注引《汉书》："梁孝王怨袁盎，乃与羊胜、公孙诡之属阴使人刺杀袁盎。天子意梁，逐贼，果梁使之，遣使覆案梁事，捕公孙诡、羊胜，皆匿王后宫。韩安国泣谏王，王乃令出之，胜、诡皆自杀。梁王使韩安国因长公主谢，上怒稍解。"腾跃案：梁王指梁孝王刘武，汉景帝同母弟。覆案即审案，《周礼·冬官考工记注》曰："详察曰覆。"

〔46〕窦融近逐张玄：善注引《后汉书》曰："窦融，字周公，扶风人也。行西河五大郡大将军事，遥闻光武即位，心欲东向。隗嚣使辩士张玄游说西河曰：'今各据土宇，与陇蜀合从，高可为六国，下不失尉陀。'融召豪杰计议，遂决策东向，奉书献马，光武赐融玺绶为凉州牧，封安丰侯，后迁大司空。"腾跃案：高可为六国指称霸一方。下不失尉陀指偏安一隅。

〔47〕子布：张昭字子布，今江苏省徐州市人。孙吴政权重臣。腾跃案：张昭是主和派，不知曹操为何要杀此人？

〔48〕婉：婉此处指亲昵。

〔49〕开设二者，审处一焉：此句言给你两个选择，你选一个。

〔50〕交州为君所执：善注引《吴志》曰："孙辅，字国仪，假节交州刺史，遣使与曹公相闻。事觉，权幽絷之，数岁卒。"腾跃案：交州治所治境在三国时期一直有变化。

〔51〕豫章距命，不承执事：善注引《吴志》曰："刘繇，字正礼，避乱淮浦，诏遣为杨州刺史。繇不敢之州，遂南保豫章。"腾跃案：距与拒古字通。

〔52〕幸人之灾，君子不为：善注引《左氏传》曰："秦饥，使乞籴于晋，晋人弗与。庆郑曰：'背施无亲，幸灾不仁。'"

〔53〕加怀区区：指再表诚心。

〔54〕来见昭副：刘良注："言我冀望君来，昭然为副贰。"腾跃案：见，会晤。昭，公开。副，副职。

〔55〕古者兵交，使在其中：善注引《左氏传》曰："晋栾书伐郑，郑使伯蠲行成，晋人杀之，非礼也。兵交，使在其间可也。"腾跃案：行成指求和。

〔56〕补衮之叹：善注引《毛诗》曰："衮职有阙，惟仲山甫补之。"腾跃案：衮，天子的礼服，借指天子。仲山甫，周宣王卿士。

〔57〕牵复之义：善注引《周易》曰："牵复吉。"腾跃案：牵复，被牵引使之回复。

〔58〕濯鳞清流，飞翼天衢：意同"鹰击长空，鱼翔浅底"。

## 【点评】

三国多少往事，不仅有刀光剑影的武斗，还有尔虞我诈的文争，留下了许多脍炙人口的名篇佳作，读之令人思绪万千，恨不生逢其时、建功立业。《昭明文选译注》说："全文出之以亲情，动之以利害，晓之以大义，迫之以兵威。以古事喻现实，正反对比，言辞宽厚通达，原则锋锐不苟，气势有张有弛，委婉劲健，感人而又逼人。确为古书檄文之范例。曹丕说：'元瑜书记翩翩，致足乐也。'刘勰说：'魏之元瑜，号称翩翩。思绪飞动，事典繁富，韵律回荡，确有振翅翩翩、长空腾举之妙。'"

# 与山巨源绝交书

嵇康

【题解】

嵇康(223—262)字叔夜,谯郡铚县(今安徽省宿县西南)人。他学问渊博,性格刚直,疾恶如仇,是竹林七贤之一,曾为中散大夫,故世称嵇中散。早年迎娶魏武帝曹操曾孙女长乐亭主为妻,因厌恶当时掌权的司马氏,隐居"竹林",拒绝出仕。

山涛(205—283)字巨源,河内郡怀县(今河南武陟西)人。竹林七贤之一,早年与阮籍、嵇康等为友。后投靠司马昭,初为选曹郎,又调升为散骑常侍,最终官至司徒位列三公。他想推荐嵇康来代自己任选曹郎,但由于嵇康是反对司马昭的,所以嵇康回信严词拒绝,并与山涛绝交。信中以"七不堪""甚不可二",对当时的黑暗社会与封建礼法进行了尖锐的抨击,特别是"非汤、武而薄周、孔"的离经叛道论,拆穿了司马氏欲以汤、武有道之臣伐无道之君为先例取代曹魏的诡计,使司马昭之心路人皆知,成为他日后被杀的一个重要原因。

康白:足下昔称吾于颍川[1],吾常谓之知言[2]。然经怪此意[3],尚未熟悉于足下,何从便得之也?前年从河东还,显宗、阿都说足下议以吾自代[4],事虽不行,知足下故不知之。足下傍通[5],多可而少怪,吾直性狭中,多所不堪[6],偶与足下相知耳。间闻足下迁[7],惕然不喜[8],恐足下羞庖人之独割,引尸祝以自助[9],手荐鸾刀,漫之膻腥[10],故具为足下陈其可否。

吾昔读书,得并介之人[11],或谓无之,今乃信其真有耳。性有所不堪,真不可强。今空语同知有达人无所不堪,外不殊俗,而内不失正,与一世同其波流，而悔吝不生耳[12]。老子、庄周，吾之师也，亲居贱职[13]；柳下惠、东方朔，达人也，安乎卑位[14]。吾岂敢短之哉！又仲尼兼爱，不羞执鞭[15]，子文无欲卿相，而三登令尹[16]，是乃君子思济物之意也。所谓达能兼善而不渝，穷则自得而无闷[17]。以此观之，故尧、舜之君世，许由之岩栖，子房之佐汉，接舆之行歌，其揆一也[18]。仰瞻数君，可谓能遂其志者也。故君子百行，殊途而同致，循性而动，各附所安。故有处朝廷而不出，入山林而不反之论[19]。且延陵高子臧之风[20]，长卿慕相如之节[21]，志气所托，不可夺也。

　　吾每读尚子平、台孝威传[22]，慨然慕之，想其为人。少加孤露，母兄见骄[23]，不涉经学。性复疏懒，筋驽肉缓，头面常一月十五日不洗，不大闷痒，不能沐也。每常小便，而忍不起，令胞中略转乃起耳[24]。又纵逸来久，情意傲散。简与礼相背[25]，懒与慢相成，而为侪类见宽，不攻其过。又读《庄》《老》，重增其放。故使荣进之心日颓，任实之情转笃[26]。此由禽鹿少见驯育，则服从教制，长而见羁，则狂顾顿缨，赴蹈汤火[27]，虽饰以金镳，飨以嘉肴，逾思长林，而志在丰草也。

　　阮嗣宗口不论人过[28]，吾每师之，而未能及。至性过人，与物无伤，唯饮酒过差耳。至为礼法之士所绳，疾之如仇，幸赖大将军保持之耳[29]。吾不如嗣宗之贤，而有慢弛之阙[30]；又不识人情，暗于机宜；无万石之慎[31]，而有好尽之累。久与事接，疵衅日兴[32]，虽欲无患，其可得乎？

　　又人伦有礼，朝廷有法，自惟至熟[33]，有必不堪者七，甚不可者二：卧喜晚起，而当关呼之不置，一不堪也。抱琴行吟，弋钓草野，而吏卒守之，不得妄动，二不堪也。危坐一时，痹不得摇[34]，性复多虱把搔无已，而当裹以章服[35]，揖拜上官，三不堪也。素不便书，又不喜作书，而人间多事，堆案盈机[36]，不相酬答，则犯教伤义，欲自勉强，则不能久，四不堪也。不喜吊丧，而人道以此为重，己为未见恕者所怨，至欲见中伤者，虽瞿然自责[37]，然性不可化，欲降心顺俗，则诡故不情[38]，亦终不能获无咎无誉如此[39]，五不堪也。不喜俗人，而当与之共事，或宾客盈坐，鸣声聒耳，嚣尘臭处，千变百伎[40]，在人目前，六不堪也。心不耐烦，而官事鞅掌[41]，机务缠其心，世故繁其虑，七不堪也。又每非汤、武而薄周、孔，在人间不止，此事会显，世教所不容，此甚不可一也。刚肠疾恶，轻肆直言，遇事便发，此甚不可二也。以促中小心

之性[42]，统此九患，不有外难，当有内病，宁可久处人间邪？又闻道士遗言，饵术黄精[43]，令人久寿，意甚信之；游山泽，观鸟鱼，心甚乐之。一行作吏，此事便废，安能舍其所乐，而从其所惧哉！

夫人之相知，贵识其天性，因而济之。禹不逼伯成子高，全其节也[44]；仲尼不假盖于子夏，护其短也[45]；近诸葛孔明不逼元直以入蜀[46]；华子鱼不强幼安以卿相[47]。此可谓能相终始，真相知者也。足下见直木必不可以为轮，曲者不可以为桷[48]，盖不欲以枉其天才[49]，令得其所也。故四民有业，各以得志为乐，唯达者为能通之，此足下度内耳。不可自见好章甫，强越人以文冕也[50]；己嗜臭腐，养鸳雏以死鼠也[51]。吾顷学养生之术，方外荣华，去滋味，游心于寂寞，以无为为贵。纵无九患，尚不顾足下所好者，又有心闷疾，顷转增笃，私意自试，不能堪其所不乐。自卜已审，若道尽途穷则已耳。足下无事冤之，令转于沟壑也[52]。

吾新失母兄之欢[53]，意常凄切，女年十三，男年八岁，未及成人，况复多病，顾此恨恨[54]，如何可言！今但愿守陋巷，教养子孙，时与亲旧叙阔，陈说平生，浊酒一杯，弹琴一曲，志愿毕矣。足下若嬲之不置[55]，不过欲为官得人，以益时用耳。足下旧知吾潦倒粗疏，不切事情，自惟亦皆不如今日之贤能也。若以俗人皆喜荣华，独能离之，以此为快，此最近之，可得言耳？然使长才广度，无所不淹[56]，而能不营，乃可贵耳。若吾多病困，欲离事自全，以保余年，此真所乏耳，岂可见黄门而称贞哉[57]！若趣欲共登王途，期于相致，时为欢益，一旦迫之，必发其狂疾，自非重怨，不至于此也。

野人有快炙背而美芹子者[58]，欲献之至尊，虽有区区之意，亦已疏矣，愿足下勿似之。其意如此，既以解足下，并以为别。嵇康白。

## 【注释】

〔1〕称吾于颍川：在山嵚面前称赞我不愿出仕。山涛族父山嵚时任颍川太守。

〔2〕知言：知音。

〔3〕经怪此意：经，一向的。怪，不同凡常。此意，出仕之意。

〔4〕显宗、阿都说足下议以吾自代：善注引《晋世八王故事注》曰："公

孙崇，字显宗，谯国人，为尚书郎。"又注引《嵇康文集录注》曰："阿都，吕仲悌，东平人也。"议以吾自代，想推荐嵇康来代任自己选曹郎的原职。

〔5〕傍通：触类旁通，此指学识丰富。傍与旁古字通。

〔6〕吾直性狭中，多所不堪：言我性子直，心不偏，很多事不能忍受。此段与下文很多话，都是嵇康有意为之的。

〔7〕迁：此指升官。《说文》曰："遷（迁），登也。"

〔8〕惕（tì）然：恐惧。

〔9〕恐足下……自助：善注引《庄子》曰："庖人虽不治庖，尸祝不越樽俎而代之。"腾跃案：即成语越俎代庖。第一个庖指厨师，第二个庖指厨房。尸祝：负责祭祀的主祭人。樽俎：樽以盛酒，俎以盛肉，皆是祭器。此指祭祀者的职责。

〔10〕荐：举。鸾刀：有铃的刀。漫：沾染。

〔11〕并介：善注："并，谓兼善天下也；介，谓自得无闷也。"腾跃案：并介谓两者兼有。一说为偏义复词是介义。

〔12〕悔吝：后悔与遗憾。

〔13〕亲居贱职：指老子做过周朝的柱下史、守藏史。庄子做过宋国蒙县的漆园吏。

〔14〕安乎卑位：指柳下惠做过鲁国的典狱官，东方朔当过汉武帝的郎官，但他们都不埋怨职位低下。

〔15〕不羞执鞭：善注引《论语》："子曰：'富而可求也，虽执鞭之士，吾亦为之。如不可求，从吾所好。'"腾跃案：执鞭，拿鞭子。指赶车之类的贱职。

〔16〕子文无欲卿相，而三登令尹：子文，春秋时期楚国有名的贤人。令尹，楚国官名。相当于宰相。

〔17〕所谓……无闷：善注引《孟子》曰："穷则独善其身，达则兼善天下。"

〔18〕君世：君临天下。揆：道理。

〔19〕故有……之论：善注引班固《汉书·王吉传》赞曰："山林之士，往而不能反；朝廷之士，入而不能出。二者各有所短。"腾跃案：《韩诗外传》曰："朝廷之士为禄，故入而不出；山林之士为名，故往而不反。"

〔20〕延陵高子臧之风：据善注引《左氏传》，曹国公子子臧因不愿接受

曹国的君位而名盛一时。季札在他的影响下，也放弃了吴国的君位。腾跃案：吴国公子季札居住在延陵（今常州），故以延陵指季札。

〔21〕长卿慕相如之节：善注引《史记》曰："司马相如，字长卿，其亲名之犬子。相如既学，慕蔺相如之为人，更名相如。"

〔22〕尚子平、台孝威：善注引《英雄记》曰："尚子平有道术，为县功曹，休归。自入山担薪，卖以供食饮。"腾跃案：《隋书·经籍志》载"《汉末英雄记》八卷，王粲撰。"此书省称《英雄记》又名《汉书英雄记》，是研究三国史的一本重要笔记类著作。

〔23〕母兄见骄：指家人都很娇惯我。见，助词；表示被动或对我如何，如见外、见谅、见笑。

〔24〕胞：膀胱。

〔25〕简：怠慢。

〔26〕任实：不图虚名。嵇康《释私论》："未有攻期之惨，骇心之祸，遂莫能收情以自反，弃名以任实。"一说放任。戴明扬《嵇康集校注》："实，本传及七贤帖作逸。"

〔27〕狂顾顿缨，赴蹈汤火：狂顾顿缨指争取自由的反应剧烈，赴蹈汤火指争取自由的决心坚定。

〔28〕阮嗣宗：阮籍字嗣宗，竹林七贤之一，他与嵇康齐名。对司马氏也颇为不满，但为人谨慎"口不论人过"，并故作佯狂、沉湎酒色，以此表示自己无意过问政事。

〔29〕绳：绳墨，准则。这里作动词，指弹劾。幸赖大将军保持之耳：善注引孙盛《晋阳秋》曰："何曾于太祖坐谓阮籍曰：'卿任性放荡，败礼伤教，若不革变，王宪岂得相容！谓太祖宜投之四裔，以絜王道。'太祖曰：'此贤素羸病，君当恕之。'"腾跃案：大将军、太祖皆指司马昭。

〔30〕贤：善注："资，材量也。"腾跃案：正文可从之。阙：阙与缺古字通。

〔31〕暗于机宜；无万石之慎：机宜指变通。善注引《汉书》曰："万石君石奋，长子建为郎中令，奏事，事下，建读之惊恐曰：'书马者与尾而五，今迺四，不足一，获谴死矣。'其为谨慎，虽他皆如是。"又曰："建奏事于上前，即有可言，屏人乃言极切。至延见，如不能言者。好尽，谓言则尽情，

不知避忌。"腾跃案：石奋与四个儿子都当了俸禄二千石的官，家庭总收入过万石，故称万石君。

〔32〕疵衅：李周翰注曰："疵，病；衅，瑕。"

〔33〕自惟至熟：指我深思熟虑。

〔34〕痹不得摇：痹，麻痹。人久坐不动就会麻痹，要活动一下身子，此不合封建礼法。

〔35〕章服：官服。

〔36〕机：木几，机与几古字通。

〔37〕瞿（jù）然：惊恐的样子。

〔38〕诡故：诡，违反。故，本心。

〔39〕亦终不能获无咎无誉如此：就是这样也不能不让别人说闲话。有人把"如此"两字断到下句，大错，此破坏原有行文格式。

〔40〕伎：伎与技古字通。

〔41〕鞅掌：善注引《毛诗》曰："或栖迟偃仰，或王事鞅掌。"腾跃案：鞅掌指事情急迫，一说事物繁多。

〔42〕促中小心之性：促中指心胸狭隘。小心即心小。

〔43〕饵术黄精：善注："《苍颉篇》曰：'饵，食也。'《本草经》曰：'术、黄精，久服轻身延年。'"

〔44〕禹不逼伯成子高，全其节也：善注引《庄子》曰："尧治天下，伯成子高立为诸侯。尧授舜，舜授禹，伯成子高辞为诸侯而耕。禹往见之，则耕在野。禹趋就下风而问焉。子高曰：'昔尧治天下，不赏而民劝，不罚而民畏。今则赏罚而民且不仁，德自此衰，刑自此立，后世之乱，自此始矣。'耕而不顾。"

〔45〕仲尼不假盖于子夏，护其短也：善注引《家语》曰："孔子将行，雨，无盖。门人曰：'商也有焉。'孔子曰：'商之为人也啬，短于财。吾闻与人交者，推其长者，违其短者，故能久也。'"腾跃案：《家语》即《孔子家语》。卜商字子夏。

〔46〕诸葛孔明不逼元直以入蜀：善注引《蜀志》曰："颍川徐庶字元直。曹公来征，先主在楚，闻之，率其众南行，亮与徐庶并从。为曹公所追破，庶母见获，庶辞先主而指其心曰：'本与将军共图王霸之业者，以此方寸之地也。

今已失老母,方寸乱矣。无益于事,请从此别。'遂诣曹公。"

〔47〕华子鱼不强幼安以卿相:善注引《魏志》曰:"华歆字子鱼,平原人也。文帝即位,拜相国。黄初中,诏公卿举独行君子,歆举管宁,帝以安车征之。"又曰:"管宁字幼安,北海人也。华歆举宁,宁遂将家属浮海还郡。诏宁为太中大夫,固辞不受。"

〔48〕轮:圆形。桷(jué):方形。

〔49〕枉:曲。才:才与材古字通。

〔50〕不可自见好章甫,强越人以文冕也:善注引《庄子》曰:"宋人资章甫而适越,越人敦发文身,无所用之。"司马彪注曰:"敦,断也。章甫,冠名也。"腾跃案:文冕指华美的帽子,即章甫。

〔51〕己嗜臭腐,养鸳雏以死鼠也:善注引《庄子》曰:"惠子相梁,庄子往见之。或谓惠子曰:庄子来,欲代子相。于是惠子恐,搜于国中,三日三夜。庄子往见之,曰:南方有鸟名鸳雏,子知之乎?夫鸳雏发南海而飞于北海,非梧桐而不止,非竹实不食,非醴泉不饮。于是鸱得腐鼠,鸳雏过之,仰天而视之曰:吓!今子欲以子国吓我邪!"

〔52〕冤:陷害。沟壑:死亡的委婉说法。《孟子·梁惠王下》:"凶年饥岁,君之民,老弱转乎沟壑。"

〔53〕吾新失母兄之欢:指母亲兄长刚刚死亡。

〔54〕悢悢:善注引《广雅》曰:"悢悢,悲也。"

〔55〕嬲(niǎo):会意字。指纠缠,搅扰。

〔56〕淹:淹博。

〔57〕岂可见黄门而称贞哉:黄门即黄门令,泛指宦官。据《后汉书·百官志》记载,黄门令掌宫中乘舆狗马倡优鼓吹等事。三国沿置,掌管宦者、宫人。

〔58〕野人有快炙背而美芹子者:据善注引《列子》记载,宋国有个农夫,春天在田野耕种,太阳晒在背上感到很暖和,回家对他的妻子说:"太阳晒在背上很暖和,没有哪一个知道这个事,我准备把这种取暖的方法献给君王,一定会得到重赏。"他的妻子回答说:"过去有个爱吃芹菜的人,对乡里的豪绅夸赞芹菜的美味,结果乡绅一吃,又苦又涩,众人就讥笑这个推荐芹菜的人。"

【点评】

本文风格清峻、立意超俗、笔锋犀利。不虚与委蛇而直指主题思想，毫无保留地揭露了司马昭篡位夺权的野心，表达了自己不合作的态度。可谓"嬉笑怒骂皆文章"是六朝名士傲视封建礼教的典范。刘勰《文心雕龙·书记》说："嵇康《绝交》，实志高而文伟。"李贽《焚书》云："此书实峻绝可畏，千载之下，犹可想见其人。"

与人为难，难；与世为难，更难。从人故没于人，从世故没于世。本文名满当时，流传至今。作者在思想、音乐、文学方面皆有成就，又开玄学新风影响深远，其学养与才情从文中可见一斑。

# 与陈伯之书

丘迟

【题解】

丘迟（464—508）字希范，南朝文学家，吴兴乌程（今浙江省湖州市）人。善注引《梁史》曰："丘迟字希范，吴兴人。八岁能属文，及长，辟徐州从事。高祖践祚，拜中书郎，迁司徒从事中郎。卒。"

钟嵘《诗品》曰："范诗清便宛转，如流风回雪。丘诗点缀映媚，似落花依草。"

本文是一篇著名的骈体劝降信。陈伯之本是齐末江州刺史，曾抗击过梁武帝萧衍，降梁后仍为江州刺史。天监元年（502）因听信离间之辞，起兵反梁，战败后率众归附北魏，任平南将军。天监四年（505）冬，梁武帝命其弟临川王萧宏北伐，陈伯之屯兵寿阳与梁军对抗，萧宏命记室（古官名，负责撰写、处理章表、书记、文檄）丘迟写信劝其归降。天监五年（506）春陈伯之在大军压境的形势下，又看了这封著名的劝降信，终于率众八千归降梁朝。


迟顿首。陈将军足下：无恙，幸甚幸甚！

将军勇冠三军，才为世出，弃燕雀之小志，慕鸿鹄以高翔。昔因机变化，遭遇明主[1]，立功立事，开国称孤[2]，朱轮华毂，拥旄万里[3]，何其壮也！如何一旦为奔亡之虏，闻鸣镝而股战，对穹庐以屈膝[3]，又何劣邪！

寻君去就之际，非有他故，直以不能内审诸己，外受流言，沉迷猖獗[4]，以至于此。圣朝赦罪责功，弃瑕录用，推赤心于天下，安反侧于万物[5]，将军之所知，不假仆一二谈也。朱鲔涉血于友于[6]，张绣剚刃于爱子[7]，汉主不以为疑，魏君待之若旧。况将军无昔人之罪，而勋重于当世[8]。夫迷途知反，往哲是与[9]；不远而复，先典攸高[10]。主上屈法申恩，吞舟是漏[11]；将军松柏不翦[12]，亲戚安居，高台未倾，爱妾尚在。悠悠尔心，亦何可言！

今功臣名将，雁行有序，佩紫怀黄，赞帷幄之谋，乘轺建节，奉疆埸之任，并刑马作誓，传之子孙[13]。将军独靦颜借命[14]，驱驰毡裘之长，宁不哀哉！夫以慕容超之强，身送东市[15]；姚泓之盛，面缚西都[16]。故知霜露所均[17]，不育异类；姬汉旧邦，无取杂种。北虏僭盗中原[18]，多历年所，恶积祸盈，理至燋烂[19]。况伪孽昏狡[20]，自相夷戮；部落携离，酋豪猜贰[21]。方当系颈蛮邸，悬首藁街[22]。而将军鱼游于沸鼎之中，燕巢于飞幕之上[23]，不亦惑乎？

暮春三月，江南草长，杂花生树，群莺乱飞。见故国之旗鼓，感平生于畴日，抚弦登陴，岂不怆悢[24]？所以廉公之思赵将，吴子之泣西河，人之情也。将军独无情哉？

想早励良规[27]，自求多福。当今皇帝盛明，天下安乐。白环西献，楛矢东来[28]；夜郎滇池，解辫请职[29]；朝鲜昌海，蹶角受化[30]。唯北狄野心，掘强沙塞之间[31]，欲延岁月之命耳。中军临川殿下，明德茂亲，摠兹戎重[32]，吊民洛汭，伐罪秦中[33]。若遂不改[34]，方思仆言。聊布往怀[35]，君其详之。丘迟顿首。

## 【注释】

〔1〕明主：梁武帝萧衍。

〔2〕开国称孤：善注引《周易》曰："大君有命，开国承家。"善注引《老子》曰："王侯自称孤、寡、不谷。"腾跃案：晋代封爵，从郡公到县男，都冠以开国的名号。南北朝沿袭此制度。陈伯之本是齐末江州刺史，有封侯的资格，故能称孤。

〔3〕拥旄万里：善注引班固《涿邪山祝文》曰："杖节拥旄，征人伐鼓。"善注引荀悦《汉记》曰："今之州牧，号为万里。"腾跃案：旄指旄节，是信物。州牧与刺史皆为一州的最高长官。

〔4〕沈迷猖獗：指被小人迷惑。沈与沉古字通。

〔5〕推赤心于天下，安反侧于万物：善注引《东观汉记》曰："上破铜马等，

封降贼渠率。诸将未能信,贼亦两心。上敕降贼各归营,勒兵待。上轻骑入,按行贼营。贼将曰:'萧王推赤心置人腹中,安得不效死?'"又曰:"汉兵破邯郸,诛王郎,收文书,得吏人谤毁公言可击者数千章,公会诸将烧之,曰:'令反侧子自安。'"腾跃案:铜马指铜马军,是王莽新朝末年,河北的农民起义军。渠率即渠帅,指首领。按行指巡视。

〔6〕朱鲔(wěi)涉血于友于:善注引谢承《后汉书》曰:"光武攻洛阳,朱鲔守之。上令岑彭说鲔曰:'赤眉已得长安,更始为胡殷所反害,今公谁为守乎?'鲔曰:'大司徒公被害,鲔与其谋,诚知罪深,不敢降耳。'彭还白上,上谓彭复往明晓之。夫建大事不忌小怨,今降官爵可保,况诛罚乎?"善注引《尚书》曰:"孝乎。惟孝友于兄弟。"腾跃案:涉血指杀害,友于即兄弟,大司徒公是光武帝的兄长。

〔7〕张绣剚(zì)刃于爱子:善注引《魏志》曰:"建安二年,公到宛,张绣降。既而悔之,复反。公与战,军败,为流矢所中,长子昂、弟子安民遇害。四年,张绣率众降,封列侯。"善注引《汉书》曰:"蒯通说范阳令曰:'慈父孝子所不敢剚刃公之腹者,畏秦法也。'"李奇曰:'东方之人,以物插地中皆为剚也。'"腾跃案:弟子指弟弟的儿子,即侄子。

〔8〕勋重于当世:指对梁朝功劳很大。这是客套话。

〔9〕往哲是与:往哲,前贤。是与,正是这样。

〔10〕不远而复,先典攸高:《周易·复》曰:"不远复,无祇悔,元吉。"孔疏曰:"是迷而不远即能复也。"

〔11〕吞舟是漏:善注引《盐铁论》曰:"明王茂其德教而缓其刑罚,网漏吞舟之鱼。"腾跃案:此指投降后既往不咎。

〔12〕松柏不翦:善注引仲长子《昌言》曰:"古之葬,松柏梧桐以识其坟。"腾跃案:此指祖坟安好,未被破坏。古人作战有挖对手祖坟、拆房子、杀妻儿的手段。

〔13〕今功臣名将……传之子孙:此句言投降后高官厚禄可保,子孙能得荫袭官爵。轺,驾二马为轺传。建节,举旄节;镇守一方的长官可拥有的旄节。

〔14〕靦(tiǎn)颜借命:靦颜,面有惭愧之色。借命,苟活偷生。

〔15〕夫以慕容超之强,身送东市:善注引沈约《宋书》曰:"慕容超大

掠淮北，宋公表请北伐，遂屠广固。超逾城走，高胥获之。送超京师，斩于建康。"腾跃案：慕容超（385—410）字祖明，昌黎棘城（今辽宁省义县）人，鲜卑族。南燕末代皇帝。东市指刑场。汉代在长安东市处决判死刑的犯人，后以东市泛指刑场。

〔16〕姚泓之盛，面缚西都：善注引沈约《宋书》曰："公以舟师进讨，至洛阳。王镇恶克长安，生禽姚泓。执送泓，斩于建康市。"腾跃案：姚泓（388—417）字元子，京兆郡长安县（今陕西省西安市）人。后秦末代皇帝。南燕、后秦两帝被杀是之前发生的事。

〔17〕霜露：善注引《礼记》曰："天之所覆，地之所载，日月所照，霜露所坠。"腾跃案：喻恩泽。

〔18〕北虏僭（jiàn）盗中原：北虏指北方少数民族，本文特指北魏。僭指超越本分做事。

〔19〕恶积祸盈，理至燋烂：善注引《周易》曰："恶不积不足以灭身，故恶积而不可掩。"腾跃案：《周易·系辞》曰："善不积，不足以成名。恶不积，不足以灭身。"燋烂喻灭亡。

〔20〕伪孽：指北魏宣武帝拓跋恪。伪，非法的。孽，身份不正；孽与蘖古字通。

〔21〕猜贰：互相猜忌，怀有二心。今"二"大写作"贰"。

〔22〕藁街：汉时街名，在长安城南门内，为属国使节馆舍所在地，蛮邸也处在藁街。

〔23〕鱼游于沸鼎之中，燕巢于飞幕之上：善注引袁嵩《后汉书·〈朱穆上疏〉》曰："养鱼沸鼎之中，栖鸟烈火之上，用之不时，必也燋烂。"善注引《左氏传》吴季札曰："夫子之在此也，犹燕巢于幕之上。"

〔24〕畴日：往昔。陴（pí）：城上的矮墙，亦称女墙，俗称城垛子。怆恨（chuàngliàng）：悲伤。

〔25〕廉公之思赵将：善注引《史记》曰："廉颇为赵将，伐齐，大破之，拜为上卿。赵孝成王卒，悼襄王立，使乐乘代之。颇怒，攻乐乘，遂奔魏之大梁。久之，魏王不能信用，而赵亦数困于秦兵。赵王思复得廉颇，廉颇亦思复用于赵。王以为老，遂不召。"

〔26〕吴子之泣西河：善注引《吕氏春秋》曰："吴起治西河，王错谮之魏武侯。武侯使人召吴起。至岸门，止车而立，望西河，泣数下。其仆曰：'窃观公之志，视天下若舍履，今去西河而泣，何也？'吴起雪泣应之曰：'子弗识也。君诚知我而使我毕能，秦必可无西河。今君听谗人之议，不知我，西河之为秦不久矣！'起入荆，西河果入秦。"

〔27〕励：劝勉。

〔28〕白环西献，楛（hù）矢东来：善注引《世本》曰："舜时西王母献白环及佩。"又注引《家语》孔子曰："昔武王克商，于是肃慎氏贡楛矢石砮（nǔ）。"腾跃案：肃慎是中国古代东北的一个民族。楛，指荆一类的植物，茎可制箭杆。砮指可以做箭镞的石头。

〔29〕夜郎滇池，解辫请职：夜郎、滇池是西南方向的两个小国。解辫，减去辫子，喻接受汉文化。请职，请求中央政府封官。

〔30〕朝鲜昌海，蹶角受化：善注："《汉书》曰：'朝鲜王满，燕人。孝惠、高后时，满为外臣。'又曰：'西域有昌蒲海，一名盐泽，去玉门、阳关三百余里。'《孟子》曰：'武王之伐殷也，百姓若崩厥角。'赵岐曰：'厥角，叩头以额角犀厥地也。'"

〔31〕掘强沙塞之间：掘强指顽固执拗，掘与倔古字通。沙塞即沙漠。

〔32〕中军临川……揔兹戎重：中军，中军将军。临川，临川王萧宏。茂亲，至亲；萧宏是梁武帝萧衍之弟。揔，总领；揔与总古字通。戎重，军事重任。

〔33〕吊民洛汭（ruì），伐罪秦中：善注："《孟子》曰：'汤始征，自葛始，诛其君，吊其民。'《尚书》曰：'东至于洛汭。'又曰：'奉词伐罪。'《汉书》田肯曰：'陛下既得韩信，又治秦中。'"腾跃案：汭指河流会合的地方，或河流弯曲的地方。

〔34〕遯：《说文》曰："遯，亡也。"此指逃亡北方，投降北魏。

〔35〕布：陈诉。怀：情意。

【点评】

本文立意鲜明，章法严正，情理兼备。首先责之以大义，其次申之以宽大，再次晓之以利害，最后动之以感情，既有义正辞严的一面，又有委曲婉转的一面，可谓恩威并具,软硬兼施。特别是"暮春三月"一段,克服了南朝骈文形式华美、内容空洞的通病,以景唤情,以情动人,情景交融,清新明丽。给我们以美的艺术享受。因此本文具有很强的说服力与感染力,成为传诵千古的名篇。

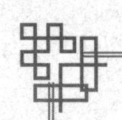

# 北山移文

孔稚珪

【题解】

孔稚珪（447—501）字德璋，会稽山阴（今浙江绍兴）人。南朝齐文学家，曾为记室参军，与江淹对掌辞笔。终官太子詹事，死后追赠金紫光禄大夫。萧子显《南齐书》称其"风韵清流，好文咏"，"不乐世务"。"居宅盛营山水，凭几独酌，傍无杂事。门庭之内，草莱不剪，中有蛙鸣"，"以此当两部鼓吹（乐队）"。原有集已散佚，明人辑有《孔詹事集》。

北山又名钟山，即今南京紫金山，因位于建康之北，故名北山。移文与檄文相似，是一种批评、声讨性的文字。《文心雕龙·檄移》曰："移者，易也；移风易俗，令往而民随者也。"善注引萧子显《齐书》曰："周颙（yóng），字彦伦，汝南人也。释褐海陵国侍郎，元徽中，出为剡令。建元中，为长沙王后军参军，山阴令，稍迁国子博士，卒于官。"吕向注曰："钟山在都北，其先周彦伦隐于此山，后应诏出为海盐令。欲却过（进来道别）此山，孔乃假山灵之意移之，使不许得至，故云《北山移文》。"然经前人考证，此说与周颙仕历不近相同。故一说钟山隐舍，乃别墅之类，官余度假游憩之所。一说周子泛指表面清高而利禄熏心的假隐士，与汉赋中子虚先生、乌有先生一样是虚构之人。

钟山之英，草堂之灵[1]。驰烟驿路，勒移山庭[2]。夫以耿介拔俗之标，萧洒出尘之想。度白雪以方絜，干青云而直上[4]。吾方知之矣。若其亭亭物表，皎皎霞外，芥千金而不眄[5]，屣万乘其如脱[6]。闻凤吹于洛浦[7]，值薪歌于延濑[8]，固亦有焉。岂期终始参差，苍黄翻覆。泪翟子之悲，恸朱公之哭[9]。

乍回迹以心染，或先贞而后黩[10]。何其谬哉！呜呼！尚生不存，仲氏既往[11]。山阿寂寥，千载谁赏？

世有周子[12]，隽俗之士。既文既博，亦玄亦史。然而学遁东鲁[13]，习隐南郭[14]。偶吹草堂，滥巾北岳[15]。诱我松桂，欺我云壑。虽假容于江皋，乃缨情于好爵[16]。其始至也，将欲排巢父，拉许由[17]。傲百氏，蔑王侯[18]。风情张日，霜气横秋。或叹幽人长往，或怨王孙不游[19]。谈空空于释部，覈玄玄于道流[20]。务光何足比，涓子不能俦[21]。

及其鸣驺入谷，鹤书赴陇[22]。形驰魄散，志变神动。尔乃眉轩席次，袂耸筵上[23]。焚芰制而裂荷衣[24]，抗尘容而走俗状。风云凄其带愤，石泉咽而下怆。望林峦而有失，顾草木而如丧。至其纽金章，绾墨绶[25]。跨属城之雄，冠百里之首[26]。张英风于海甸，驰妙誉于浙右[27]。道帙长摈，法筵久埋[28]。敲扑喧嚣犯其虑，牒诉倥偬装其怀[29]。琴歌既断，酒赋无续。常绸缪于结课，每纷纶于折狱[30]。笼张、赵于往图[31]，架卓、鲁于前箓[32]。希踪三辅豪[33]，驰声九州牧。使我高霞孤映，明月独举。青松落阴，白云谁侣？磵户摧绝无与归，石迳荒凉徒延伫[34]。至于还飙入幕，写雾出楹[35]。蕙帐空兮夜鹄怨，山人去兮晓猿惊[36]。昔闻投簪逸海岸，今见解兰缚尘缨[37]。

于是南岳献嘲，北垄腾笑。列壑争讥，攒峰竦诮[38]。慨游子之我欺，悲无人以赴吊。故其林惭无尽，磵愧不歇。秋桂遣风，春萝罢月。骋西山之逸议，驰东皋之素谒[39]。今又促装下邑，浪栧上京[40]，虽情殷于魏阙，或假步于山扃[41]。岂可使芳杜厚颜，薜荔蒙耻。碧岭再辱，丹崖重滓。尘游躅于蕙路[42]，污渌池以洗耳[43]？宜扃岫幌[44]，掩云关。敛轻雾，藏鸣湍。截来辕于谷口，杜妄辔[45]于郊端。于是丛条瞋胆，叠颖怒魄[46]。或飞柯以折轮，乍低枝而扫迹。请回俗士驾，为君谢逋客[47]。

### 【注释】

〔1〕钟山之英，草堂之灵：善注引梁简文帝《草堂传》曰："汝南周颙，昔经在蜀，以蜀草堂寺林壑可怀，乃于钟岭雷次宗学馆立寺，因名草堂，亦号山茨。"腾跃案：英与灵皆指神。

〔2〕驰烟：神仙行路腾云驾雾，故曰驰烟。驿路：古时传递政府文书等

用的道路。勒：刻。移：《北山移文》。山庭：山门口。

〔3〕耿介拔俗：廉洁自持不与俗合污。

〔4〕方絜：比洁。絜与洁古字通。干：善注引《子虚赋》曰："上干青云。"腾跃案：干指干犯即凌驾。

〔5〕芥千金而不眄：善注引《史记》曰："秦军引去。平原君乃置酒。酒酣，起前，以千金为鲁连寿。鲁连笑曰：'所贵于天下之士者，为人排患释难解纷而不取也。即有取者，是商贾之事，而连不忍为也。'遂辞平原君而去。"善注引《尔雅》曰："芥，草也。"腾跃案：视千金如草芥。

〔6〕屣万乘其如脱：善注引《淮南子》曰："尧年衰志闵，举天下而传之舜，犹却行而脱屣也。"许慎曰："言其易也。"腾跃案：闵，病；这里指年纪大身体不好。却行，倒行；这是脱鞋子的一种方法。

〔7〕闻凤吹于洛浦：善注引《列仙传》曰："王子乔，周灵王太子晋也。好吹笙，作凤鸣，游伊、雒间。"腾跃案："周灵王"原作"周宣王"此古人刻书之误，编辑发现并改之。雒与洛古字通。

〔8〕值薪歌于延濑：吕向注："苏门先生（孙登）游于延濑，见一人采薪，谓之曰：'子以终此乎？'采薪人曰：'吾闻圣人无怀，以道德为心，何怪乎而为哀也！'遂为歌二章而去。"腾跃案：值，遇上。薪歌，打柴人唱的歌。延濑，蜿蜒曲折的激流。

〔9〕岂期终始参差，苍黄翻覆。泪翟子之悲，恸朱公之哭：善注："终始参差，歧路也；苍黄翻覆，素丝也。翟，墨翟也；朱，扬朱也。《淮南子》曰：'杨子见歧路而哭之，为其可以南，可以北；墨子见练丝而泣之，为其可以黄，可以黑。'高诱曰：'闵其别与化也。'"

〔10〕乍：暂时。回迹：隐居。黩：黑，指同流合污。

〔11〕尚生不存，仲氏既往：善注引范晔《后汉书》曰："向子平隐居不仕，性尚中和，好通《老》《易》。仲长统，字公理，山阳人也。性俶傥，默语无常。每州郡命召，辄称疾不就。"

〔12〕周子：善注引萧子显《齐书》曰："周颙，字彦伦，汝南人也。释褐海陵国侍郎，元徽中，出为剡令。建元中，为长沙王后军参军，山阴令，稍迁国子博士，卒于官。"

〔13〕学遁东鲁：善注引《庄子》曰："鲁君闻颜阖得道人也，使人以币先焉。颜阖守陋闾。使者至曰：'此颜阖之家与？'颜阖对曰：'此阖之家。'使者致币，颜阖对曰：'恐听谬而遗使者罪，不若审之。'使者反审之，复来求之，则不得矣。"腾跃案：先音献。遗义同给。

〔14〕习隐南郭：善注引《庄子》曰："南郭子綦（qí）隐机而坐，仰天嗒（tà）然似丧其偶。"郭象曰："嗒焉解体，若失其配匹也。"腾跃案：据《庄子》记载南郭子綦亦是隐士。

〔15〕偶吹草堂，滥巾北岳：善注："偶吹，即齐竽也。偶，匹对之名。巾，隐者之饰。"腾跃案：此化用滥竽充数之典。

〔16〕缨：系。

〔17〕排巢父，拉许由：排，排挤。拉，拉扯；此指打压。据《高士传》记载：尧让天下于许由，许由不受而逃去。尧又召为九州长，许由不欲为之，洗耳于颍水边。时其友巢父牵犊饮水，见许由洗耳，问其故。许由说："尧欲召我为九州长，恶闻其声，是故洗耳。"巢父说："污吾犊口。"牵犊上流饮之。

〔18〕傲百氏，蔑王侯：百氏，诸子百家。蔑，轻视；蔑与蔑古字通。

〔19〕或叹幽人长往，或怨王孙不游：幽人，隐逸之人。王孙，贵族子弟。此句说身边全是"平民"，没有"贵人"。

〔20〕谈空空于释部，覈玄玄于道流：善注引萧子显《齐书》曰："颙泛涉百家，长于佛理，著《三宗论》，兼善《老》《易》。"腾跃案：空空，佛家语；《般若波罗蜜多心经》曰："色即是空，空即是色。"覈，研究；覈与核古字通。玄玄，道家语；《老子》曰："玄之又玄，众妙之门。"

〔21〕务光何足比，涓子不能俦：善注引《列仙传》曰："务光者，夏时人也。耳长七寸。好琴，服蒲马根。殷汤伐桀，因光而谋。光曰：'非吾事也。'汤得天下，已而让光，光遂负石沈窾水而自匿。涓子者，齐人也。好饵术，隐于宕山，能风。"腾跃案：蒲马根与术都是草药。俦，类。

〔22〕鸣驺：此指达官贵人出行时前呼后拥的车马。鹤书：书体名。这种字体古代专用于诏书，故实指诏书。

〔23〕眉轩席次，袂耸筵上：指在宴会中眉飞色舞高谈阔谈。

〔24〕焚芰制而裂荷衣：善注引《楚辞》曰："制芰荷以为衣，集芙蓉而

为裳。"腾跃案：此指隐士的服装。

〔25〕纽金章，绾（wǎn）墨绶：纽，扣；绾，绕；这里指拥有。金章，铜印；墨绶，黑带；这都是县官的标配章、饰。

〔26〕属城：指郡内的县。百里：善注引《汉书》曰："县，大率百里。"

〔27〕张英风于海甸，驰妙誉于浙右：张与驰指传播。海甸指海盐县，海盐县地处浙江东北角是浙左，下句言浙右指其声名远播。古人面向南，则以左为东，以右为西。

〔28〕道帙长摈，法筵久埋：道帙，道家书籍。帙，书套。摈，此指抛弃；有本作"殡"，言"长殡"与下"久埋"偶句，亦可从。法筵，讲佛法的座席。

〔29〕敲扑：古人敲鼓鸣冤。牒诉：控告的文书。倥偬（kǒngzǒng）：繁忙貌。

〔30〕结课：考核下属等第。折狱：判决诉讼案件。

〔31〕笼：胜过。笼则包含，故指胜过。张、赵：西汉时的张敞、赵广汉，二人都做过京兆尹，是当时著名的能吏。往图：指过去图籍的记载；这里指政绩。

〔32〕架：超越。架上去则比原来的高，故指超越。卓、鲁：东汉时的卓茂和鲁恭，二人都当过县令，并深得人民的爱戴。前箓：义同往图。

〔33〕希踪：希望追上。踪，脚印、踪迹。三辅豪：字义是三辅之豪强，实际指朝中官员。汉代将京城长安附近分为京兆尹、左冯翊、右扶风，以辅卫京城。

〔34〕碉户：原作"碉石"，据胡克家《文选考异》改作"碉户"，指山涧旁的草庐。碉与涧古字通。延伫：远望。

〔35〕还飙：旋风。幕：帘幕。写：写与泻古字通。

〔36〕山人去兮晓猨惊：山人指隐士。猨与猿古字通。

〔37〕昔闻投簪逸海岸，今见解兰缚尘缨：善注谓此用西汉疏广辞官归里之事。疏广，东海兰陵（今山东兰陵）人，地近海，故曰逸海岸。投簪，丢下固冠用的簪子，借指弃官隐居。解兰，借指脱下隐士的服装。缚尘缨，借指走上仕途。

〔38〕攒（cuán）峰：密聚在一起的山峰。竦诮：耸肩讥诮。

〔39〕骋西山之逸议，驰东皋之素谒：善注："驰骋，犹宣布也。逸议，

隐逸之议也。素谒，贫素之谒也。"腾跃案：善注"西山"、"东皋"皆有出处，文学作品不必如此。

〔40〕促装：急备行装。下邑：对京都而言，县为下。浪栧：行船。六朝时江南水路发达，走水路更方便。上京：京都对郡、县而言位高。

〔41〕魏阙：代指朝廷。假步：借道。山扃（jiōng）：山门。指北山。

〔42〕渍（zǐ）：污染。游躅：游人的足迹，指践踏。躅，足迹。

〔43〕污渌池以洗耳：见上注〔17〕巢父、许由条目。渌，清。

〔44〕扃：关上。幌：帷幔，用处同帘幕。

〔45〕妄辔：肆意乱闯的车马。

〔46〕瞋（chēn）胆：指肝胆俱裂，愤怒到极点。《广韵》曰："瞋，怒也。"颖：草叶。怒魄：魂魄发怒。亦指愤怒到极点。

〔47〕逋客：善注引孔安国《尚书传》曰："逋，亡也。"腾跃案：亡指偷偷进来。

## 【点评】

本文综合运用夸张拟人的手法，矛头指向标榜清高，以之为求官进身之阶的假隐士们，深刻揭露了部分士大夫伪装清高，实则苦心钻营争名逐利的现实，具有深刻的教育意义。其语言精炼华美、辛辣俏皮，又富有浓烈的抒情韵味，真"无语不新，有字必隽"（《古文观止》评语）。全篇以对偶句为主，由四字句和六字句相配而成，用典精切，笔锋犀利，读之朗朗上口，因此成为南北朝以来广为传诵的讽刺文章。

《重订文选集评》引孙月峰曰："铸辞最工，极藻绘，极精切，若精神唤应，全在虚字旋转上。转折愈多，节脉愈紧，是骈体胜处，意则深严，笔则飞舞。"又曰："六朝虽尚雕刻，然属对尚未尽工，下字尚未尽险。至此篇则无不入髓，句必净，字必巧，真可谓精绝之甚。此唐文所祖。"近人钱锺书说："以风物刻画之工，佐人事讥嘲之切，山水之清音与滑稽之雅虐，相得而益彰。"

# 为袁绍檄豫州

陈琳

【题解】

　　陈琳（？—217）字孔璋，广陵（今扬州）人。"建安七子"之一。《文心雕龙》评其文章为"有誉当时"。琳初为何进主簿，后依附袁绍。建安五年，袁绍从河北率大军攻打曹操，陈琳奉袁绍之命撰写了这篇讨曹檄文以告天下。言曹操无德，不堪依附，意在争取刘备等一同讨伐曹操。不久后的官渡之战，袁绍失败陈琳归降曹操。曹操谓曰："卿昔为本初移书，但可罪状孤而已，恶恶止其身，何乃上及父祖邪？"陈琳谢罪，曹操爱其才而不咎，以为记室。

　　袁绍（？—202）字本初，东汉汝阳（今河南息县境）人。其家族四世三公。初为司隶校尉。灵帝死，何进被杀，率军入宫，尽诛当朝宦官。董卓时为并州刺史，被召入朝，废少帝，立献帝，杀太后，自为相国、太师。献帝初，袁绍被推为讨卓盟主。董卓被诛，袁绍为太尉，封邺侯，又为大将军，领有河北之地，督四州（幽、并、青、冀）之众。其时，在讨黄巾、诛董卓中壮大起来的曹操，迎献帝都于许县，拜司空，行车骑将军，动以天子下诏称制，号令州郡，成为袁绍争霸天下的最强对手。

　　檄文是揭发被征讨者罪行的文书，完全是出于斗争策略上的需要，内容虽然主观性很强，但其事迹是真实的，故有很高的历史文献价值。《昭明文选译注》引《文选集释》说："本篇题目《为袁绍檄豫州》及李善题注，前人多有异议。此题为萧统所加，善注本、宋陈八郎五臣注本和六臣注本，皆从之。《三国志·袁绍传》裴注引《魏氏春秋》作《檄州郡文》。"正文第一句"左将军领豫州刺史"其下善注引《蜀志》说："先主归陶谦，谦表先主为豫州刺史。后归曹公，曹公表为左将军。"可见豫州代指刘备，故此文可从《三国志·袁绍传》

题作《檄州郡文》。

左将军领豫州刺史郡国相守[1]。盖闻明主图危以制变，忠臣虑难以立权[2]。是以有非常之人，然后有非常之事；有非常之事，然后立非常之功。夫非常者，故非常人所拟也。

曩者强秦弱主，赵高执柄，专制朝权，威福由己，时人迫胁，莫敢正言，终有望夷之败[3]，祖宗焚灭，污辱至今，永为世鉴。及臻吕后季年，产、禄专政，内兼二军，外统梁赵，擅断万机，决事省禁，下凌上替，海内寒心[4]。于是绛侯、朱虚兴兵奋怒，诛夷逆暴，尊立太宗，故能王道兴隆，光明显融[5]。此则大臣立权之明表也[6]。

司空曹操，祖父中常侍腾，与左悺、徐璜并作妖孽，饕餮放横，伤化虐民[7]。父嵩，乞丐携养，因赃假位，舆金辇璧，输货权门，窃盗鼎司，倾覆重器[8]。操赘阉遗丑，本无懿德，僄狡锋协[9]，好乱乐祸。幕府董统鹰扬[10]，扫除凶逆，续遇董卓侵官暴国[11]，于是提剑挥鼓，发命东夏，收罗英雄，弃瑕取用，故遂与操同咨合谋，授以裨师，谓其鹰犬之才，爪牙可任[12]。至乃愚佻短略，轻进易退，伤夷折衄，数丧师徒[13]。幕府辄复分兵命锐，修完补辑[14]，表行东郡，领兖州刺史[15]，被以虎文，奖蹙威柄[16]，冀获秦师一克之报[17]。而操遂承资跋扈，肆行凶忒，割剥元元，残贤害善[18]。故九江太守边让，英才俊伟，天下知名，直言正色，论不阿谄，身首被枭悬之诛，妻孥受灰灭之咎[19]。自是士林愤痛，民怨弥重，一夫奋臂，举州同声，故躬破于徐方，地夺于吕布，彷徨东裔，蹈据无所[20]。幕府惟强干弱枝之义，且不登叛人之党，故复援旌擐甲，席卷起征，金鼓响振，布众奔沮，拯其死亡之患，复其方伯之位[21]。则幕府无德于兖土之民，而有大造于操也。

后会銮驾反旆，群虏寇攻[22]。时冀州方有北鄙之警[23]，匪遑离局，故使从事中郎徐勋就发遣操，使缮修郊庙，翊卫幼主[24]。操便放志专行，胁迁当御省禁，卑侮王室，败法乱纪，坐领三台，专制朝政，爵赏由心，刑戮在口，所爱光五宗，所恶灭三族，群谈者受显诛，腹议者蒙隐戮，百寮钳口[25]，道路以目，尚书记朝会，公卿充员品而已。

故太尉杨彪，典历二司，享国极位。操因缘眦睚，被以非罪，榜楚参并，

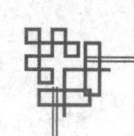

五毒备至，触情任忒，不顾宪纲[26]。又议郎赵彦，忠谏直言，义有可纳，是以圣朝含听，改容加饰。操欲迷夺时明，杜绝言路，擅收立杀，不俟报闻[27]。又梁孝王，先帝母昆[28]，坟陵尊显，桑梓松柏，犹宜肃恭。而操帅将吏士，亲临发掘，破棺裸尸，掠取金宝，至令圣朝流涕，士民伤怀。操又特置发丘中郎将、摸金校尉，所过隳突，无骸不露。身处三公之位，而行桀虏之态，污国虐民，毒施人鬼。加其细政苛惨，科防互设[29]。罾缴充蹊，坑阱塞路，举手挂网罗，动足触机陷，是以兖豫有无聊之民，帝都有吁嗟之怨[30]。

　　历观载籍，无道之臣，贪残酷烈，于操为甚。幕府方诘外奸，未及整训，加绪含容，冀可弥缝[31]。而操豺狼野心，潜包祸谋，乃欲摧挠栋梁[32]，孤弱汉室，除灭忠正，专为枭雄。往者伐鼓北征公孙瓒[33]，强寇桀逆，拒围一年。操因其未破，阴交书命，外助王师，内相掩袭，故引兵造河，方舟北济。会其行人发露，瓒亦枭夷，故使锋芒挫缩，厥图不果[34]。尔乃大军过荡西山，屠各左校，皆束手奉质，争为前登，犬羊残丑，消沦山谷[35]。于是操师震慑，晨夜逋遁，屯据敖仓，阻河为固，欲以螳螂之斧，御隆车之隧[36]。幕府奉汉威灵，折冲宇宙，长戟百万，胡骑千群，奋中黄、育、获之士，骋良弓劲弩之势[37]。并州越太行，青州涉济、漯，[38]大军泛黄河而角其前，荆州、下宛叶而掎其后[39]。雷霆虎步，并集虏庭，若举炎火以爇飞蓬，覆沧海以沃熛炭[40]，有何不灭者哉！

　　又操军吏士，其可战者皆自出幽、冀，或故营部曲[41]，咸怨旷思归，流涕北顾。其余兖、豫之民，及吕布、张扬之遗众[42]，覆亡迫胁，权时苟从，各被创夷，人为雠敌。若回旆方徂，登高冈而击鼓吹，扬素挥以启降路[43]，必土崩瓦解，不俟血刃。

　　方今汉室陵迟[44]，纲维弛绝，圣朝无一介之辅，股肱无折冲之势。方畿之内，简练之臣，皆垂头拓翼[45]，莫所凭恃。虽有忠义之佐，胁于暴虐之臣，焉能展其节？又操持部曲精兵七百，围守宫阙，外托宿卫，内实拘执，惧其篡逆之萌，因斯而作。此乃忠臣肝脑涂地之秋，烈士立功之会，可不勖哉[46]！

　　操又矫命称制，遣使发兵，恐边远州郡，过听而给与，强寇弱主，违众旅叛，举以丧名，为天下笑，则明哲不取也[47]。即日幽、并、青、冀四州并进，书到荆州，便勒见兵，与建忠将军协同声势[48]。州郡各整戎马，罗落境界[49]，举师扬威，并匡社稷，则非常之功，于是乎著。其得操首者，封五千户侯，赏钱五千万。部曲偏裨将校诸吏降者[50]，勿有所问。广宣恩信，班扬符赏，布告天下，咸使知圣朝有拘逼之难[51]。如律令[52]。

### 【注释】

〔1〕左将军领豫州刺史郡国相守：善注引《蜀志》曰："先主归陶谦，谦表先主为豫州刺史。后归曹公，曹公表为左将军。"腾跃案：郡国相守即郡守、国相，国指分封之国，两者都是其领地的最高长官。此句不甚通顺，前人各有解说，一说刺史之下当有"告"字，可从。又案：此文牵扯到很多历史事实、历史人物，本书注文紧贴文义不做过多繁琐考证，可参看吉林文史出版社《昭明文选译注》，中华书局《文选》三全本。

〔2〕制变：制定应变的措施。封建社会一般强调祖宗之法不可变。立权：清君侧。时曹操"挟天子以令诸侯。"

〔3〕望夷之败：善注："《史记》曰：'秦二世梦白虎啮其左骖马，杀之。问占梦卜，泾水为祟。二世乃斋望夷宫，欲祠泾水。使使责让赵高以盗事。高惧，乃阴与其女婿咸阳令阎乐数二世，二世自杀。'张华曰：'望夷宫在长安西北长平观故台处，是临泾水作之，以望北夷也。'"腾跃案：啮（niè），咬。祟（suì），作祟。数（shǔ），列举过错。

〔4〕及臻吕后季年……海内寒心：善注引《汉书》曰："张辟强谓丞相陈平：'请拜吕台、吕产为将，将兵居南北军。'丞相如辟强计。太后临朝，以吕侯子台为吕王，台弟产为梁王，建成侯释之子禄为赵王。吕后崩，将军禄、相国产颛（音义同专）兵秉政。"善注又引《左氏传》闵子骞曰："下凌上替，能无乱乎？"

〔5〕于是绛侯、朱虚……光明显融：善注引《汉书》曰："产、禄因谋作乱，齐悼惠王子朱虚侯章在京师，知其谋，使人告兄齐王，令发兵，章欲与太尉勃内应，以诛诸吕。"又曰："吕禄、吕产欲作乱，朱虚侯章与太尉勃等诛之。大臣乃谋迎代王。代王立，是为孝文皇帝。"

〔6〕明表：睿智的表率。

〔7〕中常侍腾：善注引司马彪《续汉书》曰："曹腾，字季兴，少除黄门。

桓帝即位,加特进。"左悺(guàn)、徐璜:皆为宦官,任中常侍。饕餮(tāotiè):善注引《左氏传》史克曰:"缙云氏有不才子,天下之人谓之饕餮。"腾跃案:形容凶恶残暴的人。

〔8〕父嵩……倾覆重器:善注引《魏志》曰:"曹腾养子嵩,官至太尉,莫能审其生本末。"腾跃案:此句言曹操父亲出生不明,靠行贿当官,危害国家。曹操父祖事迹,《三国志·魏志·武帝纪》与裴松之注多正面描写,其恶行见《后汉书》。

〔9〕僄狡锋协:仗势凌人。"僄"原作"犭票",据文下《考异》改正。

〔10〕幕府:将帅办公的地方,此指袁绍。董统:都统。鹰扬:《诗经·大雅·大明》:"维师尚父,时维鹰扬。"《毛传》:"如鹰之飞扬也。"这里指威武的部队。

〔11〕董卓侵官暴国:何进、袁绍谋诛宦官,召并州刺史董卓为助。董卓至京师,乃废少帝,立献帝,专擅朝政,杀戮廷臣。后山东十路诸侯讨卓;董卓焚烧洛阳,挟持汉献帝迁都长安,造成汉末军阀大混战。

〔12〕裨(pí)师:善注:"偏师也"。鹰犬、爪牙:皆是对曹操的蔑称。

〔13〕伤夷折衄(nù):指受到创伤,遭遇失败。夷与痍古字通。痍,创伤。衄,损伤。数丧师徒:指数次被击败,详见《三国志·魏志·武帝纪》。

〔14〕分兵命锐,俻完补辑:给兵、给装备、给粮草。

〔15〕表行东郡,领兖州刺史:善注引谢承《后汉书》曰:"袁绍以曹操为东郡太守,刘公山为兖州。公山为黄巾所杀,乃以操为兖州刺史。"

〔16〕被以虎文,奖蹙威柄:此句言给了曹操很多荣耀。虎文指虎皮,威柄指斧钺;皆是"名"的奖励。善注:"蹙,成也。"

〔17〕冀获秦师一克之报:善注引《左氏传》曰:"秦孟明帅师伐晋,晋侯御之,秦师败绩。"又曰:"秦伯伐晋,济河焚舟,取王官及郊,晋人不出,遂霸西戎,用孟明也。"腾跃案:据《左氏传》记载。鲁僖公三十二年(前628),秦穆公使百里孟明、西乞术、白乙丙率师袭郑,次年夏四月在崤被晋国打败被俘,后被释放归秦,秦穆公复使为政。鲁文公二年(前625),孟明率师伐晋,又在彭衙被晋军打败。三年(前624),秦师又伐晋,取王官及郊,晋人不敢出,秦师获胜,秦穆公遂霸西戎。

〔18〕凶忒（tè）元元：善注："孔安国《尚书传》曰：'忒，恶也。'高诱《战国策注》曰：'元元，善也。'"腾跃案：元元也可指百姓。李贤《后汉书注》曰："元元，谓黎庶也。"

〔19〕故九江太守边让……妻孥受灰灭之咎：边让，字文礼，陈留浚仪（今河南开封）人。少辩博，能属文。大将军何进召为令史，后为九江太守。初平年间，王室大乱，边让去官还家，恃才不屈于曹操，为曹操所杀。枭（xiāo）悬，斩首悬木示众。妻孥，妻子儿女。

〔20〕故躬破于徐方……蹈据无所：初平四年（193），徐州刺史陶谦举兵取泰山、华、费，掠任城。曹操往征陶谦。兴平元年（194）复征陶谦，会张邈、陈宫叛迎吕布，吕布夺兖州。曹操回军到定陶，与吕布战于濮阳，《三国志·魏书·武帝纪》曰："（吕布）先以骑犯青州兵，青州兵奔，太祖陈（阵）乱，驰突火出，坠马，烧左手掌。司马楼异扶太祖上马，遂引去。"徐方即徐州。

〔21〕幕府惟……复其方伯之位：善注："绍征吕布，诸史不载，盖史略也。《左氏传》曰：'擐（huàn）甲执兵。'杜预曰：'擐，贯也。'胡慢切。"又引谢承《后汉书》曰："操围吕布于濮阳，为布所破，投绍。绍哀之，乃给兵五千人，还取兖州。"腾跃案：擐，穿。方伯，原指一方诸侯之长，后泛称地方长官，如汉之刺史。

〔22〕后会銮驾反旆，群虏寇攻：善注引《魏志》曰："董卓徙天子都长安。后韩暹（xiān）以天子还雒阳。"

〔23〕时冀州方有北鄙之警：善注引《魏志》曰："冀州牧韩馥以冀州让绍，绍遂领冀州。"又引谢承《后汉书》曰："公孙瓒非绍立刘伯安，敛其众攻绍。"

〔24〕翊（yì）卫：护卫。

〔25〕寮：寮与僚古字通。僚，官。《三国演义》引作"僚"。

〔26〕故太尉杨彪……不顾宪纲：善注引范晔《后汉书》曰："彪字文先，代董卓为司空，又代黄琬为司徒。时袁术僭乱，操托彪与术婚姻，诬以欲图废置，奏收下狱，劾以大逆。"又引《汉书》曰："王莽诛翟义，夷灭三族，皆至同坑，以五毒参并葬之。"如淳曰："野葛、狼毒之属。"腾跃案：五毒一说为五种刑罚手段。榜楚：两种刑罚工具，此指严刑拷打。

〔27〕赵彦：东汉琅琊人。不俟（sì）报闻：不报告皇帝。俟，等待。

〔28〕又梁孝王，先帝母昆：善注引《汉书》曰："孝文皇帝窦皇后生孝景帝、梁孝王武。"腾跃案：母昆，同母兄弟。

〔29〕桀房：指凶恶残暴之人。桀即夏桀。科防：法律条文。

〔30〕矰缴（zēngjiǎo）：猎取飞鸟的射具。机陷：机关陷阱。无聊：无以聊生的缩写，指无法生存。

〔31〕诘：责问，惩戒。加绪：吕延济注："绪，余也。"腾跃案：加余即过分也。弥缝：改过自新。

〔32〕桡：桡与挠古字通，挠，扰乱、破坏。

〔33〕公孙瓒：善注："《魏志》曰：'公孙瓒，字伯圭。董卓至洛阳，迁瓒奋武将军，封蓟侯。'范晔《后汉书》曰：'公孙瓒大破黄巾，威震河北，绍自将击之。'"

〔34〕行人：使者。枭夷：诛灭。厥：其。

〔35〕尔乃大军……消沦山谷：《后汉书·袁绍传》无此一段。按此段所述之事，发生于初平四年（193），而公孙瓒死在建安四年（199），前后相差六年。此段文字放在瓒死之后，不妥，疑是衍文。过荡西山，据《后汉书·袁绍传》载，初平四年（193），黄巾余部于毒等攻陷邺城，杀郡守。袁绍引军入朝歌破杀于毒及其众万余人；又进攻左髭、丈八等，皆斩之；又击刘石、青牛角、黄龙、左校、郭大贤、李大目、于氐根等复斩数万级。遂与张燕及四营屠各战于常山。屠各，匈奴部落之一。匈奴入居塞内，有屠各、鲜支等十九种。左校，官署名。掌左右工徒。《袁绍传》屠各、左校与刘石、青牛角、张燕等并列，当为农民起义领袖之一。奉质，献上抵押品。前登，前驱，先头部队。犬羊残丑，对农民起义军的污辱性称呼。（中华书局《文选》三全本）

〔36〕于是操师震慑……御隆车之隧：善注："《魏志》曰：'袁绍将进军攻许，公留于禁屯河上，公军官度。'《汉书音义》曰：'敖，地名，在荥阳西，北上临河，有太仓。'"善注引《庄子》蘧伯玉谓颜阖曰："汝不知夫螳螂乎？怒其臂以当车辙，不知其不胜任也。"腾跃案：度与渡古字通。太与大古字通。螗螂与螳螂同。

〔37〕折冲：善注引《晏子春秋》孔子曰："不出樽俎之间，而折冲千里之外，晏子之谓也。"腾跃案：折冲，击退敌人。奋中黄、育、获之士：中黄伯、

夏育、乌获，皆古代力大无比的勇士。

〔38〕并州越太行，青州涉济、漯（tà）：善注引《魏志》曰："袁绍出长子谭为青州，外甥高干为并州。"腾跃案：太行，太行山。济、漯，两水名，是古黄河的主要支流。

〔39〕大军泛……掎（jǐ）其后：善注："《魏志》曰：'刘表为荆州刺史，北与袁绍相结。'《左氏传》狄子驹支曰：'譬如捕鹿，晋人角之，诸戎掎之。征伐军有前后，犹如捕兽，一人捉角，一人戾足。'《说文》曰：'掎，戾足也。'"腾跃案：掎，拖住、牵引。驹支是戎狄（少数民族）之人。宛，汉南阳郡有宛县，地在今河南南阳。叶，古邑名。在今河南叶县南。

〔40〕爇（ruò）：点燃。沃：浇灌。熛（biāo）炭：燃烧的炭火。

〔41〕故营部曲：吕延济注曰："故营部曲，谓绍之故营部曲之兵也。"腾跃案：曹操与吕布战，败于濮阳。后投袁绍，绍给兵五千人。

〔42〕吕布、张扬之遗众：曹操灭吕布、张扬，其军队内有其投降的旧部。

〔43〕若回旆（pèi）方徂（cú）：旆，旌旗；代替军队。徂，往。此时袁绍大部分军队驻扎在北线与公孙瓒作战，故有此说。挥：挥与徽古字通。徽，旗帜。

〔44〕陵迟：衰弱。

〔45〕方畿：指天子领属的方千里之地。后泛称国境之内。简练之臣：此指效忠汉室之臣。《礼记·月令》曰："天子乃命将帅，选士厉兵，简练桀俊，专任有功，以征不义。"拓（tà）翼：收翼。

〔46〕勖（xù）：勉励。

〔47〕矫命称制：假借天子之命放号施令。过听：误听。旅叛：善曰："《汉书》以旅为助。"举以丧名：举动失去了名分。

〔48〕建忠将军：善注引《魏志》曰："张绣以军功称，迁至建忠将军，屯宛，与刘表合。"

〔49〕罗落境界：指陈兵曹、袁两方的战场。

〔50〕部曲偏裨将校：部曲，普通士卒。偏裨，低级军官。将校，高级军官。此句即言广大士兵、各级军官。

〔51〕拘逼之难：即曹操"挟天子以令诸侯"。

〔52〕如律令：公文的常用结尾语。表示对方要文到奉行，像按照法律命令办事一样。

## 【点评】

文章首先论述明主忠臣应该具备制变立权的策略思想，并以秦末赵高执政二世灭亡、汉初诸吕专权周勃诛逆的经验教训加以验证。其后揭露了曹操丑恶的家世，披露了他忘恩负义、嫉妒贤能、杀害朝臣、卑辱王室等恶行劣迹，着重揭发了他心怀不轨的篡逆阴谋，以激起众人对曹操的愤恨。本文言辞激烈、气势磅礴、言中肯綮、振奋人心。有骨鲠之气而又文采斐然，历来传为名篇。《文心雕龙·檄移》说：“陈琳之檄豫州，壮有骨鲠，虽奸阉携养，章密太甚，发丘摸金，诬过其虐；然抗辞书衅，皦然露骨，敢矣樱曹公之锋，幸哉免袁党之戮也。”

# 对楚王问

宋玉

【题解】

宋玉（约前298—约前222）战国时楚国鄢城（今湖北宜城市）人。宋国公族后裔，生于楚国，曾事楚顷襄王。生于屈原之后，是《楚辞》二号人物，后世常将两人合称为"屈宋"。一说是屈原弟子，与唐勒、景差齐名。相传所作辞赋甚多，《汉书·艺文志》录有赋十六篇，今多亡佚。

据说宋玉同样也遭受到楚国宗室贵族的排挤和谗害，但宋玉没有选择以死抗争，而以机智的辩答表明自己的清白。本文记叙的便是宋玉对楚王责难的精彩辩白。对问是《昭明文选》特有的体裁名称，只收此一篇。是通过一问一答的形式，来论述问题和观点的一种文体。在宋玉等人所作的一些赋的序言里，也曾采用过这种形式。宋玉作品署名的真伪，历来是一个争论颇多的学术问题，众说纷纭，莫衷一是，本《选读》一律按照《文选》原题标注。

楚襄王问于宋玉曰："先生其有遗行与[1]？何士民众庶不誉之甚也[2]？"宋玉对曰："唯，然有之[3]。愿大王宽其罪，使得毕其辞。客有歌于郢中者[4]，其始曰《下里》《巴人》[5]，国中属而和者数千人；其为《阳阿》《薤露》[6]，国中属而和者数百人；其为《阳春》《白雪》[7]，国中属而和者不过数十人；引商刻羽，杂以流徵[8]，国中属而和者不过数人而已。是其曲弥高其和弥寡。故鸟有凤而鱼有鲲。凤皇上击九千里，绝云霓，负苍天，翱翔乎杳冥之上[9]。夫藩篱之䴗[10]，岂能与之料天地之高哉？鲲鱼朝发昆仑之墟[11]，暴鬐于碣石[12]，暮宿于孟诸[13]。夫尺泽之鲵[14]，岂能与之量江海之大哉！故非独鸟有凤而鱼有鲲也，士亦有之！夫圣人瑰意琦行[15]，超然独处；夫世

俗之民又安知臣之所为哉！"

## 【注释】

〔1〕遗行与：善曰："遗行，可遗弃之行也。《韩诗外传》子路谓孔子曰：'夫子尚有遗行乎？奚居之隐。'"腾跃案：与通欤。欤，文言助词，表示疑问、感叹、反诘等语气。

〔2〕士民众庶：士人百姓。

〔3〕唯：答应的声音。然有之：确实是有的。

〔4〕郢（yǐng）：楚国的都城，在今湖北省江陵县附近。

〔5〕《下里》《巴人》：古代俗曲名。

〔6〕《阳阿》《薤（xiè）露》：古代曲名。薤：多年生草本植物，地下有鳞茎，鳞茎和嫩叶可食。

〔7〕《阳春》《白雪》：古代高雅之曲名。

〔8〕引商刻羽，杂以流徵（zhǐ）：指采用高超的演奏技巧。流徵即变徵，是一种变调。中国音乐上古时有五音，后有七音，今亦是七音，所增者变徵、变宫。

〔9〕杳冥：极高或极远以致看不清的地方。

〔10〕藩篱：篱笆，栅栏。鷃（yàn）：字也作鴳。鹑属，一种小鸟。

〔11〕鲲鱼：古代传说中的水生神兽。昆仑：一般加山字头作崑崙。古代神山名，古人认为是黄河之源。不同于今之昆仑山脉。墟：山脚。

〔12〕暴：晒。鬐（qí）：鱼脊。碣石：善引孔安国《尚书传》曰："碣石，海畔山。"腾跃案：在河北省昌黎县北。《书·禹贡》曰："至于碣石，入于海。"

〔14〕孟诸：古大泽名，在今河南商丘东北。

〔12〕尺泽：小池子。尺形容泽之小。鲵（ní）：小鱼。俗名娃娃鱼。

〔13〕瑰意琦行：不同凡常的思维与行动。

## 【点评】

本文讲述了楚王听信谗言，责问宋玉之"遗行"，宋玉巧妙回答的故事。反映了楚顷襄王时宗室专权、朝政日非、嫉害贤能的黑暗现实。表现了宋玉志趣高洁、孤芳自赏的情怀。其设譬通俗易懂，其比喻生动形象。逐层推进逐层深入，有余音绕梁之效。其中"阳春白雪""曲高和寡"更是后人广为传诵的成语。《重订文选集评》引孙月峰曰："亦是骚家余韵，然却清澈，畦径最明白，略举而不极说，居然有余味。"

# 秋风辞 并序

刘彻

【题解】

刘彻简介见前《汉武帝诏两篇》。

汉武帝《秋风辞》，《史记》《汉书》皆不录。据小序记载，当是汉武帝晚年巡行河东（今山西省西南部），泛舟于汾河之上与群臣宴饮时所作。

辞作为一种独立文体最初与赋并称。刘勰《文心雕龙·诠赋》列举枚乘、相如、贾谊、子渊、孟坚、张衡、子云、延寿数家之后曰："并辞赋之英杰也。"《昭明文选》单列一个"辞"类，有意识地与"楚辞"作区分，但仅收入两篇作品，今人又往往把他们归入诗赋类，可见赋盛而辞衰不为后世所重。

上行幸河东[1]，祠后土[2]。顾视帝京欣然，中流与群臣饮燕[3]，上欢甚，乃自作《秋风辞》。曰：

秋风起兮白云飞，草木黄落兮雁南归[4]。

兰有秀兮菊有芳，携佳人兮不能忘。

泛楼舡兮济汾河[5]，横中流兮扬素波。

箫鼓鸣兮发棹歌，欢乐极兮哀情多[6]。少壮几时兮奈老何[7]！

【注释】

〔1〕上：君上。行幸：指皇帝亲临。河东：黄河流经山西省境，自北而南，故称山西境内黄河以东地区为河东。秦汉时有河东郡，治所在安邑。

〔2〕后土：旧时称地神或土神为后土。

〔3〕中流：在汾河中坐船游玩，故称中流。燕：燕与宴古字通。

〔4〕草木黄落兮雁南归：善注引《礼记》曰："季秋之月，草木黄落，鸿雁来宾。"

〔5〕楼舡：善注引应劭《汉书注》曰："作大舡，上施楼，故号曰楼舡。"腾跃案：《集韵》船俗作舡。

〔6〕欢乐极兮哀情多：善注引《列女传》陶答子妻曰："乐极必哀来。"

〔7〕少壮几时兮奈老何：善注引《古长歌行》曰："少壮不努力，老大乃悲伤。"

【点评】

全诗比兴并用，情景交融，意境优美，音韵流畅。把萧瑟悲凉的秋景与渴望获得理想贤才的心情，加之感叹壮年已去的幽怨交织在一起，委婉地表达了箫鼓欢乐之中蕴含在内心的哀怨感情，烘托出乐极生悲的感伤气息。是中国文学史上的"悲秋"佳作，历来受到赞誉。鲁迅《汉文学史纲要》称此辞为"缠绵流丽，虽词人不能过也"。

# 归去来 并序

陶渊明

## 【题解】

陶渊明（365—427）字元亮。或云潜，字渊明。浔阳柴桑（今江西九江）人。别号五柳先生，私谥靖节。东晋诗人、辞赋家、散文家。曾任江州祭酒、建威参军、镇军参军、彭泽县令等职，最后一次出仕为彭泽县令，八十多天便弃职而去，从此归隐田园。他是中国第一位田园诗人，被誉为"隐逸诗人之宗""田园诗派之鼻祖"。陶公生于晋宋易代之际，《晋书》《宋书》《南史》对其均有记载，三书皆存不同。昭明太子撰《陶渊明集》，本文以其为准。

萧统《陶渊明集》序曰：陶渊明字元亮。或云潜，字渊明。浔阳柴桑人也。曾祖侃，晋大司马。渊明少有高趣，博学，善属文；颖脱不群，任真自得。尝著《五柳先生传》以自况，时人谓之实录。家贫亲老，起为州祭酒；不堪吏职，少日自解归。州召主簿，不就。躬耕自资，遂抱羸疾。江州刺史檀道济往候之，偃卧瘠馁有日矣。道济谓曰："贤者处世，天下无道则隐，有道则至；今子生文明之世，奈何自苦如此？"对曰："潜也何敢望贤，志不及也。"道济馈以粱肉，麾而去之。

后为镇军、建威参军，谓亲朋曰："聊欲弦歌以为三径之资，可乎？"执事者闻之，以为彭泽令。不以家累自随，送一力给其子，书曰："汝旦夕之费，自给为难，今遣此力，助汝薪水之劳。此亦人子也，可善遇之。"公田悉令吏种秫，曰："吾常得醉于酒足矣！"妻子固请种粳，乃使二顷五十亩种秫，五十亩种粳。岁终，会郡遣督邮至，县吏请曰："应束带见之。"渊明叹曰："我岂能为五斗米，折腰向乡里小儿！"即日解绶去职，赋《归去来》。征著作郎，不就。

《归去来辞序》云："余家贫，耕植不足以自给，幼稚盈室，瓶无储粟，生生所资，未见其术。亲故多劝余为长吏，脱然有怀，求之靡途。会有四方之事，诸侯以惠爱为德。家叔以余贫苦，遂见用于小邑。于时风波未静，心惮远役。彭泽去家百里，公田之利，足以为酒，故便求之。及少日，眷然有归欤之情。何则？质性自然，非矫厉所得；饥冻虽切，违己交病。尝从人事，皆口腹自役；于是怅然慷慨，深愧平生之志。犹望一稔，当敛裳宵逝。寻程氏妹丧于武昌，情在骏奔，自免去职。仲秋至冬，在官八十余日。因事顺心，命篇曰《归去来兮》。"此《序》萧统编《昭明文选》时不录，李善注多有删节，今人教版有之，故补录。

此文《昭明文选》作《归去来》，后代也作《归去来兮》《归去来辞》《归去来兮辞》，今人教版作《归去来兮辞并序》。

序曰：余家贫，又心惮远役，彭泽县去家百里，故便求之。及少日，眷然有归与之情，自免去职。因事顺心，命篇曰《归去来》。

归去来兮，田园将芜胡不归！既自以心为形役，奚惆怅而独悲。悟已往之不谏，知来者之可追。实迷途其未远，觉今是而昨非。舟遥遥以轻飏，风飘飘而吹衣。问征夫以前路，恨晨光之熹微。乃瞻衡宇，载欣载奔。僮仆欢迎，稚子候门。三迳就荒，松菊犹存。携幼入室，有酒盈樽。引壶觞以自酌，眄庭柯以怡颜。倚南窗以寄傲，审容膝之易安。园日涉以成趣，门虽设而常关。策扶老以流憩，时矫首而遐观。云无心以出岫，鸟倦飞而知还。景翳翳以将入，抚孤松而盘桓。

归去来兮，请息交以绝游。世与我而相遗，复驾言兮焉求？悦亲戚之情话，乐琴书以消忧。农人告余以春兮，将有事乎西畴。或命巾车，或棹孤舟。既窈窕以寻壑，亦崎岖而经丘。木欣欣以向荣，泉涓涓而始流。善万物之得时，感吾生之行休！已矣乎！寓形宇内复几时，曷不委心任去留！胡为遑遑欲何之？富贵非吾愿，帝乡不可期。怀良辰以孤往，或植杖而耘耔。登东皋以舒啸，临清流而赋诗。聊乘化以归尽，乐夫天命复奚疑！

# 归去来 并序

陶渊明

序曰：余家贫，又心惮远役，彭泽县去家百里，故便求之。及少日，眷然有归与之情，自免去职。因事顺心，命篇曰《归去来》。〔腾跃案：题解已引全文。彭泽县今属江西九江市。眷然，思恋的样子。〕

归去来兮，田园将芜胡不归！〔《毛诗》曰："式微式微，胡不归！"〕既自以心为形役，奚惆怅而独悲。〔《淮南子》曰："是皆形神俱役者也。"《楚辞》曰："惆怅兮而私自怜。"腾跃案：奚，疑问代词，相当于"胡""何"。〕悟已往之不谏，知来者之可追。〔《论语》楚狂接舆歌曰："往者不可谏，来者犹可追。"腾跃案：谏，挽留。〕寔迷途其未远，觉今是而昨非。〔迷途，已见丘迟《与陈伯之书》。《庄子》（庄子）谓惠子曰："孔子行年六十而化，始时所是，卒而非之，未知今之所谓是之非五十九非也。"腾跃案：《与陈伯之书》："夫迷途知反，往哲是与。"注文善引《楚辞》曰："回朕车而复路，及迷途之未远。"括号内庄子两字为我所加，原刻本当为"《庄子》庄子谓惠子曰"前为书名后为人名，浅人以为错误，妄删一个庄子。寔与实古字通。〕舟遥遥以轻飏，风飘飘而吹衣。问征夫以前路，恨晨光之熹微。〔《毛诗》曰："骎骎征夫。"《声类》曰："熹，亦熙字也。熙，光明也。"〕乃瞻衡宇，载欣载奔。〔《毛诗》曰："衡门之下，可以栖迟。"腾跃案：横木为门。指简陋的房屋。喻隐者所居。〕僮仆欢迎，稚子候门。〔《周易》曰："得僮仆，贞。"《史记》曰："楚怀王稚子子兰。"〕三迳就荒，松菊犹存。〔《三辅决录》曰："蒋诩，字元卿，舍中三迳，唯羊仲、求仲从之游，皆挫廉逃名不出。"〕携幼入室，有酒盈樽。〔《战国策》曰："扶老携幼，迎孟尝君。"嵇康《赠秀才诗》曰："旨酒盈樽。"〕引壶觞以自酌，眄庭柯以怡颜。〔陆机《高祖功臣颂》曰："怡颜高览。"腾跃案：庭柯，庭中小树。〕倚南窗以寄傲，审容膝之易安。〔《韩诗外传》北郭先生妻曰："今结驷列骑，所安不过容膝；食方丈于前，所甘不过一肉。"〕园日涉以成趣，门虽设而常关。〔《尔雅》曰："堂上谓之行，堂下谓之步，门外谓之趋，中庭谓之走。"郭璞曰："此皆人行步趋走之处，因以名。"趋，避声也，七喻切。"腾跃案：上句言每天去田园之中很有乐趣，下句言家中没有俗人打扰很清净。〕策扶老以流憩，时矫首而遐观。〔《易林》曰："鸠杖扶老，衣食百口。"王逸《楚辞注》曰："矫，举也。"腾跃案：憩（qì），休息。〕云无心以出岫〔腾跃案：岫（xiù），山峰。〕，鸟倦飞而知还。景翳翳以将入，抚孤松而盘桓。〔丁仪妻《寡妇赋》曰："时翳翳而稍阴，日亹亹以西坠。"《尔雅》曰："盘桓，不进也。"腾跃案：翳翳，晦暗不明的样子。亹亹（wěiwěi）：形容向前推移、行进。亦作娓娓，《正字通》引徐铉曰："《说文》无亹，当作娓。"〕〔又李周翰注曰："言云自然之气，无心意以出于山岫之中，自喻心不营事，自为纵逸。言鸟昼飞倦而暮还故林，亦犹人日出而作，日入而息也。"〕

　　归去来兮，请息交以绝游。〔《列子》曰："公孙穆屏亲昵，绝交游。"〕世与我而相遗，复驾言兮焉求？〔《桓子新论》曰："凡人性，难极也，难知也。故其绝异者，常为世俗所遗失焉。"《毛诗》曰："驾言出游。"又曰："知我者谓我心忧，不知我者谓我何求。"腾跃案：驾，乘车。言，语助词。《释言》曰："遗，离也。"今人教版作"违"。〕悦亲戚之情话，乐琴书以消忧。〔《说文》曰："话，会合为善言也。"刘歆《遂初赋》曰："玩琴书以涤畅。"〕农人告余以春兮，将有事乎西畴。〔贾逵《国语注》曰："一井为畴。"腾跃案：畴，田亩。〕或命巾车，或棹孤舟。〔《孔丛子》孔子歌曰："巾车命驾，将适唐都。"郑玄《周礼注》曰："巾，犹衣也。"〕既窈窕以寻壑，亦崎岖而经丘。〔曹摅《赠石荆州诗》曰："窈窕山道深。"《埤苍》曰："崎岖，不安之貌。"腾跃案：窈窕，幽深。〕木欣欣以向荣，泉涓涓而始流。〔《毛苌诗传》曰："欣欣，乐也。"《家语》金人铭曰："涓涓不壅，为江为河。"〕善万物之得时，感吾生之行休！〔《大戴礼》曰："君道当，则万物皆得其宜。"郭璞《游仙诗》曰："吾生独不化。"《庄子》曰："其生若浮，其死若休。"〕已矣乎！寓形宇内复几时，曷不委心任去留！〔《尸子》老莱子曰："人生于

天地之间，寄也。"《琴赋》曰："委性命兮任去留。"腾跃案：曷与何音义同。委心，随心。〕胡为遑遑欲何之？〔《孟子》曰："《传》云：'孔子三月无君，则遑遑如也。'"《孔丛子》孔子歌曰："天下如一欲何之？"〕富贵非吾愿，帝乡不可期。〔《大戴礼》孔子曰："所谓贤人者，躬为匹夫，而不愿富贵。"《庄子》华封人谓尧曰："乘彼白云，至于帝乡。"腾跃案：华，华州。封人，古官名，掌管修筑王畿、封国、都邑四周疆界上的封土堆和树木。〕怀良辰以孤往，或植杖而耘耔。〔《东征赋》曰："选良辰而将行。"《淮南子·要略》曰："山谷之人，轻天下，细万物，而独往者也。"司马彪曰："独往，任自然，不复顾世。"《论语》曰："植其杖而耘。"《毛诗》曰："或耘或耔。"〕登东皋以舒啸，临清流而赋诗。〔阮籍《奏记》曰："将耕东皋之阳。"《毛苌诗传》曰："舒，缓也。"《琴赋》曰："临清流而赋新诗。"〕聊乘化以归尽，乐夫天命复奚疑！〔《家语》孔子曰："化于阴阳，象形而发，谓之生；化穷数尽，谓之死。"《孟子》曰："生有所乎萌，死有所乎归。"《周易》曰："乐天知命，故不忧。"〕

【点评】

　　文章描述了作者出仕彭泽县令、辞去彭泽县令、回乡路上和到家后的情形，并设想日后的隐居生活，表达了对当时官场的厌恶和对田园生活的向往。其感情真挚，语言朴素，音节谐畅，有如天籁，呈现出一种平淡自然之美。然平淡之中有华采，自然之中含丰韵，似"木荣泉流之趣"（《艺概》），诚大匠运斤，无斧凿之痕。

　　金圣叹《批才子古文》道："凡看古人长文，莫以其汪洋一篇便搁过。古人长文，皆积短文所成耳。即如此辞本不长，然皆四句一段。试只逐段读之，便知其逐段各自入妙。"钱锺书《管锥编》引南宋周紫芝诗赞曰："千秋但有一渊明，肯脱青衫事耦耕。"

# 毛诗序

卜商

【题解】

卜商（前507—？）字子夏，春秋末卫人，一说晋人。孔子弟子，小孔子四十四岁，以文章博学见称。精研《诗》教，明于《春秋》大义，兼通《易》《礼》。曾与孔子讨论《诗》，颖悟有得，后仕鲁，曾为莒父宰。孔子死后，居西河（今陕西合阳一带）讲学，李悝、吴起皆出其门下，魏文侯也咨以国政，待以师礼。丧子，哭之失明，卒。

汉人传诗本有四家，除毛诗外另有三家，即鲁诗（申培公所传）、齐诗（辕固生所传）、韩诗（韩婴所传），此三家又被称为三家诗，皆采用今文，曾在西汉被立于学馆。但是毛诗后起，逐渐取代三家诗的地位，三家诗逐渐失传，今人所读的《诗经》即是《毛诗》。《毛诗》共三百零五篇均有小序，少则几字，多则几十字，简述诗的主旨、背景、作者等。而首篇《关雎》题下的小序后，另有一大段较长文字，论述诗的性质、作用、体裁、手法等，称《大序》。萧统将两者全部选录，名之曰《毛诗序》。关于《毛诗序》的作者，说法不一，郑玄《诗谱》说《大序》为孔丘弟子子夏所作，《小序》为子夏、毛公合作。范晔《后汉书·儒林传》则认为是后汉卫宏所作。另有其他说法，至今没有定论。从作者的众说纷纭和诗序中包含的许多旧说来看，不是一人一时之作，而是对从先秦到两汉的儒家诗论的总结，最后完成于汉代学者之手。

序也作叙，指序文，是对一部书或一篇诗文的写作缘由、内容或体例等进行说明的文字。正常情况下都是作者完结全书，几经修改后才能最终定稿的。故上古时代的书序都是放在书的后面，如《史记·太史公自序》《汉书·叙传》等，都依照上述写作顺序。魏晋以后为了读者阅读方便，才逐渐移到了书的最前面。

《关雎》后妃之德也[1]，《风》之始也，所以风天下而正夫妇也。故用之乡人焉，用之邦国焉。风，风也[2]，教也。风以动之，教以化之。

诗者，志之所之也[3]。在心为志，发言为诗。情动于中而形于言，言之不足，故嗟叹之；嗟叹之不足，故永歌之[4]；永歌之不足，不知手之舞之、足之蹈之也。情发于声，声成文谓之音[5]。治世之音安以乐，其政和；乱世之音怨以怒，其政乖；亡国之音哀以思，其民困。故正得失，动天地，感鬼神，莫近于诗[6]。先王以是经夫妇，成孝敬，厚人伦，美教化，移风俗。

故诗有六义焉[7]：一曰风，二曰赋，三曰比，四曰兴，五曰雅，六曰颂。上以风化下，下以风刺上，主文而谲谏[8]，言之者无罪，闻之者足以戒，故曰风。至于王道衰，礼义废，政教失，国异政，家殊俗，而变风、变雅作矣[9]。国史明乎得失之迹，伤人伦之废，哀刑政之苛，吟咏情性，以风其上，达于事变，而怀其旧俗者也[10]。故变风发乎情，止乎礼义。发乎情，民之性也；止乎礼义，先王之泽也。是以一国之事，系一人之本，谓之《风》；言天下之事，形四方之风，谓之《雅》[11]。雅者，正也，言王政之所由废兴也。政有小大，故有《小雅》焉，有《大雅》焉。颂者，美盛德之形容，以其成功告于神明者也。是谓四始，诗之志也[12]。

然则《关雎》《麟趾》之化[13]，王者之风，故系之周公。南，言化自北而南也。《鹊巢》《驺虞》之德[14]，诸侯之风也，先王之所以教，故系之召公。《周南》《召南》[15]，正始之道[16]，王化之基。是以《关雎》乐得淑女以配君子，忧在进贤，不淫其色，哀窈窕，思贤才，而无伤善之心焉，是《关雎》之义也。

### 【注释】

〔1〕《关雎》后妃之德也：今人一般认为《关雎》是爱情诗。

〔2〕风也：风音义通讽。指用委婉的话进行劝说。

〔3〕志：志向；思想感情。

〔4〕永：长。《尚书·舜典》："诗言志，歌永言。"

〔5〕声成文谓之音：声有节奏就是音乐。

〔6〕莫近：莫过。

〔7〕六义：六种意义。六义中的风、雅、颂是诗歌的三种体制，也有人认为是一种音乐上的分类；赋、比、兴是三种艺术表现手法。

〔8〕主文：以文的手法为主，委婉地说。谲谏：不直言过失，而用隐约曲折的言辞进行劝谏。

〔9〕变风、变雅：指《诗经》中那些反映时世由盛变衰，政教纲纪大坏的《风》《雅》。

〔10〕旧俗：之前好的风俗。

〔11〕是以……谓之《雅》：孔颖达《毛诗正义》曰："言风雅之别，其大意如此也。一人者，作诗之人。其作诗者，道己一人之心耳，要所言一人心，乃是一国之心。诗人览一国之意以为己心，故一国之事系此一人使言之也。但听言者，直是诸侯之政，行风化于一国，故谓之风，以其狭故也。言天下之事，亦谓一人言之。诗人总天下之心，四方风俗，以为己意，而咏歌王政，故作诗道说天下之事，发见四方之风，所言者乃是天子之政，施齐政于天下，故谓之雅，以其广故也。"

〔12〕四始：四种开始。《关雎》风始，《鹿鸣》小雅始，《文王》大雅始，《清庙》颂始。诗之志也：有本"志"作"至"。李善注卷五十《宋书·谢灵运传论》时亦引作"至"。

〔13〕《关雎》《麟趾》之化：《关雎》是《国风·周南》的第一篇，《麟趾》是《国风·周南》的最后一篇，两者连文，即《国风·周南》之化。

〔14〕《鹊巢》《驺（zōu）虞》之德：《鹊巢》是《国风·召南》的第一篇，《驺虞》是《国风·召南》的最后一篇，两者连文，即《国风·召南》之德。

〔15〕《周南》《召南》：南，商代诸侯国名。周、召二公分陕而治，以陕原（今河南省西部陕县的西南）为界，周公主陕以东，召公主陕以西，就是分别统治古南国之地，所以周、召二公辖境各称南。

〔16〕正始之道：正王道之始。儒家认为这二十五篇诗是正风。孔颖达《毛诗正义》曰："《周南》《召南》二十五篇之诗，皆是正其初始之大道，王业风化之基本也。"

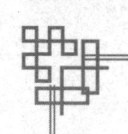

## 【点评】

笔者水平有限,不敢妄言论经。特引用《毛诗正义》和《昭明文选译注》中的两段文字,放在点评之中。

《毛诗正义》

夫《诗》者,论功颂德之歌,止僻防邪之训,虽无为而自发,乃有益于生灵。六情静于中,百物荡于外,情缘物动,物感情迁。若政遇醇和,则欢娱被于朝野,时当惨黩,亦怨刺形于咏歌。作之者所以畅怀舒愤,闻之者足以塞违从正。发诸情性,谐于律吕,故曰"感天地,动鬼神,莫近于《诗》"。此乃《诗》之为用,其利大矣。

若夫哀乐之起,冥于自然,喜怒之端,非由人事。故燕雀表啁噍之感,鸾凤有歌舞之容。然则《诗》理之先,同夫开辟,《诗》迹所用,随运而移。上皇道质,故讽谕之情寡。中古政繁,亦讴歌之理切。唐、虞乃见其初,牺、轩莫测其始。于后时经五代,篇有三千,成、康没而颂声寝,陈灵兴而变风息。先君宣父,鳌正遗文,缉其精华,褫其烦重,上从周始,下暨鲁僖,四百年间,六诗备矣。卜商阐其业,雅颂与金石同和;秦正燎其书,简牍与烟尘共尽。汉氏之初,《诗》分为四:申公腾芳于鄢、郢,毛氏光价于河间,贯长卿传之于前,郑康成笺之于后。晋、宋、二萧之世,其道大行;齐、魏两河之间,兹风不坠。

《昭明文选译注》

《毛诗序》主要讲三个问题:

一、诗歌的艺术特征

《毛诗序》指出,诗有两个特征:一个是情、志结合;一个是诗、乐结合。谈到诗的这两个特征,不始于《毛诗序》。《毛诗序》是对前人之说的理论概括。关于这一点,一比较就看得分明。

《毛诗序》:"诗者,志之所之也,在心为志,发言为诗。情动于中而形于言,言之不足故嗟叹之,嗟叹之不足故永歌之,永歌之不足,不知手之舞之,足之蹈之也。"最早讲到情志结合的不是《毛诗序》而是先秦的《乐记》:"诗,言其志也;歌,咏其言也;舞,动其容也。""情动于中,故形于声。""故歌之为言也，长言之也。说之故言之，言之不足故长言之，长言之不足，故嗟叹之。嗟叹之不足，故不知手之舞之、足之蹈之也。"

显然，前者的意思与后者是一脉相承的，甚至连语言都差不多。《毛诗序》直接把情和志结合起来；更显示出诗歌的特征。情和志是二而一的东西。如唐孔颖达概括的那样："在己为情，情动为志，情志一也。"

但是，《毛诗序》和孔颖达所讲的情，与明清时一些离经叛道诗论家所讲的情不同。前者囿于"君臣""父子"之情，没有超出封建伦理道德的范围。到了明清，随着资本主义的萌芽和发展，人们开始有了自我意识，朦胧地提到了个性问题。袁中郎主张，作诗要"独抒性灵，不拘格套"，袁枚提出"性灵之外无诗"。这对"君君臣臣父父子子"的纲常伦理是个背叛，对"温柔敦厚"的儒家诗教是个突破，就这个意义讲，在诗歌理论上是一大进步。

诗乐结合，更是我国诗歌形成过程的一个突出特点。诗歌形成之初，它与乐和舞是三位一体的。"三人操牛尾，投足以歌八阕"，（《吕氏春秋·古乐》）就反映出诗、乐、舞三者的密不可分。"诗言其志也；歌咏其声也；舞动其容也。"特别是诗与乐的结合，成为我国诗歌的一个重要特征。随着时间的推移，文学领域的分工越来越细，诗和乐逐渐成为各自独立的艺术部门，诗由唱而吟，由吟而诵，其音乐性不断减弱，但诗和乐的血缘关系始终没有断绝，就是说诗始终保持着音乐美。关于诗的情志结合，诗乐结合，虽然不是《毛诗序》的创见，但经过它的理论概括，对我国诗歌理论的发展产生了深远的影响。

二、诗歌的教化作用

重视诗的政治教化作用，是儒家诗论的核心，《毛诗序》使之更加理论化、系统化。首先，它指出诗乐与时代政治的关系："治世之音安以乐，其政和；乱世之音怨以怒，其政乖；亡国之音哀以思，其民困。"就是说，诗是时代政治状况在人民情绪上的反映。可以从安乐、怨怒、哀思之音中，看出时代政治的好坏、国家的兴亡。其次，正因为诗与政治的关系如此密切，所以历代君王都把它作为"经夫妇、成孝敬、厚人伦、美教化、移风俗"的工具。《毛诗序》开篇就是："《关雎》后妃之德也，风之始也，所以风天下而正夫妇也。故用之乡人焉，用之邦国焉。风，风也，教也；风以动之，教以化之。"显然教化

的主要对象是被统治者。"动之""化之"的目的，是让他们恪守封建纲常，不越其轨，以维护封建秩序，巩固封建统治。当然，《毛诗序》也讲到了"下以风刺上"的问题。民众可以表现某种不满情绪，也可以用诗来批评统治者，但是这种不满是有限度的，这种批评是受限制的。可以"发乎情"，但必须"止乎礼义"；可以"刺上"，但必须"主文而谲谏。"上以风化下无条件，下以风刺上有条件。那就是要讲究态度和方法。既要指出统治者的过失，又要不损伤统治者的尊严。不批评过失，可能招致祸害；损伤尊严，可能动摇统治者的权威，两全的办法是"主文而谲谏"。比、兴都是《大序》（即《毛诗序》）所谓的主文而谲谏。"不直陈而用比喻叫'主文'，委婉讽刺叫'谲谏'。"（《朱自清古典文学论文集》）通过比、兴的手法，暗示统治者，启发统治者，使之醒悟，纠正错误，这就是"温柔敦厚"的儒家诗教，其目的在于维护统治阶级的统治。但它强调"主文"，注意到诗歌与政治的关系，注意到诗歌发挥教化作用的形象含蓄的特点，还是有借鉴意义的。

### 三、诗的体裁和手法

《诗经》有所谓六义：风、雅、颂是诗的体裁；赋、比、兴是诗的表现手法。关于"六义"的名称，在先秦时期就已形成。《周礼·春官》说："大师教六诗：曰风、曰赋、曰比、曰兴、曰雅、曰颂。"《毛诗序》对风、雅、颂做了进一步阐述。它从音乐上区分风、雅、颂："以一国之事，系一人之本，谓之风；言天下之事，形四方之风，谓之雅。雅者，正也，言王政之所由废兴也。政有大小，故有小雅焉，有大雅焉。颂者，美盛德之形容，以其成功告于神明者也。"这段话说明，风是产生于各国地方的诗歌，雅是产生于周朝中央的诗歌。颂是祭祀、赞美祖先的乐歌。这种分法，比较合乎事实。关于赋、比、兴的含义，《毛诗序》没有做说明。宋代朱熹曾做过这样的解释："赋者，敷陈其事，陈其义也。比者，以彼物比此物也。兴者，先言他物，以引起所咏之辞也。"比、兴的方法，实质就是形象思维的方法。它在中国古代诗歌理论与诗歌创作上都产生过深远的影响。特别是比兴两法，影响尤大。锺嵘的《诗品序》、刘勰的《文心雕龙·比兴》，以及陈子昂、白居易等人的诗歌理论，都吸收了《毛诗序》的比兴说，并有了新的发展。

# 思归引序

石崇

【题解】

　　石崇（249年—300年）字季伦，渤海南皮（今属河北省）人。为一方巨富，生活奢侈，喜好宴请文人骚客达官显要，与潘岳等人谄事贾谧，时人号为"二十四友"。《世说新语》多载其故事。善注引臧荣绪《晋书》曰："崇早有智慧，年二十余，为修武令，有能名。稍迁至卫尉。初，崇与贾谧善，谧既诛，赵王伦专任孙秀。崇有妓曰绿珠，秀使人求之，崇不许，秀劝伦杀崇，遂被害。"

　　《思归引》是古琴曲名，亦作《离拘操》。石崇在河阳金谷园建有豪华别墅，晚年做太仆时，起思归之念，遂作《思归引》诗曲，并写了此序。《文选》只收其序文而未收曲词。

　　余少有大志，夸迈流俗[1]，弱冠登朝，历位二十五年，五十以事去官。晚节更乐放逸，笃好林薮；遂肥遁于河阳别业[2]。其制宅也，却阻长堤，前临清渠，百木几于万株，流水周于舍下。有观阁池沼，多养鱼鸟。家素习技，颇有秦赵之声。出则以游目弋钓为事，入则有琴书之娱。又好服食咽气[3]，志在不朽，傲然有凌云之操。欻复见牵羁[4]，婆娑于九列[5]；困于人间烦黩[6]，常思归而永叹。寻览乐篇，有《思归引》[7]，傥古人之情，有同于今，故制此曲。此曲有弦无歌[8]，今为作歌辞，以述余怀。恨时无知音者，令造新声而播于丝竹也。

【注释】

〔1〕夸：夸与跨音义通。指高。

〔2〕肥遁：隐居。《易经》作肥遯，详见《文选古字通·合集》。别业：别墅。

〔3〕服食：指服食丹药。为道家养生之法。咽气：以道家呼吸吐纳之法修养身心。

〔4〕欻（xū）：忽然，瞬间。牵羁：拘束。

〔5〕婆娑：盘桓，停留。九列：九卿之位。

〔6〕烦黩：繁杂污浊。

〔7〕《思归引》：善引蔡邕《琴操》曰："思归者，卫女之所作也。欲归不得，心悲忧伤，援琴而歌，作《思归引》。"腾跃案：《乐府诗集》卷五十八《思归引》题解引谢希逸《琴论》又说"箕子作《离拘操》"，不言为卫女作。原只有曲，至石崇始为作辞。

〔8〕有弦无歌：即上注之有曲无辞。

【点评】

石崇的人品多为后世否定，但其作品还是有可观之处的，故昭明太子多选其诗文。本作语言清简，无繁文缛饰，有自然清趣之美。虽不足两百字，但高度概括，结构分明。内容表现了作者厌倦官务烦劳，渴望过优裕闲散的享乐生活。又饱含着以文传后世"志在不朽"的思想。其名作《金谷诗序》亦曰："遂各赋诗，以叙中怀，或不能者，罚酒三斗。感性命之不永，惧凋落之无期，故具列时人官号、姓名、年纪，又写诗著后。后之好事者，其览之哉！"

# 三月三日曲水诗序

颜延之

【题解】

颜延之（384—456）字延年。祖籍琅邪临沂（今属山东省）人。他是南朝刘宋文坛的领袖人物，在中国古代文学史上有重要地位。其诗文辞藻艳丽，当时的人们常将他与同时代的谢灵运并称"颜谢"，又与谢灵运、鲍照一起，被称为南朝"元嘉三大家"。

善注引《续齐谐记》曰："晋武帝问尚书挚虞曰：'三月曲水，其义何？'答曰：'汉章帝时，平原徐肇以三月初生三女，至三日而俱亡，一村以为怪，乃招携至水滨盥洗，遂因水以泛觞。曲水之义起于此。'帝曰：'若所谈，非好事。'尚书郎束皙曰：'仲治小生，不足以知，臣请说其始。昔周公成洛邑，因流水以泛酒，故逸诗曰：羽觞随流波。又秦昭王三日置酒河曲，见有金人出，奉水心剑曰：令君制有西夏，乃因其处，立为曲水。二汉相沿，皆为盛集。'帝曰：'善。赐金五十斤，左迁仲治为阳城令。'"又注引裴子野《宋略》曰："文帝元嘉十一年（434）三月丙申，禊饮于乐游苑（南朝宋皇家园林，建于今南京），且祖道（饯行）江夏王义恭、衡阳王义季，有诏会者咸作诗，诏太子中庶子颜延年作序。"

古人于每年三月上旬的巳日（即所谓"上巳"，又称为"三巳"）临水祭祀，并用浸泡了香草的水沐浴，以为这样可以祛除不祥，叫作"禊"、"祓禊"或"修禊"。这种风俗起源于周代，郑玄注《周礼·女巫》"掌岁时祓除衅浴"句时云："岁时祓除，如今三月上巳如水上之类。"汉魏以后此风相沿，自魏起，大约为了便于记忆，不再拘泥于"上巳"这个日子，而将节日固定为农历三月三日。早在汉代，上巳即已成为人们春日到水边宴饮游玩的节日，宴饮时，

人们把酒杯放到水中任其漂流，漂到谁的面前就由谁取饮，骚人墨客还免不了要咏诗作赋，有时率性而作，有时受命而作，这样就产生了一系列以"上巳"和"三月三日"为题的作品。王羲之在其《兰亭集序》中亦言"曲水流觞""信可乐也"。可见此节之盛况。

夫方策既载，皇王之迹已殊；钟石毕陈，舞咏之情不一[1]。虽渊流遂往，详略异闻，然其宅天衷，立民极[2]，莫不崇尚其道，神明其位，拓世贻统，固万叶而为量者也[3]。

有宋函夏[4]，帝图弘远。高祖以圣武定鼎，规同造物；皇上以睿文承历，景属宸居。隆周之卜既永，宗汉之兆在焉。正体毓德于少阳，王宰宣哲于元辅[5]。晷纬昭应，山渎效灵[6]。五方杂遝，四隩来暨[7]。选贤建戚，则宅之于茂典；施命发号，必酌之于故实[8]。大予协乐，上庠肆教[9]。章程明密，品式周备[10]。国容视令而动，军政象物而具[11]。箴阙记言，校文讲艺之官[12]，采遗于内；辎车朱轩，怀荒振远之使[13]，论德于外。赪茎素毳[14]，并柯共穗之瑞，史不绝书；栈山航海，逾沙轶漠之贡[15]，府无虚月[15]。烈燧千城，通驿万里[16]。穹居之君，内首禀朔；卉服之酋，回面受吏[17]。是以异人慕响，俊民间出[18]；警跸清夷，表里悦穆[19]。将徙县中宇，张乐岱郊[20]。增类帝之宫，饬礼神之馆，途歌邑诵，以望属车之尘者久矣[21]。

日躔胃维，月轨青陆[22]。皇祇发生之始[23]，后王布和之辰[24]，思对上灵之心，以惠庶萌之愿。加以二王于迈[25]，出饯戒告，有诏掌故，爰命司历，献洛饮之礼，具上巳之仪[26]。南除辇道，北清禁林，左关岩隥，右梁潮源[27]。略亭皋，跨芝廛，苑太液，怀曾山[28]。松石峻垝，葱翠阴烟[29]，游泳之所攒萃，翔骤之所往还[30]。于是离宫设卫，别殿周徼[31]；旌门洞立，延帷接栌[32]；阅水环阶，引池分席[33]。春官联事，苍灵奉途[34]。然后升秘驾，胤绨骑，摇玉鸾，发流吹[35]，天动神移，渊旋云被，以降于行所，礼也[36]。

既而帝晖临幄，百司定列，凤盖俄轸，虹旗委旎[37]。肴蔌芬藉，觞醴泛浮[38]。妍歌妙舞之容，衔组树羽之器[39]。三奏四上之调，《六茎》九成之曲[40]。竞气繁声，合变争节[41]。龙文饰辔，青翰侍御[42]。华裔殷至，观听骛集[43]。扬袂风山，举袖阴泽[44]。靓庄藻野，祓服缛川[45]。故以殷赈外区，焕衍都内者矣[46]。上膺万寿，下禔百福[47]。匦筵禀和，阁堂依德[48]。情盘景遽，欢洽日斜[49]。金驾总驷，圣仪载仫[50]。怅钧台之未临，慨豐宫之不県[51]。方且排凤阙以高游，开爵园而广宴[52]。并命在位，展诗发志。则夫诵美有章，陈信无愧者欤[53]！

### 【注释】

〔1〕方策：史籍。皇王：帝王。

〔2〕渊流：源流。宅天衷，立民极：善注：“《东京赋》曰：'岂如宅中而图大。'《吕氏春秋》曰：'古之王者，择天之中而立国，择国之中而立宫。'《周礼》曰：'设官分职，以为民极。'"腾跃案：衷即中，极指本。

〔3〕神明：敬若神明。拓世贻统：开国传位。叶：世。量：度。吕延济曰："拓，广也；贻，遗统绪也。叶，代也。量，大也。言广世叶以遗后绪，使坚万代而成乎大道也。"

〔4〕有宋函夏：刘宋含有华夏。这是吹捧之言。

〔5〕正体毓德于少阳，王宰宣哲于元辅：善注："正体，太子也。少阳，东宫也。《毛诗》曰：'宣哲维人，文武惟后。'"腾跃案：王宰、元辅即宰相、首辅。文武指周文王和周武王。

〔6〕晷纬昭应，山渎效灵：善注："《说文》曰：'晷，日影也。纬，五星也。'《易乾凿度》曰：'五纬顺轨，四时和栗。'山，五岳也。渎，四渎也。效灵，山出器车、渎出图书之类。"

〔7〕杂遝：汇聚。四隩：隩通奥。《说文》指室内西南角，四隩即四方。

〔8〕选贤建戚……必酌之于故实：善注："《左氏传》士会曰：'楚君之举也，内姓选于亲，外姓选于旧。'又曰：'蒍敖为宰，择楚国之令典。'《毛诗·序》曰：'能酌先祖之道，以养天下。'《国语》楚穆仲谓宣王曰：'鲁侯赋事行刑，必问于遗训，而资于故实。'"腾跃案：蒍（wěi）敖，楚相孙叔敖的别称。茂典与令典皆指法典。故实，曾经的事实。胡克家《文选考异》认为"宅"可作"择"。

〔9〕大予：官名。大予乐令。《后汉书·百官志》："大予乐令一人，六百石。"本注曰："掌伎乐。凡国祭祀，掌请奏乐，及大飨用乐，掌其陈序。"

上庠（xiáng）：古代为贵族设置的太学。肆：施行。

〔10〕明密：善注引谢承《后汉书》曰："魏朗为河内太守，明密法令。"腾跃案：明密，简明周密。品式：仪式。

〔11〕国容：善注引《司马法》曰："古者国容不入军，军容不入国。"李周翰注："百官上下之义也。"象物：象熊罴虎豹之威猛。

〔12〕箴阙记言，校文讲艺之官：善注引《左氏传》魏绛曰："昔周辛甲之为太史也，命百官箴王阙。"《礼记》曰："言则右史书之。"吕向注："言太史之官作戒，以戒天子百官之阙失也。"腾跃案：《汉书·艺文志》："古之王者世有史官，君举必书，所以慎言行、昭法式也。左史记言，右史记事，事为《春秋》，言为《尚书》。"校文，整理文献资料。讲艺，讲授六艺课程。

〔13〕輶（yóu）车朱轩：皆指使者所乘之车。怀荒振远：张铣曰："言使臣能来远荒之国，以为王臣。"

〔14〕赪（chēng）茎素毳（cuì），并柯共穗之瑞：善注："赪茎，朱草也。素毳，白虎也。并柯，连理也。共穗，嘉禾也。"

〔15〕栈山航海，逾沙轶漠之贡：栈，走山路栈道。逾、轶，皆是越过义。

〔16〕烈燧千城，通驿万里：烈燧，光明之烽火。"烈"有本作"列"，指排列设置。驿，驿站。

〔17〕穹居之君：北方匈奴首领。内首禀朔：奉刘宋朝廷为正统。卉服之酋：西南少数民族首领。回面受吏：接受刘宋朝廷册封。

〔18〕异人、俊民：不同寻常有特殊才能的人。慕响：思慕追随。间出：不停出现。

〔19〕警跸（bì）：古代帝王出入，左右侍卫为警，戒止行人为跸。即指帝王出行。清夷：清平，太平。夷，平。悦穆：开心和睦。

〔20〕将徙县中宇：吕延济曰："宋居江东，故将移都于中国也。县，都也。中宇，中国也。"张乐岱郊：吕延济曰："张，用也。岱，山也。郊，南郊也。将欲用乐祭岱山，拜南郊也。"

〔21〕类：善曰："类，祭也。"属车之尘：善引司马相如《谏猎》曰："犯属车之清尘。"腾跃案：郑玄《周礼注》曰："类，礼依郊祀而为之者。"属车之尘借喻天子车队。

〔22〕躔（chán）：天体的运行叫躔。胃：星宿名。为二十八宿之一。维：旁，畔也。轨：运动的轨迹。此指经过。青陆：善曰："《河图帝览嬉》曰：'立春春分，月从东青道。'杜预《左氏传注》曰：'陆，道也。'"腾跃案：月亮的运行轨道。

〔23〕皇祇发生之始：善注："皇，天神也；祇，地神也。《尔雅》曰：'春为发生。'"张铣注："言春时是天地发生万物之时。"

〔24〕后王布和之辰：善注引《礼记》曰："后王命冢宰，降德于众兆人。"又曰："孟春之月，命相布德和令。"腾跃案：此两句写的就是三月三日上巳节。

〔25〕于迈：将要远行。

〔26〕洛饮之礼、上巳之仪：见题解。

〔27〕左关岩隥，右梁潮源：关，设置关卡。岩隥：险要的山路。梁：架桥。潮源，低湿处。

〔28〕略亭皋，跨芝廛（chán），苑太液，怀曾山：略。巡行。亭皋，水边的平野。亭，平；皋，水旁地。芝廛，芝田。刘良注："芝廛，芝田也，洛阳地名。"苑。以……为苑囿。太液，池名。在汉长安建章宫北，汉武帝所建。怀，怀抱。曾山，高山。

〔29〕峻垝（guǐ）：险峻的样子。阴烟：阴暗如烟雾。

〔30〕游泳：指鱼龙。攒（cuán）萃：聚集。翔骤：指鸟兽。

〔31〕周徼：四处巡察。徼，巡察。

〔32〕旌门洞立，延帷接枑：善引《周礼》曰："王之会同，为帷宫，设旌门。"又引《周礼》曰："王之会同之舍，设梐枑再重。"杜子春曰："梐枑，行马也。"腾跃案：旌门即以旗为门。卷十七《洞箫赋》，善注引《汉书音义》如淳曰："洞者，通也。"梐枑，拦挡行人的栅栏，用木条交叉制成。延帷接枑指列帷相接，形容规模大。

〔33〕阅水环阶：善引（陆机）《叹逝赋》曰："阅水以成川。"腾跃案：阅，汇聚。引池分席：刘良注："谓水分流各至席坐之所，谓流杯池也。"

〔34〕春官联事，苍灵奉途：善注："言春官联事以供职，苍灵奉途以卫行也。《周礼》有春官宗伯。又曰：'以官府之六，联合邦治。二曰宾客之联事。'苍灵，青帝也。《尚书帝命验》曰：'帝者承天立五府。苍曰灵府。'郑玄曰：

'苍帝灵威仰之府。'"

〔35〕胤缇骑：善引《续汉书》曰："缇骑二百人，属执金吾。"腾跃案：胤，引也。缇骑，皇帝的卫队。执金吾，军官名称。玉鸾：玉铃，挂在天子车上的铃铛。流吹：李周翰注："笳、箫之类也。"

〔36〕天动神移……礼也：吕向注："此皆众士百官行从多貌。行所即游所也。"腾跃案：这是文学的描写手法。礼也，合乎礼的。这是此类文章惯用的套话。

〔37〕帝晖：指天子。幄：帷帐。定列：各就各位。凤盖：凤凰伞，帝王出行所用仪仗。俄轸、委旆：善曰："不行也。"腾跃案：俄轸，停车。委旆，旗不随风飘扬。此不能指旗倒下。

〔38〕肴蔌芬藉，觞醳（yì）泛浮：善注："《毛诗》曰：'其肴维何，炰鳖及鱼；其蔌维何，维笋及蒲。'郑玄《礼记注》曰：'醳，旨酒也。'"腾跃案：肴，荤菜；蔌，素菜。觞，酒杯。泛浮，形容酒多。

〔39〕衔组树羽：善注："阮谌《三礼图》曰：'笋虡，两头并为龙以衔组。'曹植《九咏》曰：'云龙兮衔组，流羽兮交横。'《毛诗》曰：'设业设簴，崇牙树羽。'"李周翰注："钟磬之格两头并刻为龙头，以衔彩组，又树以羽毛为幢者，皆乐器也。"腾跃案：衔组树羽是特定乐器的装饰。

〔40〕三奏四上之调，《六茎》九成之曲：善注："《韩子》曰：'师旷奏清徵，一奏有玄鹤二八来集，再奏而列，三奏延颈而鸣，摅翼而舞。'马融《琴赋》曰：'师旷三奏而神物下。'《楚辞》曰：'四上竞气极声变。'王逸曰：'四上，谓代奏郑、卫也。'《汉书》曰：'颛顼作《六茎》。'《尚书》曰：'《箫韶》九成，凤皇来仪。'"腾跃案：摅同舒。《楚辞》曰："四上竞气，极声变只。"只与兮一样是语气词，李善注经常省略语气词。

〔41〕竞气繁声，合变争节：竞相吹奏乐音纷繁，合奏变奏节拍紧跟。

〔42〕龙文：宝马名。青翰：画船。

〔43〕华裔：华夏与边远之地。

〔44〕扬袂风山，举袖阴泽：挥袖成风力可吹山，举袖成荫广能蔽泽。

〔45〕靓庄藻野，袨服缛川：张铣曰："言美人装服映其川野，成其文藻杂色也。"

〔46〕殷赈：繁盛富裕。焕衍：光明遍布。

〔47〕上膺万寿，下禔（tí）百福：善注："《毛诗》曰：'报以介福，万寿无疆。'司马相如《难蜀父老文》曰：'中外禔福。'"腾跃案：膺，受。禔，《说文》："安福也。"

〔48〕匝筵：全部座席。匝，周，全。禀和：接受祥和之福。阖：全。依德：凭靠仁爱之德。

〔49〕情盘、欢洽：心情欢乐。景遽、日斜：时间倏忽而过。

〔50〕总驷：吕向注："谓聚其驷马将驾而行也。"伫：久立。吕向注："谓盘桓未去，尚惜此宴也。"

〔51〕怅钧台之未临，慨酆宫之不县：善注引《左氏传》曰："楚子合诸侯于申，椒举言于楚子曰：'夏启有钧台之享，康王有酆宫之朝。'"腾跃案：言宋文帝怅慨未能北定中原克复两京。

〔52〕凤阙：善引《关中记》曰："建章圆阙临北道，铜凤在上，故号凤阙。"爵园：善引《邺中记》曰："铜爵台西有爵园。"腾跃案：铜雀台也。爵与雀古字通。

〔53〕则夫诵美有章，陈信无愧者欤：善注引《毛诗序》曰："颂者，美盛德之形容。"腾跃案：章，诗章；篇章。善注引《左传》曰："楚子木问赵孟曰：'范武子之德何如？'对曰：'祝史陈信于鬼神无愧辞。'"吕向注："言今天子仁明，颂美德亦无愧也。"

## 【点评】

本序运用赋的手法，记游乐，颂功德，风格典雅，对偶齐整，藻采繁丽。其是受命之作故不同于一般的序文，也不同于一般的游乐之作，其主旨是借行袚楔之礼，而歌颂南朝宋文帝的文德功业，表达其北定中原克复两京的理想。

《昭明文选》另收一篇王融的同题文章，也是受命而作，以歌功颂德为主。何焯《义门读书记》批评曰："颜王二序皆出班张，颜犹有制，王则以夸以丽，欲以掩颜而转见卑冗，宋齐文格，不止判若商周也。"唐宋古文运动批评的就是这样过于讲究声律与辞藻的"形式美"文章，但今人在炼字、遣词、造句方面，由于标准和习惯的改变，能力和水平多有下降，必须要多读"形式美"的作品。

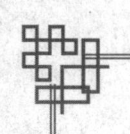

# 酒德颂

刘伶

## 【题解】

刘伶（约221—300）字伯伦，沛国（今安徽）人。西晋文学家，后与阮籍、嵇康等共同隐居，是"竹林七贤"之一。善注引臧荣绪《晋书》曰："刘伶，字伯伦，沛国人也。志气旷放，以宇宙为狭。著《酒德颂》。为建威参军。卒以寿终。"胡克家《文选考异》认为"伶"当作"灵"。《文选古字通·合集》对此有解释。

这篇文章虚构了两组对立的人物形象，一是"唯酒是务"的"大人先生"，这实际上是作者的自我写照。一是"贵介公子"和"缙绅处士"，他们代表了两种处世态度。一是纵情任性不受羁绊。另一是拘泥礼教，不敢越雷池半步。

有大人先生[1]，以天地为一朝，万期为须臾。日月为扃牖，八荒为庭衢[2]。行无辙迹，居无室庐。幕天席地，纵意所如[3]。止则操卮执觚，动则挈榼提壶[4]。唯酒是务，焉知其余。

有贵介公子，搢绅处士[5]。闻吾风声[6]，议其所以。乃奋袂攘襟，怒目切齿。陈说礼法，是非锋起[7]。先生于是方捧罂承槽，衔杯漱醪[8]。奋髯踑踞，枕麹藉糟[9]。无思无虑，其乐陶陶。兀然而醉，豁尔而醒[10]。静听不闻雷霆之声，熟视不睹泰山之形[11]。不觉寒暑之切肌，利欲之感情[12]。俯观万物，扰扰焉如江汉之载浮萍。二豪侍侧焉，如蜾蠃之与螟蛉[13]。

## 【注释】

〔1〕大人：古代称有德之人。阮籍著《大人先生传》，该传中的大人先

生也是与礼法之士相对立的形象。可知本文中的大人先生乃是阮籍作品中大人先生的延伸，都是作者的自我写照。先生：对人之敬称。

〔2〕扃（jiōng）：门。牖（yǒu）：窗。庭衢（qú）：庭院前道路。

〔3〕幕天席地：拿天当帐篷，拿地当床铺。如：去；往。

〔4〕卮（zhī）、觚（gū）、榼（kē）、壶：皆古代盛酒器。

〔5〕贵介公子：泛指官宦子弟。搢绅处士：泛指官员文士。

〔6〕风声：传闻。

〔7〕奋袂攘襟：撩起衣襟。怒目切齿：此与奋袂攘襟皆是心情激动的表现。锋：锐利而出。一说与蜂通，形容众多貌。

〔8〕罂：酒瓮。槽：酒槽。衔杯、漱醪：皆是喝酒义。衔，含。漱亦是含。

〔9〕奋髯：摆动胡子，表示自得的样子。踑（jī）踞：坐时两脚张开，形似簸箕。表示放纵自在不守礼法。麹：一作麴，音义皆同曲。指酒母。藉：垫。糟：酒糟。

〔10〕兀然：迷糊的样子。豁尔：清醒的样子。

〔11〕静听……之形：李周翰注："专于饮酒，不知其余事也。"腾跃案：此"唯酒是务，焉知其余"，之注。以下数句到文章结束就是举的具体列子。

〔12〕切肌：接触肌肤。感情：影响心情。感，使在意识、情绪上起反应；因受刺激而引起的心理上的变化。

〔13〕如蜾蠃（guǒluǒ）之与螟蛉：蜾蠃，一种寄生蜂。螟蛉，一种绿色小虫。按照上句结构"焉"之前当有形容词，我斗胆补"嘈嘈"两字，变为：俯观万物，扰扰焉，如江汉之载浮萍。二豪侍侧，嘈嘈焉，如蜾蠃之与螟蛉。

## 【点评】

文章行文轻灵，笔墨酣畅，刻画生动，爱憎分明。用区区二百字，写了对公子与处士的蔑视，借以表达作者对"礼法"的深恶痛绝。充分体现出魏晋名士的风度与文采，是古代散文中的名篇，得到了后世许多喜爱喝酒之人的认同。于谦《醉时歌》曰："刘伶好酒世称贤，李白骑鲸飞上天。"何焯《义门读书记》曰："撮庄生之旨，为有韵之文，仍不失潇洒自得之趣，真逸才也。"

# 宋书·谢灵运传论

沈约

【题解】

沈约（441—513）字休文，吴兴郡武康县（今浙江省德清县）人。著名的政治家、文学家、史学家，萧梁的开国功臣，南朝文坛的领袖。沈约学问渊博，精通音律，与周颙等创四声八病之说，要求以平、上、去、入四声相互调节的方法应用于诗文，避免八病，这为当时韵文创作开辟了新境界。其诗与王融诸人的诗皆注重声律、对仗，时号"永明体"，是从比较自由的古体诗走向格律严整的近体诗的一个重要过渡阶段。著有《晋书》《宋书》《齐纪》《梁武帝本纪》等史书，其中《宋书》入二十四史。

善注曰："沈休文修《宋书》百卷，见灵运是文士，遂于传下作此书，说文之利害，辞之是非。"此论不言传主生平功过，主要讨论文学上的问题，着重阐发作者的声律论，在创作和理论两方面均对后世文学产生了巨大的影响。刘勰吸收了包括《宋书·谢灵运传论》在内的前人研究声律的成果，于《文心雕龙》中专立《声律》一章。

史臣曰：民禀天地之灵，含五常之德，刚柔迭用，喜愠分情[1]。夫志动于中，则歌咏外发[2]，六义所因，四始攸系，升降讴谣，纷披风什[3]。虽虞夏以前，遗文不睹[4]，禀气怀灵，理或无异。然则歌咏所兴，宜自生民始也[5]。

周室既衰，风流弥著[6]。屈平、宋玉导清源于前，贾谊、相如振芳尘于后，英辞润金石，高义薄云天。自兹以降，情志愈广。王褒、刘向、杨、班、崔、蔡之徒[7]，异轨同奔，递相师祖[8]。然清辞丽曲，时发乎篇，而芜音累气[9]，固亦多矣。若夫平子艳发[10]，文以情变，绝唱高踪，久无嗣响。至于建安，曹氏基命，三祖陈王，咸蓄盛藻，甫乃以情纬文，以文被质[11]。

自汉至魏，四百余年，辞人才子，文体三变[12]。相如工为形似之言，二班长于情理之说，子建、仲宣以气质为体，并摽能擅美，独映当时[13]。是以一世之士，各相慕习，源其飙流所始，莫不同祖风骚[14]。徒以赏好异情，故意制相诡[15]。

降及元康，潘陆特秀，律异班贾，体变曹王[16]，缛旨星稠，繁文绮合。[17]缀平台之逸响，采南皮之高韵[18]，遗风余烈，事极江右[19]。在晋中兴，玄风独扇[20]，为学穷于柱下，博物止乎七篇[21]。驰骋文辞，义殚乎此。自建武暨于义熙[22]，历载将百，虽比响联辞，波属云委[23]，莫不寄言上德，托意玄珠[24]，遒丽之辞[25]，无闻焉尔。仲文始革孙许之风，叔源大变太元之气[26]。

爰逮宋氏，颜谢腾声，灵运之兴会摽举[27]，延年之体裁明密，并方轨前秀，垂范后昆。若夫敷衽论心[28]，商榷前藻[29]，工拙之数，如有可言。夫五色相宣，八音协畅，由乎玄黄律吕，各适物宜[30]。欲使宫羽相变，低昂舛节[31]，若前有浮声，则后须切响[32]。一简之内，音韵尽殊；两句之中，轻重悉异。妙达此旨，始可言文。至于先士茂制，讽高历赏[33]，子建函京之作，仲宣灞岸之篇[34]，子荆零雨之章，正长朔风之句[35]，并直举胸情，非傍诗史[36]，正以音律调韵，取高前式。自灵均以来[37]，多历年代，虽文体稍精，而此秘未睹。至于高言妙句，音韵天成，皆暗与理合，匪由思至。张蔡曹王[38]，曾无先觉，潘陆颜谢[39]，去之弥远。世之知音者，有以得之，此言非谬。如曰不然，请待来哲[40]。

## 【注释】

〔1〕史臣：撰史者自称，此指沈约。禀：受。五常：五行，即金、木、水、火、土。迭：交替。

〔2〕夫志动于中，则歌咏外发：善引《毛诗序》曰："情动于中而形于言，嗟叹之不足，故永歌之。"又曰："情发于声，声成文谓之音。"

〔3〕六义所因……纷披风什：善注："《毛诗序》曰：'诗有六义焉：一曰风，二曰赋，三曰比，四曰兴，五曰雅，六曰颂。'又曰：'是谓四始，诗之至也。'

《毛诗》题曰《鹿鸣》之什。说者云：'《诗》每十篇同卷，故曰什也。'"腾跃案：六义、四始可参看《毛诗序》注释。升降，盛衰。一说节奏起伏。

〔4〕虽虞夏以前，遗文不睹：善注曰："《虞书》有帝庸作歌，《夏书》有《五子之歌》，已前不见歌文。"腾跃案：已前即以前。

〔5〕生民：此指远古先民。

〔6〕风流弥著：善注曰："幽、厉之时，多有讽刺，在下祖习，如风之散，如水之流，故曰弥著。"腾跃案：弥著，更加明显。

〔7〕杨、班、崔、蔡：扬雄、班固、崔骃、蔡邕。

〔8〕异轨同奔：谓诸人虽经历不同，但都奔走在文学的道路上。递相师祖：互相学习。下文善注引《广雅》曰："祖，法也。"

〔9〕芜音累气：善引贾逵《国语注》曰："芜，秽也。累，犹负也。"腾跃案：此指不合沈约声律论的文章。

〔10〕平子：张衡字平子。艳发：文采焕发。

〔11〕甫乃以情纬文，以文被质：善曰："郑玄《周礼注》曰：'甫，始也。'言始将情意以纬于文。"吕延济曰"纬犹织也。以文被质谓文质相参也。"腾跃案：以情纬文谓文以载情，以文被质谓情实相参。

〔12〕文体三变：即形似之言、情理之说、气质为体。

〔13〕二班：班彪、班固父子。子建：曹植字子建。仲宣：王粲字仲宣。摽：通标，标榜。

〔14〕源：《文选考异》认为当作原，指推究，考究。飙：风。风骚：《诗经》《楚辞》的并称。

〔15〕意制相诡：指内容题材各有不同。

〔16〕元康：晋惠帝年号（291—299）。潘陆：吕向认为是潘岳与陆机。《昭明文选译注》也认为是陆机，其注曰："陆机善解文理而作《文赋》。诗文赋兼擅。《文选》选其赋二首，诗五十二首，文七首，计六十一首，居《文选》作家之首。"班贾：班固、贾谊。曹王：曹植、王粲。

〔17〕缛旨星稠，繁文绮合：吕延济曰："缛，繁饰也。星稠绮合喻文章秀媚。"

〔18〕缀平台之逸响，采南皮之高韵：善注："《汉书》曰：'梁孝王广

治睢阳城为复道，自宫连属于平台三十余里，招延四方豪杰。'逸响，谓司马相如之文。南皮，魏文帝所游也。"

〔19〕江右：西晋。

〔20〕中兴：指晋元帝建立东晋王朝，中兴晋室。玄风：老庄之学。

〔21〕为学穷于柱下，博物止乎七篇：善注："《续晋阳秋》曰：'正始中，王弼、何晏好庄子玄胜之谈，而俗遂贵焉。'老子为柱下史。庄子内篇其数有七。"腾跃案：《晋阳秋》是晋代断代史，三十二卷，东晋孙盛撰。《隋书·经籍志》注曰："讫哀帝。孙盛撰。"该书记述两晋史事，久佚。《续晋阳秋》二十卷。南朝宋檀道鸾撰。该书记述东晋一代史事，久佚。

〔22〕建武：晋元帝年号（317—318）。义熙：晋安帝年号（405—418）。

〔23〕波属云委：如波之相连接，如云之相委积。比喻连续不断，层见叠出。

〔24〕莫不寄言上德，托意玄珠：善注："《孙绰子》曰：'庄子多寄言，浑沌得宗，罔象得珠。'老子《德经》曰：'上德不德，是以有德。'《庄子》曰：'黄帝游乎赤水之北，登乎昆仑之丘，而南还归，遗其玄珠。'郭象曰：'此明得真之所由。'"腾跃案：东晋孙绰字兴公。《道德经》分《道经》《德经》两部分。

〔25〕遒丽：遒劲华美。

〔26〕仲文始革孙许之风，叔源大变太元之气：善注："仲文，殷仲文也。《续晋阳秋》曰：'许询有才藻，善属文，询及太原孙绰，转相祖尚，又加以三世之辞，而《风》《骚》之体尽矣。询、绰并为一时文宗，自此作者悉化之。至义熙中，谢混始改之。'叔源，混字也。太元，晋武帝年号。"

〔27〕兴会摽举：善注："兴会，情兴所会也。郑玄《周礼注》曰：'兴者，托事于物也。'"腾跃案：摽与標古字通。標今简体作标。

〔28〕敷衽论心：善引《楚辞》曰："跪敷衽以陈辞。"腾跃案：促膝长谈也。敷衽，放坐垫。

〔29〕商榷前藻：讨论前人的佳作。

〔30〕夫五色相宣……各适物宜：《文心雕龙·情采》云："故立文之道，

其理有三：一曰形文，五色是也；二曰声文，五音是也；三曰情文，五性是也。五色杂而成黼黻，五音比而成《韶》《夏》，五情发而为辞章。"

〔31〕舛节：互相调节。

〔32〕浮声切响：浮声，轻音。切响，重音。何焯《义门读书记》云："浮声切响，即是轻重。"

〔33〕讽高历赏：善曰："言讽咏之者，咸以为高，历载辞人，所共传赏。"

〔34〕子建函京之作，仲宣灞岸之篇：善注："曹子建《赠丁仪王粲诗》曰：'从军度函谷，驱马过西京。'王仲宣《七哀诗》云：'南登霸陵岸，回首望长安。'"腾跃案：灞与霸古字通。《文选考异》讨论了"灞"与"霸"的版本异同。

〔35〕子荆零雨之章，正长朔风之句：善注："孙子荆《陟阳候诗》曰：'晨风飘岐路，零雨被秋草。'王正长《杂诗》曰：'朔风动秋草。边马有归心。'"腾跃案：孙楚字子荆。《陟阳候诗》全名《征西官属送于陟阳候作诗》收录于《文选》卷二十祖饯类。王赞字正长。

〔36〕非傍诗史：不采用、不化用现成的句子和史实。

〔37〕灵均：屈原。《离骚》云："名余曰正则兮，字余曰灵均。"

〔38〕张蔡曹王：张衡、蔡邕、曹植、王粲。

〔39〕潘陆颜谢：潘岳、陆机、颜延之、谢灵运。

〔40〕来哲：后贤。

【点评】

此传的传主"灵运是文士"，声震一时名传后代，故沈约之论文，系于此传之下。全文可分三大部分。第一部分讲什么是诗歌。第二部分讲从战国到晋宋的诗歌发展。第三部分讲沈氏的声律论。今人撰写的文学史、语言学史都会提及此篇论文，对其研究的成果甚多，我们能见到的校注本就有许多种，可见其影响巨大。《重订文选集评》引孙月峰曰："是休文以窥古人不传之秘，为功之首。"

# 过秦论

贾谊

## 【题解】

贾谊（公元前200—公元前168）洛阳人，西汉初年政论家、文学家，世称贾生。贾谊少有才名，十八岁时以善文为郡人所称。二十一岁时被汉文帝任为博士，其奉召议政，侃侃而谈，析理透辟，见解超迈，深得赏识。后升太中大夫。二十三岁时鉴于贾谊的突出才能和优异表现，文帝想提拔贾谊担任公卿之职，受大臣周勃、灌婴排挤，谪为长沙王太傅，故后世亦称贾长沙、贾太傅。三年后被召回长安，为梁怀王太傅，梁怀王坠马而死，贾谊深自歉疚，抑郁而亡，时仅三十三岁。《史记》《汉书》有传。

西汉文帝时代，是汉代所谓的"太平盛世"，即"文景之治"的前期。贾谊以他敏锐的洞察力，透过表象，看到了西汉王朝潜伏的危机。为了调和各种矛盾，使西汉王朝长治久安，贾谊写了《陈政事疏》《论积贮疏》《过秦论》等文章，讨论改革国家治理的问题。《过秦论》旧分上、中、下三篇，《文选》所载属上篇。《过秦论》在《贾子新书》中题目无论字，班固的《汉书》中也无论字，《三国志·吴志》始称为论，《文选》沿袭而称，归入"论"类，今人教版亦沿袭而称《过秦论》。此文重在总结秦朝所以灭亡的历史教训，分析秦朝所犯的主要错误，故题名为《过秦》或《过秦论》。

秦孝公据崤函之固，拥雍州之地，君臣固守，以窥周室，有席卷天下，包举宇内，囊括四海之意，并吞八荒之心。当是时也，商君佐之，内立法度，务耕织，修守战之具，外连衡而斗诸侯。于是秦人拱手而取西河之外。

孝公既没，惠、文、武、昭，蒙故业，因遗策，南取汉中，西举巴蜀，东

割膏腴之地，北收要害之郡。诸候恐惧，会盟而谋弱秦，不爱珍器重宝肥饶之地，以致天下之士，合从缔交，相与为一。当此之时，齐有孟尝，赵有平原，楚有春申，魏有信陵，此四君者，皆明智而忠信，宽厚而爱人，尊贤而重士，约从离横，兼韩、魏、燕、楚、齐、赵、宋、卫、中山之众。于是六国之士，有甯越、徐尚、苏秦、杜赫之属为之谋，齐明、周最、陈轸、召滑、楼缓、翟景、苏厉、乐毅之徒通其意，吴起、孙膑、带佗、兒良、王廖、田忌、廉颇、赵奢之伦制其兵。尝以十倍之地，百万之众，叩关而攻秦。秦人开关而延敌，九国之师遁逃而不敢进。秦无亡矢遗镞之费，而天下诸侯已困矣。于是从散约解，争割地而赂秦。秦有余力而制其弊，追亡逐北，伏尸百万，流血漂橹。因利乘便，宰割天下，分裂河山，强国请伏，弱国入朝。施及孝文王、庄襄王，享国之日浅，国家无事。

及至始皇，奋六世之余烈，振长策而御宇内，吞二周而亡诸候，履至尊而制六合，执敲扑以鞭笞天下，威振四海。南取百越之地，以为桂林、象郡。百越之君，俯首系颈，委命下吏。乃使蒙恬北筑长城而守蕃篱，却匈奴七百余里，胡人不敢南下而牧马，士不敢弯弓而报怨。于是废先王之道，燔百家之言，以愚黔首。隳名城，杀豪俊，收天下之兵聚之咸阳，销锋鍉，铸以为金人十二，以弱天下之民。然后践华为城，因河为池，据亿丈之城，临不测之溪以为固；良将劲弩，守要害之处，信臣精卒，陈利兵而谁何？天下已定，始皇之心，自以为关中之固，金城千里，子孙帝王万世之业。

始皇既没，余威震于殊俗。然而陈涉瓮牖绳枢之子，甿隶之人，而迁徙之徒也，材能不及中庸，非有仲尼墨翟之贤，陶朱猗顿之富，蹑足行伍之间，俯起阡陌之中，率罢散之卒，将数百之众，转而攻秦，斩木为兵，揭竿为旗，天下云集而响应，赢粮而景从，山东豪俊遂并起而亡秦族矣。

且夫天下非小弱也，雍州之地，殽函之固，自若也。陈涉之位，非尊于齐、楚、燕、赵、韩、魏、宋、卫、中山之君也；锄櫌棘矜，非铦于钩戟长铩也；谪戍之众，非抗于九国之师也；深谋远虑，行军用兵之道，非及曩时之士也。然而成败异变，功业相反。试使山东之国与陈涉度长絜大，比权量力，则不可同年而语矣。然秦以区区之地，致万乘之权，招八州而朝同列，百有余年矣。然后以六合为家，殽函为宫，一夫作难而七庙隳，身死人手，为天下笑者，何也？仁义不施，而攻守之势异也。

# 过秦论

贾谊〔《汉书》应劭曰："《贾谊书》第一篇名也，言秦之过。"腾跃案：《文选考异》言不当有《汉书》二字，其下注文皆取自《史记·陈涉传注》。《贾谊书》即《贾谊新书》。另补卷十七《鹏鸟赋》注文。如下——《汉书》曰："贾谊，洛阳人也。年十八，属文称于郡中。河南太守吴公闻其秀才，召置门下，甚幸爱。后文帝召为博士，为绛、灌、冯敬之属害之，于是天子疏之，以为长沙王傅。"然贾生英特，弱龄秀发，纵横海之巨鳞，矫冲天之逸翰，而不参谋棘署，赞道槐庭，虚离谤缺，爰傅卑土，发愤嗟命，不亦宜乎？而班固谓之未为不达，斯言过矣！〕

秦孝公据崤函之固，拥雍州之地，〔韦昭曰："崤谓二崤。函，函谷关也。"《史记》张良曰："关中左崤、函，右陇、蜀。"腾跃案：崤与殽古字通。《文选考异》认为"崤"、"殽"二字当互易。各本皆误。〕君臣固守，以窥周室，有席卷天下，包举宇内，〔《春秋握诚图》曰："诸侯冰散席卷，各争恣妄。"〕囊括四海之意，并吞八荒之心。〔张晏曰："括，结囊也，言能苞含天下也。"《周易》曰："括囊无咎无誉。"〕当是时也，商君佐之，内立法度，务耕织，修守战之具，外连衡而斗诸侯。〔《战国策》苏秦说秦王曰："始将连横。"高诱曰："合关东从通之于秦，故曰连横。"文颖曰："关西为横。衡音横。"〕于是秦人拱手而取西河之外。〔李斯《上书》曰："孝公用商鞅之法，获楚、魏之师，举地千里。"〕

孝公既没，惠、文、武、昭，〔《史记》曰："孝公卒，子惠文王立，卒，子武王立，卒，立异母弟，是曰昭襄王也。"腾跃案：《贾谊新书》作"昭襄"，人教版从之。〕蒙故业，因遗策，南取汉中，西举巴蜀，东割膏腴之地，北收

要害之郡。〔李斯《上书》曰:"惠王用张仪之计,西并巴蜀,南取汉中,东据成皋之险,割膏腴之壤。"腾跃案:《史记》《汉书》皆无"北"字,《贾谊新书》有,人教版从之;按文义当有,笔者补。〕诸侯恐惧,会盟而谋弱秦,不爱珍器重宝肥饶之地,以致天下之士,合从缔交,相与为一。〔文颖曰:"关东为从。"张晏曰:"缔,连结也。"徒帝切。〕当此之时,齐有孟尝,赵有平原,楚有春申,魏有信陵,〔《史记》曰:"平原君赵胜者,赵之诸公子也。"又曰:"孟尝君者,名文,姓田氏。"又曰:"春申君者,楚人也,名歇,姓黄氏。"又曰:"魏公子无忌者,魏安釐王弟也,为信陵君。"〕此四君者,皆明智而忠信,宽厚而爱人,尊贤而重士,约从离横,〔言诸侯结约为从,欲以分离秦横也。〕兼韩、魏、燕、楚、齐、赵、宋、卫、中山之众。〔腾跃案:《史记》有"楚、齐",人教版同。故补之。〕于是六国之士,有宁越、徐尚、苏秦、杜赫之属为之谋,〔《吕氏春秋》曰:"齐攻廪丘,赵使孔青将而救之,与齐人战,大败齐人,得尸三万,以为二京。宁越谓孔青曰:'惜矣!不如归尸以内攻之。彼得尸而府库尽于葬,此之谓内攻之。'"宁越,赵人也。徐尚,未详。苏秦,已见上文。《吕氏春秋》曰:"杜赫以安天下说周昭文君,昭文君谓杜赫曰:'愿学所以安周。'"高诱曰:"杜赫,周人也。"〕齐明、周最、陈轸、召滑、楼缓、翟(亭的)景、苏厉、乐毅之徒通其意,〔《战国策》:"东周齐明谓东周君曰:'臣恐西周之与楚、韩宝,令之为己求地于东周也。'"高诱曰:"齐明,东周臣也。"《战国策》曰:"齐令周最使郑,立韩扰而废公叔,周最患之。"高诱曰:"周最,周君之子也,仕于齐,故齐使之也。"《字林》曰:"最,才勾切。"《战国策》:"秦王谓陈轸曰:'吾闻子欲去秦而之楚,信乎'?轸曰:'然。'"高诱曰:"陈轸,夏人,仕秦,亦仕楚也。"《韩子》于象谓楚王曰:"前时王使召滑之越,五年而能成之。"《史记》范蠡对楚王曰:"王前尝用召滑而郡江东。"召音劭。滑音依字。《战国策》曰:"秦王伐楚,魏王不欲。楼缓谓魏王曰:'不与秦攻楚,楚且与秦攻王。王不如令秦、楚战,王交制之。'"高诱曰:"楼缓,魏相也。"翟景,未详。《史记》曰:"苏秦之弟厉,因燕子而求见齐王,齐王怨苏秦,欲囚苏厉,燕子为谢,遂委质为齐臣。"又曰:"乐毅贤而好兵,为魏昭王使于燕,燕昭王以客礼待之,乐毅遂委质为臣,燕昭王以为亚卿也。"腾跃案:正文括号中的(亭的),是古时

"翟"字的反切注音，今音敌。〕吴起、孙膑、带佗、兒良、王廖、田忌、廉颇、赵奢之伦制其兵。〔《史记》曰："吴起，卫人也。闻魏文侯贤，事魏文侯以为将。"又曰："孙膑，生阿、甄之间，膑亦孙武之后也。田忌进孙子于齐威王。"带佗，未详。佗，徒何切。《吕氏春秋》曰："王廖贵先，兒良贵后，此二人者，皆天下之豪士也。"兒，五兮切。廖，力雕切。《战国策》曰："韩、魏之君朝田侯，邹忌为齐相，田忌为将。使田忌伐魏，三战三胜。"高诱曰："田侯，宣王也。"《史记》曰："廉颇，赵之良将也。赵惠文王廉颇为赵将，伐齐，大破之。"又曰："赵奢者，赵之田部吏也。秦伐韩，赵王令赵奢将而救之。"腾跃案：兒即今之倪姓。〕尝以十倍之地，百万之众，叩关而攻秦。〔孔安国《〈论语〉注》曰："叩，击也。"叩或为仰，言秦地高，故曰仰攻之。〕秦人开关而延敌，九国之师遁逃而不敢进。〔九国，谓齐、楚、韩、魏、燕、赵、宋、卫、中山也。《史记》曰："逡巡遁逃。"腾跃案：《贾子新书》作"逡巡"；《史记·秦始皇本纪》作"逡巡遁逃"，李善注同；《汉书·陈胜项籍传》作"遁巡"；《史记·陈涉世家》作"遁逃"，与《文选》同。《过秦论》流传甚广，《文选考异》对此多有考校，其专业性太强，故过程不录。〕秦无亡矢遗镞之费，而天下诸侯已困矣。〔李巡《尔雅注》曰："镞，以金为箭镞也。"〕于是从散约解，争割地而赂秦。秦有余力而制其弊，追亡逐北，伏尸百万，流血漂橹，〔音鲁。韦昭曰："大楯曰橹。"《左氏传》曰："狄虒弥建大车之轮以为橹。"〕因利乘便，宰割天下，分裂河山，强国请伏，弱国入朝。施及孝文王、庄襄王，享国之日浅，国家无事。〔《史记》曰："昭襄王卒，子孝文王立，卒，子庄襄王立。"《公羊传》曰："桓公之享国也长。"何休曰："享，食也。"〕

及至始皇，奋六世之余烈，〔张晏曰："孝公、惠文王、武王、昭王、孝文王、庄襄王。"〕振长策而御宇内，吞二周而亡诸侯，〔以马喻也。《说文》曰："振，举也。"《史记》曰："始皇灭二周，置三川郡。"〕履至尊而制六合，执敲扑（浦木）以鞭笞天下，〔臣瓒以为短曰敲，长曰扑。《说文》曰："敲，击也，祜交切。"〕威振四海。南取百越之地，以为桂林、象郡。〔《汉书音义》曰："百越非一种，若今言百蛮也。"《史记》曰："始皇略取陆梁地为桂林、象郡。"韦昭曰："桂林，今郁林。象郡，今日南也。"〕百越之君，俯首系（计）颈，委命下吏。乃使蒙恬北筑长城而守藩篱，却匈奴七百余里，胡人不敢南下

而牧马，士不敢弯弓而报怨。于是废先王之道，燔百家之言，以愚黔首。〔《史记》李斯曰："请废博士官所职，天下敢有藏《诗》《书》百家语者，诣守尉杂烧之。"又曰："秦更名民曰黔首。"〕隳名城，杀豪俊，〔应劭曰："坏城恐复阻以为己害。"腾跃案：下文有"山东豪俊"，上文当保持一致。人教版"俊"作"杰"。可从。〕收天下之兵聚之咸阳，销锋鍉，铸以为金人十二，以弱天下之民。〔如淳曰："鍉，箭足也。"邓展曰："鍉，是捍头铁也。"《史记》曰："始皇收天下兵，聚之咸阳，以销锋鍉为锺鐻，金人十二，重各千石，置宫庭中。"鍉音的，鍉或为提。鐻音巨。腾跃案：长枪由木杆和金属头子组成。短斧由木把手与金属部分组成。箭由前端金属部分与木质箭身组成。《文选考异》言："袁本、茶陵本云鍉铸善作铸鍉。案：此尤校改之也。《汉书》作鍉铸，《贾子》作镝铸，镝即鍉也，鍉，句绝；铸下属。《史记》作销锋铸鐻，似四字连文，鐻鍉亦异，未审善果何作？"〕然后践华为城，因河为池，〔服虔曰："断华山为城，美大之也。"晋灼曰："践，登也。"〕据亿丈之城，临不测之溪以为固；良将劲弩，守要害之处，信臣精卒，陈利兵而谁何？〔谁何，问之也。《汉书》："有谁何卒。"如淳曰："何谓何官也。"《广雅》曰："何，问也。"〕天下已定，始皇之心，自以为关中之固，金城千里，〔金城，言坚也。《史记》张良曰："关中，所谓金城千里，天府之国也。"〕子孙帝王，万世之业。〔《史记》秦始皇曰："朕为始皇帝，后世以计数，二世、三世，至于万世，传之无穷。"〕

始皇既没，余威震于殊俗。然而陈涉瓮牖绳枢之子，〔陈涉，已见邹阳《上书》。《礼记》曰："儒有蓬户瓮牖。"韦昭曰："绳枢，以绳扃户为枢也。"〕甿隶之人，〔如淳曰："甿，古氓字，氓人也。"〕而迁徙之徒也，材能不及中庸，〔《方言》曰："庸，贱称也，言不及中等庸人也。"〕非有仲尼墨翟之贤，陶朱猗顿之富，〔《史记》曰："范蠡之陶，为朱公，以为陶天下之中，皆诸侯四通，货物所交易也。乃治产积十九年之间，三致千金。"《孔丛子》曰："猗顿，鲁之穷士也，耕则常饥，桑则常寒，闻朱公富，往而问术焉。公告之曰：'子欲速富，当畜五牸。乃适河东，大畜牛羊于猗氏之南，其滋息不可计。'以兴富猗氏，故曰猗顿也。"腾跃案：牸（zì），雌性牲畜。〕蹑足行伍之间，俯起阡陌之中，〔如淳曰："蹑音叠。"如淳曰："时皆卑屈在阡陌之中。"〕腾跃案：蹑今音聂，叠是古音。俯与俛古字通。原注有"俛音免"之言，今正文已改为俯，故删除注文。〕率罢散之卒，〔腾跃案：罢与疲古字通。罢散指疲惫散漫。《贾子新书》作"疲弊"，人教版从之。〕将数百之众，转而攻秦，斩木为兵，揭竿为旗，〔《埤苍》曰："揭，高举也，巨列切。"《庄子》曰："揭竿求诸海也。"〕天下云集而响应，赢粮而景从，〔《庄子》今使民曰："某所有贤者赢粮而趣之。"《方言》曰："赢，担也，音盈。"腾跃案：原作《庄子》曰，为了加引号方便，删一个曰。〕山东豪俊，遂并起而亡秦族矣。

且夫天下非小弱也，雍州之地，殽函之固，自若也。陈涉之位，非尊于齐、楚、燕、赵、韩、魏、宋、卫、中山之君也；锄櫌棘矜（巨巾），非铦（息盐）于钩戟长铩（所介）也；〔孟康曰："櫌，锄柄也。"张晏曰："矜音槿。"《尔雅》曰："棘，戟也。"言锄柄及戟槿也。櫌音忧。槿，巨巾切。如淳曰："钩戟，似矛刃，下有铁横上钩曲也。"《说文》曰："铩，铍有镡也。"腾跃案：长铩，一种可以劈砍的改良长矛。三叉戟、方天画戟之类。〕谪戍之众，非抗于九国之师也；〔《通俗文》曰："罚罪曰谪。"丈厄切。〕深谋远虑，行军用兵之道，非及曩时之士也。〔《史记》曰："贤人深谋于廊庙。"《论语》曰："人无远虑，必有近忧。"腾跃案：曩，《说文》曰："向也。"两字互为转注。人教版作"向"。又《贾子新书》《史记》作"乡"，向与乡古字通。〕然而成败异变，功业相反。试使山东之国与陈涉度长絜大，比权量力，则不可同年而语矣。〔《庄子》曰："大树其絜百围。"司马彪曰："絜，匝也。"丁结切。〕然秦以区区之地，致万乘之权，招八州而朝同列，百有余年矣。〔邓展曰："招，犹举也。"苏林曰："招音翘。"腾跃案："权"《贾子新书》作"势"，人教版从之。"招"《贾子新书》作"序"，人教版从之；《史记·陈涉世家》作"抑"；《汉书》作"招"。〕然后以六合为家，殽函为宫，一夫作难而七庙隳，身死人手，为天下笑者，何也？〔《春秋考异邮》曰："君杀妻诛，为天下笑。"〕仁义不施，而攻守之势异也。

【点评】

本文用正反对照以宾衬主的写作方法，论述秦朝的兴亡得失，提出了"仁义不施而攻守之势异也"的观点，足以为后世之戒。其分析深刻对比夸张、骈偶结合文采辉耀，有战国纵横家之遗风，其气势豪迈雄辩滔滔，似大江东去一

泄千里。刘勰《文心雕龙》赞之曰："弥纶群言，研精一理。"《重订文选集评》引明代何焯曰："自首至尾，光焰动荡，如鲸鱼暴鳞于皎日之中，烛天耀海。"又引明代孙月峰曰："中间险字奇句，亦尽杂见错出，乃却以粗卤矫健之气行之，读者但见其飞砂走石，横溢不可遏，然而精巧实理俱在内。"

# 典论·论文

曹丕

【题解】

曹丕（187—226）字子桓，沛国谯县（今安徽亳州）人。善注引《魏志》曰："文帝讳丕，字子桓，太祖太子也，为五官中郎将。太祖薨，嗣位为丞相魏王。受汉禅，即皇帝位。"丕为曹操次子，谥号文皇帝。以文学闻名后世，与其父曹操和弟曹植并称"三曹"。

《三国志·魏书·文帝纪》云："初帝好文学，以著述为务。自所勒成垂百篇。"《典论》是曹丕精心修撰的一部著作，《论文》是《典论》其中的一篇。明帝太和四年（230），曾将《典论》刻石六碑。全书约在宋代亡佚。《论文》因被萧统选入《文选》而保存下来。《典论·论文》是我国文学批评史上较早的一篇专论。文中提出了文学的价值、作家的个性、作品的风格、文体和文学批评的态度等问题，对后世产生了深远的影响。

文人相轻，自古而然。傅毅之于班固，伯仲之间耳，而固小之，与弟超书曰："武仲以能属文为兰台令史，下笔不能自休[1]。"夫人善于自见，而文非一体，鲜能备善。是以各以所长，相轻所短。里语曰[2]："家有弊帚，享之千金。"斯不自见之患也。

今之文人：鲁国孔融文举，广陵陈琳孔璋，山阳王粲仲宣，北海徐幹伟长，陈留阮瑀元瑜，汝南应玚德琏，东平刘桢公幹，斯七子者[3]，于学无所遗，于辞无所假，咸以自骋骥騄于千里，仰齐足而并驰[4]。以此相服，亦良难矣！盖君子审己以度人，故能免于斯累，而作论文[5]。

王粲长于辞赋，徐幹时有齐气[6]，然粲之匹也。如粲之《初征》《登楼》

《槐赋》《征思》，幹之《玄猿》《漏卮》《圆扇》《橘赋》，虽张、蔡不过也[7]。然于他文未能称是。琳、瑀之章表书记，今之隽也[8]。应玚和而不壮。刘桢壮而不密。孔融体气高妙，有过人者，然不能持论，理不胜词，以至乎杂以嘲戏，及其所善，杨、班俦也[9]。

常人贵远贱近，向声背实[10]，又患暗于自见，谓己为贤。夫文，本同而末异[11]。盖奏议宜雅，书论宜理，铭诔尚实，诗赋欲丽。此四科不同，故能之者偏也；唯通才能备其体[12]。

文以气为主[13]；气之清浊有体，不可力强而致。譬诸音乐，曲度虽均，节奏同检[14]；至于引气不齐，巧拙有素，虽在父兄，不能以移子弟。

盖文章，经国之大业，不朽之盛事。年寿有时而尽，荣乐止乎其身。二者必至之常期[15]，未若文章之无穷。是以古之作者，寄身于翰墨，见意于篇籍，不假良史之辞，不托飞驰之势，而声名自传于后。故西伯幽而演《易》，周旦显而制《礼》，不以隐约而弗务，不以康乐而加思[16]。夫然，则古人贱尺璧而重寸阴，惧乎时之过已。而人多不强力[17]，贫贱则慑于饥寒，富贵则流于逸乐，遂营目前之务，而遗千载之功[18]。日月逝于上，体貌衰于下，忽然与万物迁化[19]，斯志士之大痛也！

融等已逝，唯幹著论[20]，成一家言。

## 【注释】

腾跃案：有关文学评论的高深理论与知名历史人物，本文不注。

〔1〕下笔不能自休：指写得太繁杂，不简明扼要。

〔2〕里语：民间谚语。里与俚同。

〔3〕斯七子者：后代所谓"建安七子"即源于此。

〔4〕骥騄：千里马。仰：马奔腾貌。齐足：并驾齐驱。

〔5〕审己以度人：反思自己考虑别人。斯累：指文人相轻。

〔6〕齐气：善注："言齐俗文体舒缓，而徐幹亦有斯累。《汉书地理志》曰：故《齐诗》曰：'子之还兮，遭我乎峱（náo）之间兮。'此亦舒缓之体也。"李周翰注："齐俗文体舒缓，言徐幹文章时有缓气。"腾跃案：此即风气移人之说。峱，古山名。在今山东临淄一带。《说文》峱字曰："山，在齐地。奴刀切。"

〔7〕张、蔡：张衡和蔡邕。

〔8〕琳、瑀之章表书记，今之隽也：上文"广陵陈琳孔璋，陈留阮瑀元瑜"也。曹丕《与吴质书》："孔璋章表殊健，微为繁富。""元瑜书记翩翩，致足乐也。"隽，俊，杰出。

〔9〕杨、班俦也：与扬雄和班固为伴。因为扬雄作有《解嘲》、班固作有《答宾戏》的缘故。

〔10〕向声背实：只关注作者的名声，不看具体作品。

〔11〕本：文以载道的核心思想。末：体裁与题材的外在差异。

〔12〕故能之者偏也；唯通才能备其体：能人擅长一两种，通才全都会。

〔13〕气：气势。

〔14〕检：善注引《苍颉篇》曰："检，法度也。"

〔15〕二者必至之常期：二者皆有定数。都是有时间限制的。

〔16〕隐约：困顿。加思：增加想法。指转移创作志向。

〔17〕强力：自强自立。

〔18〕千载之功：著书立说。

〔19〕迁化：死亡。

〔20〕唯幹著论：幹，徐幹。曹丕《与吴质书》曰："著《中论》二十余篇，成一家之言。"

【点评】

本文讨论了文体、文气、文学批评、文章功用等问题。作者有帝王之尊，故能直抒己见直切肯綮，特别是"盖文章经国之大业，不朽之盛事"这句，广为流传深得人心。"文人相轻，自古而然"一段，腾跃深有所感。魏末桓宽的《世要论》、西晋陆机的《文赋》与挚虞的《文章流别论》、东晋李充的《翰林论》以及南朝刘勰的《文心雕龙》，都受到《典论·论文》的影响，并对文体论做了进一步的发展。刘勰赞曰："《典论》辩要，迭用短长，亦无懵焉。"其后诸家对魏文帝人品多有批判，故以人废文对此作无赞誉之声，实乃可惜。

# 女史箴

张华

【题解】

张华（232—300）字茂先。范阳（今河北省固安）人。西晋时期政治家、文学家。其少年贫苦才学过人，被同乡阮籍誉为"王佐之才也！"后逐渐受到晋武帝重用。善注引臧荣绪《晋书》曰："少好文义，博览坟典。为太常博士，转兼中书郎。后诏加右光禄大夫，封壮武郡公，迁司空，为赵王伦所害。"张华又雅爱书籍，精于目录学，编纂有中国第一部博物学著作《博物志》，还曾与荀勖等人依照刘向《别录》整理典籍。

善注引曹嘉之《晋纪》曰："张华惧后族之盛，作《女史箴》。"此"后族"指贾后之族。惠帝即位后，贾后专权，其亲族皆掌握大权，贾后之"母广城君养孙贾谧干预国事，权侔人主"（《晋书·惠贾皇后传》）。贾南风和贾谧看中了张华的才能和威望，深相倚重。张华也"尽忠匡辅，弥缝补阙，虽当暗主虐后之朝，而海内晏然，华之功也。"（《晋书·张华传》）但张华对贾后的凶妒是反感的，因而以女史之口吻，写了这篇箴，名义上是劝戒众姬妾，实际上是讽贾后。

箴，是以规诫为主的一种文体，如针灸之治病防病。刘勰在《文心雕龙》中说："箴者，针也；所以攻疾防患，喻针石也。"又说："箴全御过，故文资确切。"在众多的箴体文章里，《文选》编者独选此文，可见此文的重要性。东晋顾恺之以此文为基础作《女史箴图》，亦名扬四海。

茫茫造化，二仪既分[1]。散气流形，既陶既甄[2]。在帝庖羲，肇经天人[3]。爰始夫妇，以及君臣。家道以正，王猷有伦[4]。

妇德尚柔，含章贞吉[5]。婉嫕淑慎，正位居室[6]。施衿结褵，虔恭中馈[7]。肃慎尔仪，式瞻清懿[8]。樊姬感庄，不食鲜禽[9]。卫女矫桓，耳忘和音[10]。志厉义高，而二主易心。玄熊攀槛，冯媛趍进[11]。夫岂无畏？知死不吝！班妾有辞，割驩同辇[12]。夫岂不怀？防微虑远！

道罔隆而不杀，物无盛而不衰。日中则昃，月满则微[13]。崇犹尘积，替若骇机[14]。人咸知饰其容，而莫知饰其性。性之不饰，或愆礼正。斧之藻之[15]，克念作圣。出其言善，千里应之。苟违斯义，则同衾以疑。夫出言如微，而荣辱由兹。勿谓幽昧，灵监无象[16]。勿谓玄漠[17]，神听无响。无矜尔荣，天道恶盈。无恃尔贵，隆隆者坠[18]。鉴于《小星》，戒彼攸遂。比心《螽斯》[19]，则繁尔类。驩不可以黩[20]，宠不可以专。专实生慢，爱极则迁。致盈必损，理有固然。美者自美，翩以取尤[21]。冶容求好，君子所雠。结恩而绝，职此之由。

故曰：翼翼矜矜[22]，福所以兴。靖恭自思[23]，荣显所期。女史司箴[24]，敢告庶姬。

## 【注释】

〔1〕造化：宇宙或自然。二仪：天地或阴阳。

〔2〕气：中国古代哲学概念，通常指一种极细微的物质，是构成世界万物的本原。陶、甄：培育造就。

〔3〕在帝庖羲，肇（zhào）经天人：善引《周易》曰："庖牺氏之王天下也，始作八卦，以通神明之德，以类万物之情也。"腾跃案：肇，开始。天人代指天地万物。庖羲与庖牺，皆指伏羲。

〔4〕猷：道。伦：顺序。

〔5〕妇德尚柔，含章贞吉：善引《周易》曰："坤至柔而动也刚，妻道也。"又曰："含章贞吉，以时发也。"腾跃案：含章贞吉指包含美好品质。

〔6〕婉嫕（yì）淑慎，正位居室：善注："《汉书》曰：'孝平王皇后为人婉嫕有节操。'曹大家《列女传注》：'婉，柔和；嫕，深邃也。'《毛诗》曰：'淑慎尔止。'《周易》曰：'女正位乎内。'"

〔7〕施衿（jīn）结褵（lí），虔恭中馈：善注："《仪礼》曰：女嫁，

母施衿结帨（shuì），曰：勉之敬之，夙夜无违父母之诫。《毛诗》曰：亲结其缡，九十其仪。毛苌曰：缡，妇人之帏也。"腾跃案：衿，古代女子的衣带。帨、缡，古代女子出嫁时的佩巾。中馈，家中供膳诸事。九十其仪指造型繁复。

〔8〕尔：你。式：语气词。表示劝告，有"应"、"当"的意思。

〔9〕樊姬感庄，不食鲜禽：善引《列女传》曰："楚庄樊姬者，楚庄王之夫人。庄王初即位，好狩猎毕弋，樊姬谏不止，乃不食禽兽之肉，三年王改。"

〔10〕卫女矫桓，耳忘和音：善引《列女传》曰："齐侯卫姬者，卫侯之女，齐桓公之夫人。桓公好淫乐，卫姬为不听郑、卫之声。"曹大家曰："卫国作淫泆之音，卫姬疾桓公之好，是故不听，以厉桓公也。"

〔11〕玄熊攀槛，冯媛趍进：善引《汉书》曰："孝元冯昭仪，上幸虎圈斗兽，熊佚出圈，攀槛欲上殿，左右贵人傅昭仪皆走，冯婕妤直前当熊而立。左右格杀熊。上问：'何故当熊？'婕妤曰：'猛兽得人而止，妾恐至御座，故身当之。'帝嗟叹，以此倍敬重焉。"腾跃案：趍与趣音义同，趣简体作趋。

〔12〕班妾有辞，割驩同辇：善引《汉书》曰："成帝游于后庭，欲与班婕妤同辇载，婕妤辞曰：'妾观古图画，贤圣之君，皆有名臣在侧；三代末主，乃有嬖女。今欲同辇，得无近似乎？'"腾跃案：驩与歡音义同。歡简体作欢。男女同辇必欢，故曰割驩。

〔13〕月满则微：善注"《毛诗》曰：'彼月而微，此日而微。'郑玄曰：'谓不明也。'"腾跃案：月圆则缺。微，少也。

〔14〕替：被替代。骇机：突然触发弩机。比喻猝发的祸难。

〔15〕斧之藻之：不断自我完善。斧，斧正。藻，美化。

〔16〕灵监：神灵监视。

〔17〕玄漠：此指声音小。

〔18〕隆隆者：有权势者。

〔19〕《小星》《螽斯》：善注"《毛诗序》曰：'《小星》，惠及下也。'《毛诗》曰：'螽斯羽，诜诜兮！宜尔子孙，振振兮！'"腾跃案：诜诜与莘莘音义同，详见《文选古字通·合集》《文选古字通·辨析》。

〔20〕嫚：轻慢不敬。

〔21〕翿：喻长袖善舞。尤：罪过。

〔22〕矜矜：小心谨慎。

〔23〕靖恭：恭谨。

〔24〕女史：《周礼·天官》："女史，掌王后之礼职，掌内治之贰，以诏后治内政。"

【点评】

　　本文语言上典雅庄重，无风月妍冶之柔，结构上环环相扣，有一气呵成之势。从古代妇女的品德要求谈起，列举了历史上种种正面典型，以此规诫嫔妃，要加强品德修养，不要恃宠骄傲，不要忌妒，要施恩惠于人。外戚专权看似荣华一时，其后皆有灭族之祸。《重订文选集评》引孙月峰曰："虽是四言，却流动有顿挫，调圆而意活。"又引孙琮曰："女德多败于宠爱；"今人也常言："每一个成功的男人背后，都有一个优秀的女人；每一个失败的男人背后，都有一个嫉妒的女人。"腾跃深以为是。

# 封燕然山铭 并序

班固

【题解】

班固（32—92）字孟坚，扶风安陵（今陕西咸阳）人。东汉史学家和文学家。二十三岁时继续撰写其父班彪未完遗稿《史记后传》，被人以私改国史告密，被捕入狱。其弟班超上书力辩，明帝阅其著作初稿，十分赞许，立予释放，并拜为兰台令史，转迁为郎，典校秘书。后奉旨完成其父遗著，历二十余年，修成《汉书》，为世所重，奉为"史家之圭臬"。善注引范晔《后汉书》曰："班固，字孟坚，北地人也。年九岁，能属文，长遂博贯载籍。显宗时，除兰台令史，迁为郎，乃上《两都赋》。大将军窦宪出征匈奴，以固为中护军。宪败，固坐免官，遂死狱中。"《昭明文选》另收有《两都赋》《答宾戏》《幽通赋》等。

这篇铭作于汉和帝永元元年（89），燕然山即今蒙古国境内的杭爱山，2017年时此《铭》石刻曾被发现，引起过广大舆论轰动。善注引范晔《后汉书》曰："齐殇王子都乡侯畅来吊国忧，窦宪遣客刺杀畅。发觉，宪惧诛，自求击匈奴以赎死。会南单于请兵北伐，乃拜宪车骑将军，以执金吾耿秉为副。大破单于，遂登燕然山，刻石勒功，纪汉威德，令班固作铭。"

铭是古代文体的一种，刻铭于器物之上，以称述功德，使传扬于后世，或申鉴诫。远古多刻于钟鼎，秦汉以后或刻于碑石。商代铭文皆简短，西周以后渐有长篇。刘勰在《文心雕龙·铭箴》中说："铭兼褒赞，故体贵弘润。"陆机在《文赋》中说："铭博约而温润。"

惟永元元年秋七月，有汉元舅曰车骑将军窦宪[1]，寅亮圣皇，登翼王室[2]，纳于大麓，惟清缉熙[3]。乃与执金吾耿秉，述职巡御，治兵于朔方[4]。鹰扬之校，螭虎之士，爰该六师[5]，暨南单于，东胡乌桓，西戎氐羌，侯王君长之群，骁骑十万[6]。元戎轻武，长毂四分[7]，雷辐蔽路，万有三千余乘[8]。勒以八阵[9]，莅以威神，玄甲耀日，朱旗绛天。遂凌高阙，下鸡鹿，经碛卤，绝大漠[10]，斩温禺以衅鼓，血尸逐以染锷。然后四校横徂[12]，星流彗扫，萧条万里，野无遗寇。

于是域灭区殚，反旆而旋，考传验图[13]，穷览其山川。遂逾涿邪，跨安侯，乘燕然[14]，蹑冒顿之区落，焚老上之龙庭[15]。将上以摅高、文之宿愤，光祖宗之玄灵[16]；下以安固后嗣，恢拓境宇，振大汉之天声。兹可谓一劳而久逸，暂费而永宁也。乃遂封山刊石，昭铭盛德。其辞曰[17]：

铄王师兮征荒裔，剿凶虐兮截海外[18]，夐其邈兮亘地界[19]，封神丘兮建隆嵑，熙帝载兮振万世[20]。

## 【注释】

〔1〕惟永元元年……窦宪：善引范晔《后汉书》曰："孝和皇帝母梁贵人，为窦皇后所谮，忧卒。窦后养帝以为己子。即位，改年曰永元。"又曰："窦宪，字伯度。女弟立为皇后，窦宪稍迁侍中。和帝即位，太后临朝。"腾跃案：永元是汉和帝年号，此时是公元89年。元，首也。元舅即大舅。车骑将军是军内二把手。此战后窦宪拜大将军，成为最高级别的军官，总揽大权。和帝长大后，恨窦宪骄纵，与中常侍郑众等合谋，迫令窦宪自杀。

〔2〕寅亮圣皇，登翼王室：善注："《尚书》曰：'三孤，寅亮天地，弼予一人。'登翼，谓登用辅翼。"腾跃案：寅亮谓恭敬侍奉。"皇"一作"明"。"翼"一作"翊"。

〔3〕纳于大麓，惟清缉熙：善注："《尚书》曰：'纳于大麓，烈风雷雨弗迷。'《毛诗》曰：'维清缉熙，文王之典。'"腾跃案：大麓犹总领，谓领录天子之事，如后代的尚书、丞相、首辅。维清缉熙即后代之光明正大清正廉洁。

〔4〕耿秉：善注引范晔《后汉书》曰："耿秉，字伯初，为执金吾。与窦宪北击匈奴，大破之。"腾跃案：执金吾是两千石的高官，位高权重。耿秉后封美阳侯。终官光禄勋，位列九卿。

〔5〕鹰扬、螭虎：喻勇猛之士。爰该：总领。爰，语气词。该，完备。

〔6〕暨南单于……骁骑十万：善注引范晔《后汉书》曰："南单于休兰尸逐侯鞮单于屯屠河立。时北虏大乱，南单于将讨并北庭，上言愿发国中诸部胡会虏北，窦太后从之。"腾跃案：此句言伐北虏（北单于）得到了各少数民族的支持。注文表示南单于是此战的发起人。休兰尸逐侯鞮是南单于的封号，屯屠河是南单于的名字。"十"有本作"三"，皆是形容兵马多，非实指。

〔7〕元戎轻武，长毂四分：善注："《毛诗》曰：'元戎十乘，以先启行。'司马彪《续汉书》曰：'轻车，古之战车。'《孙吴兵法》曰：'有巾有盖，谓之武刚车者先驱。'《谷梁传》曰：'长毂五百乘。'范甯曰：'长毂，兵车也。'"腾跃案：元戎指大型战车。轻武即轻型战车。

〔8〕雷：车声雷雷，比喻车多。辎：行军时携带的器械、粮草、营帐、服装、材料等。乘：古时车的单位。今之辆。

〔9〕八阵：善注引《杂兵书》曰："八阵者：一曰方阵，二曰圆阵，三曰牝阵，四曰牡阵，五曰冲阵，六曰轮阵，七曰浮沮阵，八曰雁行阵。"

〔10〕遂凌高阙，下鸡鹿，经碛卤，绝大漠：善注："《汉书》曰：'遣将军卫青出云中，至高阙。'臣瓒曰：'山名也。'范晔《后汉书》曰：'窦宪与南匈奴万骑出朔方鸡鹿塞。'《说文》曰：'卤，西方咸地也。'《汉书》曰：'卫青复将六将军绝漠。'臣瓒曰：沙土曰漠，直度曰绝也。'"

〔11〕斩温禺以衅鼓，血尸逐以染锷：善注："范晔《后汉书》曰：'匈奴其大臣次左右日逐王，次左右温禺鞮王，皆单于子弟，次第当为单于者也。其异姓大臣左右骨都侯，次左右尸逐骨都侯。'《左传》智䇲曰：不以衅鼓也。"腾跃案：䇲与罃音义同。衅与釁音义同，以血祭也。锷，刀剑的刃。

〔12〕四校横徂：即三军横扫。校是军队编制的单位，不同时期变化很大。四校言兵多是文学手法，如三军、六师。

〔13〕考传验图：传，传记。图，地图。刘良注："言既平匈奴，考书传，验国牒，览匈奴中山川也。"

〔14〕遂逾涿邪，跨安侯，乘燕然：李周翰注："踰、跨皆越也。乘，上也。涿邪，山名。安侯，河名。燕然，山名。

〔15〕蹑冒顿之区落，焚老上之龙庭：善注："《汉书》曰：'头曼单于

有太子曰冒顿。冒顿以鸣镝射杀头曼，遂自立为单于。冒顿死，子稽粥立，号曰老上单于。'又曰：'匈奴正月诸长小会单于庭祠，五月大会茏城，祭其先、天地、鬼神。'茏音龙。"腾跃案：今各本正文皆作龙，依照注文应作茏。

〔16〕摅高、文之宿愤，光祖宗之玄灵：善注："祖，高祖也。宗，太宗文帝也。《史记》曰：'高祖自将击韩王信，遂至平城，为匈奴所围七日。'又《文纪》曰：'匈奴攻朝㨂塞，杀北都尉。'"腾跃案：摅，舒也。《文纪》即《史记·孝文帝本纪》。㨂古同那。《说文》曰："西夷国。从邑，冄声。安定有朝那县。诺何切。"玄灵，神灵。

〔17〕其辞曰：一说上文是铭文的序，下文才是铭文的正文。

〔18〕铄：辉煌。荒裔：边荒极远之地。海外：国外。古人认为华夏民族居"四海之内"，故曰海外。

〔19〕复、邈：久远。亘：横贯。地界：与天涯相对。

〔20〕封：一种祭天仪式。即封禅之封。神丘：山岳的尊称。这里指燕然山。隆碣：树碑。碣与碣同。碣，后世指圆顶的石碑。熙：光明。帝载：帝王的德业。

【点评】

全文气势磅礴铿锵有力，历述汉军北伐匈奴，从出师直写至凯旋，有历史的回顾，又有战略的议论。描写将士之勇悍，车骑之壮盛，行军之迅猛，极为逼真生动，使读者如入阵中，让人感受到大军浩荡一往无阻的威势。后世作品用"燕然勒功"表豪情万丈，用"燕然未勒"表壮志未酬。可见此文的影响力。刘勰《文心雕龙》赞其盛矣。《重订文选集评》引孙月峰曰："盖以淡笔洒浓墨，烟润中姿态自远。"

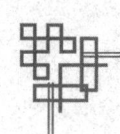

# 座右铭

崔瑗

【题解】

崔瑗（77—142）字子玉，涿郡安平（今河北安平）人。东汉文学家，书法家。崔骃次子，年十八至京，师从侍中贾逵。其书法理论作品《草书势》亦与本文一样影响深远。善引范晔《后汉书》曰："崔瑗早孤，锐志好学尽能传其父业，举茂才为汲令，迁济北相疾卒。"《后汉书》还说："瑗工于文辞，尤善为书记箴铭。"

吕延济注引范晔《后汉书》曰："瑗兄璋为人所杀，瑗遂手刃其仇，亡命，蒙赦而出，作此铭以自戒，尝置座右，故曰座右铭也。"《昭明文选译注》认为："从《座右铭》的内容看，当属有了一番人生阅历而得出的经验，其中说：'世誉不足慕，唯仁为纪纲。隐心而后动，谤议庸何伤！'证明是崔瑗走上仕途之后的感慨。他'年四十余，始为郡吏'，又'为度辽将军邓遵所辟'。不久，'遵被诛，瑗免归'。（《后汉书·崔瑗传》）因此这篇铭很可能写于遵被诛瑗遭免之后，约在其四十四岁，即建光元年（121）前后。"

座右铭原指写出来放在座位右边的铭文，今泛指人们激励、警诫、提醒自己，作为行动指南的格言。历史上，许多中外名人都有警诫自己的"座右铭"。如今教学楼中的名人名言也起了"座右铭"劝勉后人的功效。

无道人之短，无说己之长。施人慎勿念，受施慎勿忘[1]。
世誉不足慕，唯仁为纪纲。隐心而后动，谤议庸何伤[2]？
无使名过实，守愚圣所臧。在涅贵不淄，暧暧内含光[3]。
柔弱生之徒，老氏诫刚强[4]。行行鄙夫志[5]，悠悠故难量。

慎言节饮食，知足胜不祥。行之苟有恒，久久自芬芳。

## 【注释】

〔1〕施人慎勿念，受施慎勿忘：善注引《战国策》唐雎谓信陵君曰："人之有德于我，不可忘也；吾之有德于人，不可不忘也。"

〔2〕隐心：内心揣摩。庸何：同词连用，双重否定等于肯定。

〔3〕在涅（niè）贵不淄（zī），暧暧内含光：善注引《论语》子曰："不曰坚乎？磨而不磷；不曰白乎？涅而不淄。"《晏子春秋》仲尼曰："星之昭昭，不如月之暧暧。"腾跃案：涅，可做黑色染料的矾石，淄与缁古字通，缁，黑色；此指染黑。磷，磨薄。指坚硬之物，磨也磨不薄。暧暧，昏暗貌。

〔4〕柔弱生之徒，老氏诫刚强：善注引《老子》曰："人生也柔弱，其死也坚强，万物草木生也柔脆，其死也枯槁。故坚强者死之徒，柔弱者生之徒也。"又曰："柔弱胜刚强。"河上公曰："柔弱者久长，刚强者先亡也。"腾跃案：退一步海阔天空。

〔5〕行行（hènghèng）：善注引《论语》曰："闵子侍侧，訚訚如也。子路，行行如也。"郑玄曰："行行，刚强貌。"腾跃案：行《广韵》户浪切。今音蛮横之横。

## 【点评】

崔子玉锐志好学才能出众，一生坎坷累遭逐斥。以一生做人的体验写下这首论述为人之道的《座右铭》，表现出清静自守、明哲保身、儒道合一的人生理想，揭示出古代知识分子于仕途坎坷之中的典型心态。其词句工整语言简练，含意深刻启迪后人。

昭明文选·选读

# 夏侯常侍诔并序

潘岳

【题解】

潘岳（247—300）字安仁，荥阳郡中牟县（今属河南郑州）人。西晋著名文学家。善注引臧荣绪《晋书》曰："潘岳字安仁，荥阳中牟人。总角辩惠，摛藻清艳，乡邑称为奇童。弱冠辟司空太尉府，举秀才，高步一时，为众所疾。"潘岳才貌双全，终因"趋权冒势"而被杀，这是时代的悲剧。钟嵘《诗品》赞曰："潘才如江。"《世说新语·容止》赞曰："潘岳妙有姿容，好神情。少时挟弹出洛阳道，妇人遇者，莫不连手共萦（挽）之。"

夏侯湛（243—291）字孝若，谯国谯郡（今安徽亳州）人。东汉征西将军夏侯渊曾孙。西晋文学家。房玄龄《晋书》曰："湛幼有盛才，文章宏富，善构新词，而美容观。"《世说新语·容止》赞曰："潘安仁、夏侯湛并有美容，喜同行，时人谓之连璧。"

潘岳与夏侯湛是从小认识且长期交往的朋友，所以当夏侯湛逝世后，潘岳连日"幅抑失声，迸涕交挥"，进而写下了这篇诔（lěi）文。诔，古代用以表彰死者德行并致哀悼的文辞，亦即为谥法所本。起初仅能用于上对下。《礼记·曾子问》曰："贱不诔贵，幼不诔长，礼也。"后来成为哀祭文体的一种，就没有那种限制了。刘勰《文心雕龙·诔碑》曰："详夫诔之为制，盖选言录行，传体而颂文，荣始而哀终。论其人也，暧乎若可觌；道其哀也，凄焉如可伤；此其旨也。"

夏侯湛，字孝若，谯人也。少知名，弱冠辟太尉府，贤良方正征[1]，仍为太子舍人，尚书郎，野王令[2]，中书郎，南阳相。家艰乞还。顷之，选为太子仆，未就命而世祖崩，天子以为散骑常侍，从班列也[3]。春秋四十有九，元康元年夏五月壬辰[4]，寝疾，卒于延喜里第[5]。呜呼哀哉！乃作诔曰：

禹锡玄圭，实曰文命[6]。克明克圣，光启夏政[7]。其在于汉，迈勋惟婴[8]。思弘儒业，小大双名[9]。显祖曜德，牧兖及荆[10]。父守淮岱[11]，治亦有声。英英夫子，灼灼其俊。飞辩摛藻，华繁玉振。如彼随和[12]，发彩流润。如彼锦绩，列素点绚[13]。人见其表，莫测其里。徒谓吾生，文胜则史[14]。心照神交，唯我与子。且历少长，逮观终始。子之承亲，孝齐闵、参[15]。子之友悌[16]，和如瑟琴。事君直道，与朋信心。虽实唱高，犹赏尔音。

弱冠厉翼，羽仪初升[17]。公弓既招，皇舆乃征[18]。内赞两宫，外宰黎蒸[19]。忠节允著，清风载兴。泱彼乐都，宠子惟王[20]。设官建辅，妙简邦良。用取喉舌，相尔南阳[21]。惠训不倦，视民如伤。乃眷北顾，辞禄延喜[22]。余亦偃息，无事明时。畴昔之游，二纪于兹[23]。班白携手[24]，何欢如之！居吾语汝[25]："众实胜寡。人恶隽异，俗疵文雅[26]。执戟疲杨，长沙投贾[27]。无谓尔高，耻居物下。"子乃洒然[28]，变色易容。慨焉叹曰："道固不同。为仁由己，匪我求蒙[29]。谁毁谁誉？何去何从？"莫涅匪缁，莫磨匪磷[30]。予独正色，居屈志申。虽不尔以，犹致其身[31]。献替尽规，媚兹一人[32]。谠言忠谋，世祖是嘉。将仆储皇，奉辔承华[33]。先朝末命，圣列显加。入侍帝闱，出光厥家。我闻积善，神降之吉。宜享遐纪，长保天秩[34]。如何斯人，而有斯疾。曾未知命，中年陨卒。呜呼哀哉！

唯尔之存，匪爵而贵[35]。甘食美服，重珍兼味。临终遗誓，永锡尔类[36]。敛以时袭，殡不简器[37]。谁能拔俗，生尽其养？孰是养生，而薄其葬？渊哉若人，纵心条畅。杰操明达，困而弥亮。枢辂既祖[38]，容体长归。存亡永诀，逝者不追。望子旧车，览尔遗衣。恓抑失声[39]，迸涕交挥。非子为恸，吾恸为谁？呜呼哀哉！

日往月来，暑退寒袭。零露沾凝，劲风凄急。惨尔其伤，念我良执[40]。适子素馆，抚孤相泣[41]。前思未弭，后感仍集。积悲满怀，逝矣安及？呜呼哀哉！

【注释】

〔1〕贤良方正征：言湛以贤良方正的原因被朝廷征召任用，下即历述所任官职。辟太尉府是太尉的征召，不是朝廷正式官职。贤良方正，汉代选拔人才的科目之一，晋时仍沿用。征，召用。

〔2〕野王：县名。今河南沁阳。

〔3〕世祖：晋武帝司马炎。天子：晋惠帝司马衷。从班列也：按部就班。此指夏侯湛正常程序升官，不是突击提拔。

〔4〕元康元年：公元291年。元康，晋惠帝年号。

〔5〕延喜里第：延喜，小区、街巷之名。里，今街、巷、弄、家园、新村。第，府宅。腾跃案：有本注延喜为地名，不妥，特加此注。

〔6〕禹锡玄圭，实曰文命：善注："《尚书》曰：'禹锡玄圭，告厥成功。'又曰：'文命敷于四海。'《史记》曰：'夏禹名曰文命。'"

〔7〕克明克圣：善注引《尚书》曰："居上克明。"又曰："克齐圣广渊。"腾跃案：克，能。

〔8〕迈勋惟婴：善注引《汉书》曰："夏侯婴为太仆，常奉车从击项籍。"

〔9〕思弘儒业，小大双名：善注引班固《汉书·述》曰："世宗晔晔，思弘祖业。"《汉书》曰："夏侯胜，字长公，少好学，从夏侯始昌受尚书。"又曰："胜从父兄子建，字长卿，自师事胜。"又曰："由是尚书有大、小夏侯之学。"腾跃案：根据刘勰《文心雕龙·颂赞》的解释，《汉书》之"述"即"赞"。

〔10〕牧兖及荆：善注引王隐《晋书》曰："夏侯威，字季权，历荆、兖二州刺史。"

〔11〕父守淮岱：善注引王隐《晋书》曰："威次子庄，淮南太守。"

〔12〕随和：善注引《淮南子》曰："随侯之珠，和氏之璧，得之而富，失之而贫。"

〔13〕如彼锦缋（huì），列素点绚：善注："《论语》子夏问曰：'巧笑倩兮，美目盼兮，素以为绚兮。何谓也'？子曰：'缋事后素。'郑玄曰：'缋，画文也。'"腾跃案：以上几句形容夏侯湛文采好。缋与绘古字通。

〔14〕文胜则史：善注引《论语》子曰："文胜质则史。"

〔15〕承亲：善注："《汉书》武帝诏曰：'孝子顺孙，愿自竭以承其亲。'《礼记》公明仪问曾子曰：'夫子可以为孝乎？'曾子曰：'君子之所谓孝者，先意承志，谕父母于道。参直养者，安能为孝乎？'"闵、参：即闵子骞和曾参，皆为孔子的弟子，是我国古代著名的孝子。

〔16〕友悌：为兄则友，为弟则悌。悌，敬爱兄长。

〔17〕弱冠厉翼，羽仪初升：善注："《礼记》曰：'人生二十曰弱冠。'《吕氏春秋》曰：'征鸟厉疾。'《周易》曰：'鸿渐于陆，其羽可用为仪。'"腾跃案：指湛二十岁时为太尉府属官。羽仪喻为人稳重，可做表率。

〔18〕公弓既招，皇舆乃征：言湛为朝廷征招。古代招士以弓和车。

〔19〕内赞两宫，外宰黎蒸：言湛为太子舍人、尚书郎、野王令。赞，辅助。两宫，指皇宫与太子东宫。宰，主持，掌管。古代称县令为宰。黎蒸，百姓。

〔20〕泱彼乐都，宠子惟王：善注引《南都赋》曰："於显乐都。"腾跃案：指湛为南阳王所宠信。

〔21〕用取喉舌，相尔南阳：谓湛由中书郎出任南阳相。用，因。喉舌，中书省负责上传下达，故称中书省官员为喉舌。

〔22〕乃眷北顾，辞禄延喜：谓湛遭父母之丧而辞官，北归延喜里。眷，眷念。北顾，北望。辞禄，辞官。

〔23〕偃息：卧床休息，此指不当官。二纪：善注引孔安国《尚书传》曰："十二年曰纪。"

〔24〕班白携手：指鬓发斑白之年，又与湛在一起。

〔25〕居吾语汝：善注引《论语》子曰："由，居，吾语汝。"腾跃案：由，子由；孔子弟子。居，坐下。本文也可以理解为：到我这来，有事告诉你。

〔26〕隽：隽与俊古字通。疵（cī）：病。

〔27〕执戟疲杨，长沙投贾：善注："曹子建《与杨德祖书》曰：'杨子云，先朝执戟之臣耳。'《汉书》曰：'贾谊为长沙王太傅。谊既以谪去，意不自得。'"

〔28〕洗然：神情突变。

〔29〕求蒙：善注引《周易》曰："童蒙求我，匪我求童蒙。"腾跃案：蒙此指愚昧无知的人。

〔30〕莫涅匪缁，莫磨匪磷：善注引《论语》子曰："不曰坚乎？磨而不磷；

不曰白乎？涅而不淄。"腾跃案：字词上文有注。意喻不受外在坏的影响。

〔31〕虽不尔以，犹致其身：张铣注："言虽不见用，犹致身极谏。"

〔32〕献替尽规，媚兹一人：善注："《国语》史黯谓赵简子曰：'夫事君者，谏过而赏善，荐可而替否，献能而进贤。'《毛诗》曰：'媚兹一人，应侯顺德。'"张铣注："献可废否，尽规法，以爱天子也。"

〔33〕奉辔：驾车，意谓效劳。承华：太子宫门名。意指太子。

〔34〕遐纪：长寿。天秩：天子赐予的爵禄。

〔35〕匪爵而贵：善注《孙卿子》曰："君子无爵而贵，无禄而富。"腾跃案：本谓湛为君子。一说夸湛为世家大族。

〔36〕永锡尔类：善注引《毛诗》曰："孝子不匮，永锡尔类。"腾跃案：类，福也。类是古代的一种祭祀名称。朱熹《诗集传》曰："类，善也。孝子之孝诚而不竭，则宜永锡尔以善矣。"

〔37〕时袭：当时的衣服。简：挑选。

〔38〕柩辂（jiùlù）既祖：善注："《周礼》：'小丧供柩辂。'郑玄曰：'柩辂，载柩车也。'《周礼》曰：'丧祝掌大丧，祖，饰棺，乃载。'郑玄曰：'祖为行始也。'"

〔39〕愊（bì）抑：心中哀愤郁结。

〔40〕良执：好友。

〔41〕素馆：丧事白，故曰素。抚孤：实际是抚棺。

## 【点评】

作品文字庄重典雅，情感深沉悲痛。追叙夏侯湛一生事迹，尤其对他不论进退仍以国事为怀的精神，以及死后葬事从简，豁达脱俗的气度，给予了由衷的赞扬，读后令人十分感动。

笔者有两点想法，其一："人恶儁异，俗疵文雅。"客观的世界就是这样，扬雄和贾谊尚且如此，何况我们常人，当坚守原则豁达脱俗。其二：文才远比外在的美貌重要，潘岳与夏侯湛之所以能史册留名，文才是第一位的。

# 陈太丘碑文 并序

蔡邕

## 【题解】

蔡邕(133—192)字伯喈,陈留圉县(今属河南开封)人。东汉文学家、书法家。蔡文姬之父。少博学,师事太傅胡广。喜好辞章、数术、天文,精通音律。参与过续写《东观汉记》,刻印"熹平石经"。善注引范晔《后汉书》曰:"辟桥玄府,稍迁至郎中。后董卓辟邕,迁尚书。及卓被诛,王允收邕付廷尉,遂死狱中。"

陈寔(104—186)字仲弓,颍川郡许县(今属河南许昌)人。东汉桓、灵之际的高尚贤德之士。朝廷屡次征召,皆婉辞不就。屏居乡里,民望特高。年八十四,卒于家。范晔《后汉书·陈寔传》曰:"何进遣使吊祭,海内赴者三万余人,制衰麻者以百数。共刊石立碑,谥为文范先生。"

碑文,即刻于碑上之文。古代的碑文,按其用途和内容大致可分为纪功碑文、宫室庙宇碑文和墓碑文三种。墓碑文是记述死者生前事迹兼表悼念、称颂之情的文字,在东汉时已很盛行。《文心雕龙·诔碑》云:"自后汉以来,碑碣云起,才锋所断,莫高蔡邕。"又云:"其叙事也该而要,其缀采也雅而泽,清词转而不穷,巧义出而卓立,察其为才,自然而至。"

先生讳寔[1],字仲弓,颍川许人也。含元精之和,应期运之数[2]。兼资九德,揔脩百行[3]。于乡党则恂恂焉,彬彬焉[4],善诱善导,仁而爱人,使夫少长咸安怀之。

其为道也,用行舍藏[5],进退可度,不徼讦以干时,不迁贰以临下[6]。四为郡功曹,五辟豫州,六辟三府,再辟大将军,宰闻喜半岁,太丘一年[7]。

德务中庸，教敦不肃[8]。政以礼成，化行有谧。会遭党事，禁固二十年[9]，乐天知命，澹然自逸。交不谄上，爱不渎下[10]。见机而作，不俟终日。及文书赦宥，时年已七十，遂隐丘山，悬车告老[11]，四门备礼，闲心静居[12]。大将军何公，司徒袁公[13]，前后招辟，使人晓喻，云欲特表[14]，便可入践常伯，超补三事[15]，纡佩金紫，光国垂勋[16]。先生曰："绝望已久，饰巾待期而已[17]。"皆遂不至。弘农杨公，东海陈公[18]，每在衮职，群寮贺之[19]，皆举手曰："颍川陈君，绝世超伦，大位未跻，惭于臧文窃位之负[20]。"故时人高其德，重乎公相之位也。

年八十有三，中平三年八月丙午[21]，遭疾而终。临没顾命，留葬所卒[22]，时服素棺，椁财周衬[23]，丧事惟约，用过乎俭。群公百寮，莫不咨嗟；岩薮知名[24]，失声挥涕。大将军吊祠[25]，锡以嘉谥，曰："征士陈君[26]，禀岳渎之精，苞灵曜之纯[27]。天不愁遗老，俾屏我王[28]，梁崩哲萎，于时靡宪[29]。搢绅儒林，论德谋迹，谥曰文范先生。"《传》曰："郁郁乎文哉。"《书》曰："洪范九畴，彝伦攸叙[30]。"文为德表，范为士则，存诲没号[31]，不亦宜乎！三公遣令史祭以中牢[32]。刺史敬吊。太守南阳曹府君命官作诔曰："赫矣陈君，命世是生[33]。含光醇德，为士作程[34]。资始既正，守终又令[35]。奉礼终没，休矣清声！"遣官属掾吏，前后赴会，刊石作铭。府丞与比县会葬[36]，荀慈明、韩元长等五百余人[37]，缌麻设位，哀以送之[38]。远近会葬，千人已上。河南尹种府君临郡[39]，追叹功德，述录高行，以为远近鲜能及之，重部大掾，以时成铭[40]。斯可谓存荣没哀，死而不朽者已。乃作铭曰：

峨峨崇岳，吐符降神[41]。於皇先生[42]，抱宝怀珍。如何昊穹，既丧斯文[43]。微言圮绝[44]，来者曷闻。交交黄鸟，爰集于棘[45]。命不可赎[46]，哀何有极！

## 【注释】

〔1〕讳（huì）：敬称已故帝王或尊长的名字。这是本纪与诔碑类文章的标准格式。

〔2〕含元精之和，应期运之数：善注："《易·通卦验》曰：'大皇之先兴，耀含元精。'《论衡》曰：'天禀元气，人受元精。'（《孟子》）孟子谓充虞曰：'五百年必有王者兴，其间必有名世者。由周而来，七百有余岁矣。当今之世，

舍我而谁？'"腾跃案：元精、期运，阴阳五行家之学说。《易·通卦验》一名《易纬通卦验》。括号内《孟子》为我所补。

〔3〕兼资九德，揔脩百行：善注引《尚书》："皋陶曰：'都，亦行有九德。'禹曰：'何？'皋陶曰：'宽而栗，柔而立，愿而恭，乱而敬，扰而毅，直而温，简而廉，刚而塞，强而义。'"腾跃案：都，叹美之辞。揔脩与总修音义同。

〔4〕恂恂（xúnxún）焉，彬彬焉：善注引《论语》曰："孔子于乡党，恂恂如也。"又曰："文质彬彬，然后君子。"腾跃案：陆德明《释文》曰："恂恂，温恭貌。"

〔5〕用行舍藏：善注引《论语》子谓颜渊曰："用之则行，舍之则藏。"

〔6〕不徼讦（jiǎojié）以干时，不迁贰以临下：善注引《论语》子贡曰："恶徼以为智者，恶讦以为直者。"又，"哀公问弟子孰为好学？孔子对曰：'有颜回者好学，不迁怒，不贰过。'"腾跃案：徼讦谓揭发别人隐私。干时指容世。贰过指不犯同样的过失。临下即居高临下的省文。

〔7〕闻喜：今山西闻喜。太丘：今河南永城。

〔8〕教敦不肃：善注引《孝经》子曰："其教不肃而成。"腾跃案：指循循善诱，不搞严肃说教。

〔9〕禁固：禁止做官或参加政治活动。以上两句指东汉桓帝时宦官迫害贤士大夫李膺等的事件，陈寔株连入狱，并遭禁固。《后汉书·桓帝纪》："延熹九年冬（166）十二月，司隶校尉李膺等二百余人，受诬为党人，并坐（株连）下狱，书名王府。永康元年（167）六月，大赦天下，悉除党锢。"《后汉书·陈寔传》曰："及后逮捕党人，事亦连寔。余人多逃避求免。寔曰：'吾不就狱，众无所恃。'乃请囚焉，遇赦得出。灵帝初，大将军窦武辟以为掾属。"二十：此举成数而言，实为十八。高步瀛引顾广圻曰："大将军之辟太邱（指陈寔），意在中平二年（185），故前碑称十有八年，纪其实耳。是文称禁锢二十年者，举成数而言之。然则年已七十，当作已八十也。"（《昭明文选译注》）

〔10〕爱不渎下：善注引《周易》曰："君子上交不谄，下交不渎。"李周翰曰："其施惠爱则均，不以其下而慢之。"腾跃案：渎，五臣作黩。皆指轻慢、随意。

〔11〕悬车告老：善注："《汉书》曰：'薛广德乞骸骨，赐安车驷马。

133

悬其车传子孙。'《左氏传》曰：'晋韩献子告老。'杜预曰：'告老，致仕者也。'"腾跃案：悬车指封存车，辞官家居废车不用，故要封存。告老即今之退休，古代官员才能退休。

〔12〕四门备礼，闲心静居：善注引《尚书》曰："宾于四门，四门穆穆。"刘良注："言当时在位者皆欲征贤于四方，而备修束帛之聘。聘先生，先生闲心静居，终不复应也。"

〔13〕何公：何进。袁公：袁隗。

〔14〕云欲特表：说要破格上表荐用。

〔15〕践：登。喻任职。常伯：善注引应劭《汉官仪》曰："侍中，周官号曰常伯，选于诸伯，言其道德可常尊也。"超补：破格委任。三事：三公。指司徒、司马、司空。

〔16〕纡佩金紫：善注引《汉书》曰："大司徒、大司马、大司空皆金印紫绶。"光国垂勋：建功立业为国争光。

〔17〕绝望：绝仕宦之望。饰巾：整饰衣服。待期：等待死期。

〔18〕弘农杨公，东海陈公：善注引范晔《后汉书》曰："太尉杨赐，司徒陈耽，每拜公卿，群寮毕贺，赐等常叹寔大位未登，愧于先之也。"腾跃案：弘农今河南灵宝。东海今山东郯城。

〔19〕衮职：善注："谓三公也。《周礼》曰：'三公自衮冕而下。'"腾跃案：衮冕指衮衣和冕，是三公的礼服。寮：寮与僚古字通。

〔20〕举手：类似于拱手礼的动作。臧文窃位之负：善注引《论语》曰："臧文仲其窃位者欤？知柳下惠之贤而不与立也。"腾跃案：窃位，尸位素餐。臧文有本作文仲。

〔21〕中平三年：186年。中平为汉灵帝年号。《后汉书·陈寔传》曰："中平四年，年八十四，卒于家。"与此说法不同。本文题解以碑文记载为准。

〔22〕临没顾命，留葬所卒：善注引孔安国《尚书传》曰："临终之命曰顾命。"刘良曰："谓遗令葬于所卒之地，不归本属故也。"腾跃案：古人一般归葬于故乡。就地而葬也是丧事从简的行为。

〔23〕椁（guǒ）财周衬：椁，棺材外面套的大棺材。财，仅、才。周衬，围住棺材。此句形容丧事从简。有本"衬"作"椽"。《说文》曰："椽，棺也。"

〔24〕岩薮知名：隐士与名士。

〔25〕大将军：何进。吊祠：吊唁祭祀。

〔26〕征士：学行并高，被朝廷征聘过的士人。一说指不接受朝廷征聘的隐士。

〔27〕禀岳渎之精，苞灵曜之纯：善注："《孝经援神契》曰：'五岳之精雄圣，四渎之精仁明。'又《钩命决》曰：'五岳吐精。'宋均曰：'吐精，生圣人也。灵曜，谓天也。'尚书纬有《考灵曜》。"

〔28〕天不慭（yìn）遗老，俾屏我王：善注引《左氏传》："孔丘卒，公诔之曰：'昊天不吊，不慭遗一老，俾屏予一人以在位。'"腾跃案：慭，愿。遗老，留下老臣。俾屏，辅助。

〔29〕梁：栋梁。哲：哲人。于时靡宪：李周翰注："言智人既死，于今时无可以为法则也。"

〔30〕《传》：此句出于《论语·八佾》。洪范九畴，彝伦攸叙：善注引《尚书》箕子谓武王曰："天乃锡禹洪范九畴，彝伦攸叙。"腾跃案：洪范，大法。畴，类。彝伦，天地人之常理。攸叙，所以有次序。

〔31〕存诲没号：张铣注："言存亦以文范教训于人，而没后以为号，亦为宜也。"

〔32〕令史：三公府的属吏。今之文字秘书。中牢：猪、羊二牲。

〔33〕命世是生：善注："《广雅》曰：'命，名也。'李陵《答苏武书》曰：'信命世之才。'"腾跃案：顺应天命而降生的人才。

〔34〕醇：厚。程：法。

〔35〕资始既正，守终又令：善注引《周易》曰："万物资始。"吕延济曰："令，善也。言始资正道，终有善名也。"腾跃案：资始，借以发生、开始。此处就指开始。

〔36〕府丞与比县会葬：本市与周边县市都有人来参加葬礼。

〔37〕荀慈明、韩元长：善注引范晔《后汉书》曰："荀爽，字慈明，献帝拜为司空。"又曰："韩融，字元长，献帝初，官至太仆。"腾跃案：两人与下文种府君皆为颍川人士。颍川集团是当时北方较强的士族群体。

〔38〕缌麻设位，哀以送之：善注："《丧服传》曰：'缌麻，十五升布。'"

郑玄曰：'谓之缌者，缕细如丝也，音思。'《孝经》曰：'哀以送之。'"腾跃案：《丧服传》是解释《仪礼·丧服》的。十五升布指制作缌麻的材料精细。缌麻也是古代丧服名。五服中之最轻者，孝服用细麻布制成，服期三月。

〔39〕河南尹：京都洛阳所在河南郡的长官。种府君：指种拂。临郡：到任。

〔40〕重部大椽：重请大手笔。椽与椽古字通，成语有如椽之笔。以时：当时。

〔41〕吐符：呈现符命。符命，天命的象征。降神：善注引《毛诗》曰："维岳降神，生甫及申。"

〔42〕於皇：叹美之词。

〔43〕斯文：原指礼乐制度，后指儒者或文人，此指陈寔。

〔44〕微言：精微之言。圮（pǐ）绝：断绝。

〔45〕交交黄鸟，爰集于棘：善注："《毛诗·国风》文。喻仕于乱时也。"吕延济曰："喻人以寿终，亦得其所也。"腾跃案：《诗经·秦风·黄鸟》曰："交交黄鸟，止于棘。"

〔46〕命不可赎：善注引《毛诗》曰："如可赎兮，人百其身。"

## 【点评】

本文先写陈寔生平，突出其德行风范。次写死后所受哀悼赞美，突出其万民爱戴。结尾是铭文，总结其一生功业，赞扬他在物欲横流、礼义沦丧的世界永不失其光彩。作品文字清新典雅，有引经据典，有平铺直叙。事迹公允切实，无虚美，无谬赞。对后代碑铭之文的创作有很大影响。

# 吊屈原文 并序

贾谊

【题解】

贾谊简介见前《过秦论》，屈原简介见后《离骚经》。

《吊屈原文》一作《吊屈原赋》，《史记》《汉书》均载。本文前的序为后人所加，字句根据本传而大同小异。贾谊因年少有才，针对时弊提出了一系列改革政治的建议，得到汉文帝器重，一年内由博士升任太中大夫。之后天子"议以谊任公卿之位"时，包括周勃、灌婴在内的元老和新贵群起而攻之，毁谤他"洛阳之人年少初学，专欲擅权，纷乱诸事。"于是天子疏远他，不再让他参与朝政，且贬出朝廷，外调为长沙王太傅。在赴任途中经过湘水，凭吊了屈原自沉之处，因而触景生情、忧愤不已，写下了这篇悼古伤今的作品。

吊是一种追悼死者，致辞抒慨的文体。刘勰《文心雕龙·哀吊》说："自贾谊浮湘，发愤吊屈，体同而事核，辞清而理哀，盖首出之作也。"与之相似的还有凭吊、怀古之类的文体。这是一首用骚体写成的抒情短赋，仿楚辞而趋于散文化，成为汉初赋体形成阶段的重要代表作之一。《昭明文选》将此文归为"吊"类，是题材分类。

谊为长沙王太傅，既以谪去，意不自得，及渡湘水，为赋以吊屈原。屈原，楚贤臣也，被谗放逐，作《离骚赋》，其终篇曰："已矣哉！国无人兮，莫我知也[1]。"遂自投汨罗而死。谊追伤之，因自喻。其辞曰：

恭承嘉惠兮，俟罪长沙[2]。侧闻屈原兮，自沈汨罗[3]。造托湘流兮，敬吊先生。遭世罔极兮[4]，乃殒厥身。呜呼哀哉！逢时不祥[5]！鸾凤伏窜兮，鸱枭翱翔[6]。阘茸尊显兮[7]，谗谀得志。贤圣逆曳兮，方正倒植[8]。世谓随、

夷为溷兮[9]，谓跖、蹻为廉[10]。莫邪为钝兮，铅刀为铦[11]。吁嗟默默，生之无故兮[12]！斡弃周鼎，宝康瓠兮[13]。腾驾罢牛，骖蹇驴兮。骥垂两耳，服盐车兮[14]。章甫荐履，渐不可久兮[15]。嗟苦先生，独离此咎兮[16]！

讯曰[17]：已矣！国其莫我知兮，独壹郁其谁语[18]？凤漂漂其高逝兮[19]，固自引而远去[20]。袭九渊之神龙兮，沕深潜以自珍[21]。偭蟂獭以隐处兮，夫岂从虾与蛭蚓[22]？所贵圣人之神德兮，远浊世而自藏。使骐骥可得系而羁兮，岂云异夫犬羊？般纷纷其离此尤兮，亦夫子之故也[23]！历九州而相其君兮，何必怀此都也[24]？凤凰翔于千仞兮，览德辉而下之。见细德之险征兮[25]，遥曾击而去之[26]。彼寻常之污渎兮，岂能容夫吞舟之巨鱼[27]？横江湖之鱣鲸兮，固将制于蝼蚁[28]。

## 【注释】

〔1〕已矣哉！国无人兮，莫我知也：算了吧！国家中没有人是我的知音。

〔2〕嘉惠：之前文帝的种种特殊对待。俟（sì）罪：等待朝廷的再次降罪。俟，等待。

〔3〕侧闻：侧耳而闻，含有对屈原恭敬的意思。

〔4〕罔极：善注引张晏曰："谗言罔极。罔极，言无中正。"

〔5〕逢时不祥：生不逢时。

〔6〕伏窜：藏匿逃窜。鸱枭（chīxiāo）：猫头鹰，古人以为是不祥之鸟，用以比喻恶人。

〔7〕阘（tà）茸：比喻不才之人。阘，小门。茸，小草。

〔8〕逆曳、倒植：善注引胡广曰："逆曳，不可顺道而行也。倒植者，贤不肖颠倒易位也。"

〔9〕随、夷：指卞随与伯夷。卞随，商朝贤臣，商汤欲让位于卞随，卞随不受。伯夷反对武王伐纣，不食周粟。古人认为他们是高尚的人。溷（hùn）：肮脏，混浊。混与溷古字通。

〔10〕跖（zhí）、蹻（qiāo）：跖，春秋时鲁国人。庄蹻，战国时楚人。跖、蹻皆因反抗当时统治者而被诬为盗。

〔11〕铅刀为铦（xiān）：铅材料非常软，不能做刀。铦，锋利。

〔12〕呀嗟默默，生之无故兮：善注："应劭曰：'默默，不得意也。'臣瓒曰：'先生，谓屈原。'邓展曰：'言屈原无故遇此祸也。'《毛诗》曰：'吁嗟鸠兮！'"腾跃案：吁嗟，悲叹词。生也可指平生。

〔13〕斡弃周鼎，宝康瓠兮：李周翰曰："斡，转也。周有九州之鼎。言时君弃贤用不肖，亦犹转弃大鼎之器而宝其瓠瓜也。"腾跃案：康瓠，瓦器。瓠瓜，葫芦。

〔14〕腾驾罢牛，骖蹇驴兮。骥垂两耳，服盐车兮：刘良曰："腾，奔也。骥，良马也。言御车者但奔驾其疲敝之牛，乘其蹇跛之驴，使良马驾盐车，亦犹贤人在野，小人在位。"腾跃案："罢"五臣本作"疲"。

〔15〕章甫荐履：善注："冠当加首，而以荐履，到上为下，故渐不可久也。《仪礼》曰：'士冠章甫，殷道也。'"

〔16〕离：离与罹古字通。罹，遭受。咎：灾祸。

〔17〕讯曰：告曰。楚辞体例，赋末再概括一段，屈原《离骚》用"乱曰"二字引起。"讯曰"相当于"乱曰"。"讯"《汉书》作"谇"。

〔18〕壹郁：壹郁与抑郁字异义同。详见《文选古字通·合集》。

〔19〕漂漂：同飘飘。

〔20〕固：本来。自引：自行引退。

〔21〕袭九渊之神龙兮，沕（mì）深潜以自珍：善注："《音义》曰：'袭，覆也，犹言察也。'《庄子》：'千金之珠，必九重之渊而骊龙颔下。'张晏曰：'沕，潜藏也。'"腾跃案：此句言当归隐。

〔22〕偭（miǎn）蟂（xiāo）獭以隐处兮，夫岂从虾与蛭蟥：善注："应劭曰：'蟂獭，水虫害鱼者。偭，背也。'韦昭曰：'虾，虾蟆。蛭，水虫；食人者也。蟥，丘蚓也。'"腾跃案：此句言不与利益集团同流合污。虾蟆与虾蟆同，指蛤蟆；白居易《琵琶行》曰："自言本是京城女，家在虾蟆陵下住。"

〔23〕般纷纷其离此尤兮，亦夫子之故也：原注："李奇曰：'般，久也。纷，乱也。'应劭曰：'般音班。'或曰：'般桓不去，纷纷构谗意也。'犍为舍人《尔雅注》曰：'尤，怨大也。'李奇曰：'亦夫子不如麟凤不逝之故罹此咎。'"善曰："言般桓不去，离此怨尤，亦夫子自为之故，不可尤人也。"腾跃案："般"五臣本作"盘"。犍（qián）为，今四川犍为县。此处有《史》

《汉》旧注,不好判断文献来源,故用原注。

〔24〕都:楚都郢。善注:"知时之乱,当历九州,相贤君而事之,何必思此都而遭放逐。"

〔25〕细德:品德低劣,此指奸佞之辈的恶行。险征:危险的预兆。

〔26〕遥曾击:原注:"遥,远也。曾,高高上飞意也。郑玄曰:'击,音攻击之击。'李奇曰:'遥,远也;曾,益也。'《史记》击字作翿。"腾跃案:皆远走高飞之意。

〔27〕污渎:脏水沟。吞舟:可以吞下船,形容鱼大。即下文的鱣鲸。

〔28〕横江湖之鱣(zhān)鲸兮,固将制于蝼蚁:原注:"晋灼曰:'小水不容大鱼,而横鱣鲸于洿渎,必为蝼蚁所见制。以况小朝主暗,不容受忠谏之言;亦谓谗贼小人所见害也。'鱣或作鲟。《史记》鱣,张连切;鲟音寻。《庄子》庚桑楚谓弟子曰:'吞舟之鱼砀而失水,则蝼蚁能苦之。'《战国策》齐人说靖郭君曰:'君不闻海大鱼乎?荡而失水,则蝼蚁得意焉。'"腾跃案:言龙游浅水遭虾戏也。洿与污古字通。鱣与鲟名别而物种关系近,皆大型鱼类。砀与荡通。意同今之鲸鱼搁浅。

## 【点评】

贾谊才华横溢年少得志,为国尽忠却得罪利益集团惨遭毁谤,与屈原有许多相似之处,故《史记》为之合传。

本文感情沉郁气势激荡,比喻丰富对比强烈。既是悲悼屈原,也是悲悼自己,抒发了作者满腔的愤懑与无限的遗憾。屈原尚可择木而栖,贾谊却不能择主而事,这是时代的悲剧。《重订文选集评》引明人孙月峰曰:"有骚人之致,气甚豪荡,词亦瑰琦。"

# 第二部分：赋

# 登楼赋

王粲

【题解】

　　王粲（177—217）字仲宣，山阳高平（今山东邹城）人。少时聪敏，以博闻著称，刘勰在《文心雕龙》中称他为"七子之冠冕"。善注引《魏志》曰："王粲字仲宣，山阳人。献帝西迁，粲从至长安。以西京扰乱，乃之荆州，依刘表。后太祖辟为右丞相掾。魏国建，为侍中，卒。"

　　东汉末年董卓作乱于京都洛阳，兵败后挟献帝入长安，朝政一片混乱。故王粲南下投靠荆州牧刘表，想有一番作为，但却不被重用，以致流寓襄阳十余年，心情极为抑郁苦闷。建安九年（204）秋天，即来到荆州的第十三年，他久客思归，登上荆州麦城城头（今湖北当阳楼），纵目四望万感交集，写下这篇抒情名赋。

　　登兹楼以四望兮，聊暇日以销忧[1]。览斯宇之所处兮，实显敞而寡仇[2]。挟清漳之通浦兮，倚曲沮之长洲[3]。背坟衍之广陆兮，临皋隰之沃流[4]。北弥陶牧，西接昭丘[5]。华实蔽野，黍稷盈畴[6]。虽信美而非吾土兮，曾何足以少留！

　　遭纷浊而迁逝兮[7]，漫逾纪以迄今。情眷眷而怀归兮，孰忧思之可任！凭轩槛以遥望兮，向北风而开襟。平原远而极目兮，蔽荆山之高岑[8]。路逶迤而修迥兮，川既漾而济深[9]。悲旧乡之壅隔兮，涕横坠而弗禁。昔尼父之在陈兮，有归欤之叹音[10]。钟仪幽而楚奏兮[11]，庄舄显而越吟[12]。人情同于怀土兮，岂穷达而异心！

　　惟日月之逾迈兮，俟河清其未极[13]。冀王道之一平兮，假高衢而骋力[14]。

惧匏瓜之徒悬兮[15]，畏井渫之莫食[16]。步栖迟以徙倚兮[17]，白日忽其将匿。风萧瑟而并兴兮，天惨惨而无色[18]。兽狂顾以求群兮，鸟相鸣而举翼。原野阒其无人兮[19]，征夫行而未息。心凄怆以感发兮，意忉怛而憯恻[20]。循阶除而下降兮[21]，气交愤于胸臆。夜参半而不寐兮[22]，怅盘桓以反侧。

## 【注释】

〔1〕暇：闲暇。"暇"五臣本作"假"。

〔2〕宇：指城楼。显敞：豁亮、宽阔。仇：匹敌。

〔3〕挟清漳之通浦兮，倚曲沮之长洲：善注："挟，犹带也。《山海经》曰：'荆山，漳水出焉，而东南注于雎。'《汉书·地理志》曰：'汉中房陵东山，沮水所出，至郢入江。'雎与沮同。"腾跃案：通浦谓汇合处宽阔。浦，河川主、支流汇合处或入海口。长洲谓水中长形的陆地。

〔4〕坟衍：地势高而平。皋：水边高地，河岸。隰（xí）：低洼潮湿之地。沃流：可供灌溉的河川。沃，灌溉。

〔5〕北弥陶牧，西接昭丘：善注："《尔雅》曰：'弥，终也，'谓终极也。盛弘之《荆州记》曰：'江陵县西有陶朱公冢，其碑云是越之范蠡而终于陶。'《尔雅》：'郊外曰牧。'《荆州图记》曰：'当阳东南七十里有楚昭王墓，登楼则见，所谓昭丘。'"

〔6〕华实蔽野，黍稷盈畴：善注："《春秋文耀钩》曰：'春致其时，华实乃荣。'《说文》曰：'畴，耕治之田也。'贾逵《国语注》曰：'一井为畴。'"

〔7〕纷浊：善注曰："喻代乱也。"腾跃案：代，一个接一个的祸乱。指宦官专权、黄巾起义、董卓作乱、汉少帝被废等事件。

〔8〕荆山：善注引《汉书》曰："临沮县，荆山在东北也。"腾跃案：荆山在今湖北武当山东南，汉水的西岸，漳水即发源于此。

〔9〕川既漾而济深：善注："《韩诗》曰：'江之漾矣，不可方思。'薛君曰：'漾，长也。'《毛诗》曰：'济有深涉。'《尔雅》曰：'济，渡也。'"李周翰注："言归路长远、川大济深，以喻时之险难莫能遂济。"

〔10〕昔尼父之在陈兮，有归欤之叹音：善注引《论语》："子在陈曰：

第二部分：赋

143

'归欤！归欤！'"

〔11〕锺仪幽而楚奏兮：善注引《左氏传》曰："晋侯观于军府，见锺仪，问曰：'南冠而絷者谁也？'有司对曰：'郑人所献楚囚也。'使税之，问其族，对曰：'伶人也。'使与之琴，操南音。公曰：'乐操土风，不忘旧也。'"腾跃案："锺"作姓时，可不简化为"钟"。税与脱古字通。

〔12〕庄舄（xì）显而越吟：善注引《史记》曰："陈轸适楚，秦惠王曰：子去寡人之楚，亦思寡人不？陈轸对曰：昔越人庄舄仕楚执圭，有顷而病。楚王曰：舄，故越之鄙细人也，今仕楚执圭，富贵矣，亦思越不？对曰：凡人之思故，在其病也。彼思越则越声，不思越则且楚声。人往听之，犹尚越声也。今臣虽弃逐之楚，岂能无秦声者哉！"腾跃案：此处引号当有三层，不好操作，故用一个引号。

〔13〕俟河清其未极：善注："《左氏传》郑子驷曰：'周诗有之，俟河之清，人寿几何？'杜预曰：'逸诗也。'《尔雅》曰：'极，至也。'"张铣曰："黄河清则圣人出，粲苦天下反乱，故云日月逾迈河清未极期也。"

〔14〕高衢：善注："谓大道也。"腾跃案：高衢指朝廷。东汉末年汉室微弱群雄争霸。王粲曾祖父王龚，在汉顺帝时任太尉；祖父王畅，在汉灵帝时任司空；故他早期肯定以兴复汉室为己任。骋力：施展才华。

〔15〕惧匏瓜之徒悬兮：善注："《论语》子曰：'吾岂匏瓜也哉，焉能系而不食！'郑玄曰：'我非匏瓜，焉能系而不食者，冀往仕而得禄。'"

〔16〕畏井渫（xiè）之莫食：善注："《周易》曰：'井渫不食，为我心恻。'郑玄曰：'谓已浚渫也，犹臣修正其身以事君也。'李周翰曰："喻修身全洁，畏时君之不用也。"

〔17〕步栖迟以徙倚兮：善注："《毛诗》曰：'衡门之下，可以栖迟。'《楚辞》曰：'步徙倚而遥思。'"腾跃案：栖迟，游息。徙倚，徘徊。《楚辞》之辭，尤裦刻本实际也作词、辞、辤、辥。

〔18〕惨：惨与黲古字通。黲指阳光暗淡。详见《文选古字通·辨析》。

〔19〕阒（qù）：善注："原野阒无农人，但有征夫而已。"腾跃案：阒，寂静无人。

〔20〕忉怛（dāodá）：忧愁悲伤。憯（cǎn）恻：凄惨悲痛。二词意义相

似，重复使用表示强调。

〔21〕阶除：台阶。

〔22〕夜参半：善注引《方言》曰："参，分也。"腾跃案：夜过半。

## 【点评】

　　本文感情真挚慷慨，语言明快流畅，情景交融自然浑成，无汉赋雕琢堆砌之风。抒发了时局动荡不安、自己远离故乡的深刻愁苦，以及报国无门、怀才不遇的无限愤懑，表达了盼望时局早日平定，自己能施展才能建功立业的崇高愿望。为魏晋以后的抒情小赋写作开了先河。刘勰在《文心雕龙》中称他为"七子之冠冕"，良有以也。《重订文选集评》引清人周平园云："篇中无幽奥之词，雕镂之字，期于自抒胸臆，书尽言，言尽意而止……行文低徊俯仰，尤为言尽而意不尽。"

# 游天台山赋 并序

孙绰

【题解】

孙绰（314—371）字兴公，太原中都（今山西平遥）人。东晋文学家、书法家。善注引何法盛《晋中兴书》曰："孙绰为章安令，稍迁散骑常侍，领著作郎，寻转廷尉卿，卒。于时才笔之士，绰为其冠。"其少爱隐居，以文才著称，崇尚老庄哲学，兼收佛教思想，所作诗文枯淡寡味，充满玄学佛理，是玄言诗的代表作家。本文李善注多引佛经、道书，可见当时风气。

李周翰注曰："孙绰为永嘉太守，意将解印以向幽寂，闻此山神秀，可以长往，因使图其状，遥为之赋。"天台山位于浙江天台、临海之间，由于僻处江南海边，在古代不易为人发现，典籍中很少记载。东晋以后，游人才逐渐增多，开始成为名胜。孙绰是首先为文赞赏这座名山的作家。

天台山者，盖山岳之神秀者也。涉海则有方丈、蓬莱，登陆则有四明、天台[1]。皆玄圣之所游化，灵仙之所窟宅。夫其峻极之状，嘉祥之美，穷山海之瑰富，尽人神之壮丽矣。所以不列于五岳，阙载于常典者[2]，岂不以所立冥奥，其路幽迥[3]。或倒景于重溟[4]，或匿峰于千岭。始经魑魅之涂[5]，卒践无人之境。举世罕能登陟，王者莫由禋祀。故事绝于常篇，名标于奇纪[6]。然图像之兴[7]，岂虚也哉！非夫遗世玩道，绝粒茹芝者，乌能轻举而宅之[8]？非夫远寄冥搜，笃信通神者，何肯遥想而存之[9]？余所以驰神运思，昼咏宵兴，俛仰之间，若已再升者也[10]。方解缨络[11]，永托兹岭。不任吟想之至，聊奋藻以散怀。

太虚辽廓而无阂，运自然之妙有[12]，融而为川渎，结而为山阜。嗟台岳之所奇挺，实神明之所扶持。荫牛宿以曜峰[13]，托灵越以正基。结根弥于华岱，直指高于九疑[14]。应配天于唐典[15]，齐峻极于周诗[16]。邈彼绝域，幽邃窈窕。近智以守见而不之，之者以路绝而莫晓[18]。哂夏虫之疑冰，整轻翮而思矫[19]。理无隐而不彰[20]，启二奇以示兆[21]。赤城霞起而建标，瀑布飞流以界道[22]。

睹灵验而遂徂，忽乎吾之将行[23]。仍羽人于丹丘，寻不死之福庭[24]。苟台岭之可攀，亦何羡于层城[25]？释域中之常恋，畅超然之高情[26]。被毛褐之森森，振金策之铃铃[27]。披荒榛之蒙茏[28]，陟峭崿之峥嵘[29]。济楢溪而直进[30]，落五界而迅征[31]。跨穹隆之悬磴，临万丈之绝冥[32]。践莓苔之滑石，搏壁立之翠屏[33]。揽樛木之长萝，援葛藟之飞茎[34]。虽一冒于垂堂[35]，乃永存乎长生。必契诚于幽昧，履重崄而逾平[36]。

既克隮于九折，路威夷而修通[37]。恣心目之寥朗[38]，任缓步之从容。藉萋萋之纤草，荫落落之长松[39]。觌翔鸾之裔裔，听鸣凤之嗈嗈[40]。过灵溪而一濯，疏烦想于心胸[41]。荡遗尘于旋流，发五盖之游蒙[42]。追羲农之绝轨，蹑二老之玄踪[43]。

陟降信宿[44]，迄于仙都。双阙云竦以夹路[45]，琼台中天而悬居。朱阙玲珑于林间，玉堂阴映于高隅[46]。彤云斐亹以翼棂，瞰日炯晃于绮疏[47]。八桂森挺以凌霜[48]，五芝含秀而晨敷[49]。惠风伫芳于阳林，醴泉涌溜于阴渠[50]。建木灭景于千寻，琪树璀璨而垂珠[51]。王乔控鹤以冲天[52]，应真飞锡以蹑虚[53]。骋神变之挥霍，忽出有而入无[54]。

于是游览既周，体静心闲。害马已去，世事都捐[55]。投刃皆虚，目牛无全[56]。凝思幽岩，朗咏长川。尔乃羲和亭午，游气高褰[57]。法鼓琅以振响，众香馥以扬烟[58]。肆觐天宗，爰集通仙[59]。挹以玄玉之膏，嗽以华池之泉[60]。散以象外之说，畅以无生之篇[61]。悟遣有之不尽，觉涉无之有间[62]；泯色空以合迹，忽即有而得玄[63]。释二名之同出，消一无于三幡[64]。恣语乐以终日，等寂默于不言[65]。浑万象以冥观，兀同体于自然[66]。

## 【注释】

腾跃案：大家在中学的课堂上都听过六朝玄学、清谈之说，观本赋注文即可略窥一二。

147

〔1〕四明、天台：善注："谢灵运《山居赋注》曰：'天台、四明相接连。四明，方石四面，自然开窗。'《名山略记》曰：'天台山，即是定光寺诸佛所降葛仙公山也。'"腾跃案：四明、天台胜迹尤存，今皆是旅游景点。台，今方言读平声。

〔2〕五岳：善注引《尔雅》曰："太山为东岳，华山为西岳，衡山为南岳，常山为北岳，嵩山为中岳。"常典：常见的图书。

〔3〕冥奥、幽迥：善注曰："冥奥者，冥冥深奥也。幽迥，遐远也。"

〔4〕或倒景于重溟：善注曰："重溟，谓海也。山临水而影倒，故曰倒景也。"

〔5〕魑魅（chīmèi）：古代传说中山林里能害人的怪物。

〔6〕禋祀（yīnsì）：泛指祭祀。常篇、奇纪：善注曰："篇，即常典也。奇纪，即《内经·山记》。"腾跃案：非《黄帝内经》《山海经》。

〔7〕图像：天台山的山水画。

〔8〕遗世：脱离红尘。玩道：研习道术。绝粒：不吃饭。茹（rú）芝：吃灵芝。轻举：羽化飞升。

〔9〕笃信：忠实地信仰。通神：诚信感通了神仙。遥想：悠远思念。存之：心怀仙山。

〔10〕余所以……若已再升者也：李周翰曰："绰志好此山昼夜不舍，故云昼咏夜起、低首仰首之间忽如再登于此山也。俛，低首也。"

〔11〕方解缨络：善注："方，犹将也。缨络以喻世网也。《说文》曰：'婴，绕也。'缨与婴通。郭璞《山海经注》曰：'络，绕也。'"

〔12〕太虚辽廓而无阂，运自然之妙有：善注："太虚，谓天也。自然，谓道也。无阂，谓无名。妙有，谓一也。言大道运彼自然之妙一而生万物也。"

〔13〕牛宿：善注："天台，越境，故云牛宿也。《汉书》曰：'越地，牵牛之分野。'"

〔14〕结根弥于华岱，直指高于九疑：善注："结，犹固也。弥，广也。华、岱、九疑皆山名也。腾跃案：华，华山。岱，泰山。九疑，九嶷山；又名苍梧山。疑与嶷古字通。

〔15〕应配天于唐典：善注："配，犹对也。"吕向注："尧祭五岳以配

天,此山神秀,亦可应也。"

〔16〕齐峻极于周诗:言天台山之高,可与周诗所说的嵩山比肩。《诗·大雅·嵩高》曰:"嵩高维岳,峻极于天。"是说五岳之一的嵩山,极其高峻,可以触天。

〔17〕邈彼绝域,幽邃窈窕:善注引王逸曰:"邈,远也。绝,远也。邃,深也。"腾跃案:窈窕,幽深也。

〔18〕近智:常人。之者:去的人。

〔19〕哂(shěn)夏虫之疑冰,整轻翮而思矫:善注:"言浅近小智,同乎夏虫,今既哂之,故整翮思矫也。"腾跃案:哂,嘲笑。矫,高飞。

〔20〕理无隐而不彰:善注引刘向《列女传》曰:"名无细而不闻,行无隐而不彰。"

〔21〕二奇:善注:"赤城、瀑布也。支遁《天台山铭序》曰:'往天台当由赤城山为道径。'孔灵符《会稽记》曰:'赤城山名色皆赤,状似云霞。悬溜千仞,谓之瀑布。飞流洒散,冬夏不竭。'《天台山图》曰:'赤城山,天台之南门也。瀑布山,天台之西南峰。水从南岩悬注,望之如曳布。'"

〔22〕建标:善注:"建标立物,以为之表识也。《战国策》曰:'举标甚高。'"界道:善注:"谓为道疆界也。《法华经》曰:'黄金为绳,以界八道。'"

〔23〕睹灵验:看到天台山所表现出的灵异。忽乎:飘然。

〔24〕仍羽人于丹丘,寻不死之福庭:善注:"《楚辞》曰:'仍羽人于丹丘兮,留不死之旧乡。'王逸曰:'因就众仙于明光也。丹丘,昼夜常明。《山海经》有羽人之国,不死之民。'"腾跃案:仍,追随。

〔25〕台岭:天台山的山岭。层城:传说中昆仑山上神仙居住的地方。

〔26〕释:抛弃。域中:尘世。畅:通达。

〔27〕毛褐(hè):粗糙的毛制衣服。森森:粗陋貌。金策:锡杖。

〔28〕披:开劈。榛(zhēn):丛生的草木。蒙茏:草木茂盛貌。

〔29〕陟峭崿(è)之峥嵘:善注:"《文字集略》曰:'崿,崖也。'《字林》曰:'峥嵘,山高貌。'"腾跃案:陟,登。峭,险峻。

〔30〕楢(yóu)溪:亦称油溪。谢灵运《山居赋注》曰:"所居往来,

149

要经石桥、过楢溪，人迹不复过此。"

〔31〕落五界而迅征：善注："落，邪行也。五界，五县之界。孔灵符《会稽记》曰：'此山旧名，五县之余地。'"

〔32〕跨穹隆之悬磴，临万丈之绝冥：善注："穹隆，长曲貌。悬磴，石桥也。冥，幽深也。顾恺之《启蒙记》曰：'天台山石桥，路迳不盈尺，长数十步，步至滑，下临绝冥之涧。'"

〔33〕践莓苔之滑石，搏壁立之翠屏：善注："莓苔，即石桥之苔也。翠屏，石桥之上石壁之名也。《异苑》曰：'天台山石有莓苔之险。'孔灵符《会稽记》曰：'赤城山上，有石桥悬度，有石屏风横绝桥上，边有过迳，才容数人。'"腾跃案：《异苑》乃《说苑》类著作。

〔34〕揽樛（jiū）木之长萝，援葛藟之飞茎：善注："顾恺之《启蒙记注》曰：'济石桥者，搏岩壁，援女萝葛藟之茎。'《毛诗》曰：'南有樛木，葛藟累之。'毛苌曰：'木下曲曰樛。'《尔雅》曰：'女萝，兔丝。'贾逵《国语注》曰：'援，引也。'"腾跃案：揽与援皆是抓住的意思。

〔35〕垂堂：善注引汉爰盎谏上曰："臣闻千金之子，坐不垂堂。"腾跃案：靠近堂屋檐下。因檐瓦坠落可能伤人，故以喻危险的境地。

〔36〕必契诚于幽昧，履重崄而逾平：吕向曰："言结诚信不欺于幽昧神明之道，则虽足履此险而甚于平道之易。"腾跃案：崄与险古字通。注文和正文用不一样的字，这是古人注释的常用方法。

〔37〕隮（jī）：登。九折：善注曰："言其道崄，曲折有九也。"威夷：漫长而舒缓貌。修通：通畅。

〔38〕恣：放任，尽情。寥朗：心静目明貌。

〔39〕落落：形容松树的孤高独立。

〔40〕觌（dí）：看见。裔裔、噰噰：善注："裔裔，飞貌也。《尔雅》曰：'噰噰，和也。'谓声之和也。"

〔41〕灵溪：天台山中的一条溪流。濯（zhuó）：洗涤。疏：清除。烦想：世俗中的名利杂念。

〔42〕荡遗尘于旋流，发五盖之游蒙：善注："因一濯而假言也。六尘虚假而能不住，故曰荡。虽遣而未能尽，故曰遗。《中论》曰：'六尘，色、声、香、

味、触、法。'高诱《淮南子注》曰：'旋流，深渊也。'身意皆净而能不离，故曰发。五盖非真而蔽己善行，故曰游。《大智度论》曰：'五盖，贪欲、瞋恚、睡眠、调戏、疑悔。'《礼记》曰：'昭然发蒙。'五盖或为神表。"

〔43〕追羲、农之绝轨，蹑二老之玄踪：善注："羲、农，伏羲、神农也。《广雅》曰：'轨，迹也。'又曰：'蹑，履也。'二老，老子、老莱子也。《史记》曰：'老莱子，亦楚人也。著书十五篇，言道家之用，修道而养寿也。'刘向《别录》曰：'老莱子，古之寿者。'"

〔44〕陟降信宿：善注："《毛诗》曰：'陟降廷止。'毛苌曰：'陟降，上下。'《左氏传》曰：'凡师一宿为舍，再宿为信。'"

〔45〕双阙：善注引顾恺之《启蒙记注》曰："天台山列双阙于青霄中，上有琼楼、瑶林、醴泉，仙物毕具。"

〔46〕朱阙：五臣本作朱阁，可从。玲珑：善注引晋灼《汉书注》曰："玲珑，明见貌。"阴映：李周翰注："玉堂深邃，故云阴映。"

〔47〕彤云斐亹（fěiwěi）以翼棂，曒日炯晃于绮疏：吕向曰："彤云，彩云也。斐亹，文色貌。翼，扶也。棂，钩栏也。炯晃，光明貌。绮疏，窗也。彩云若扶于钩栏，曒日光明于绮窗。"腾跃案：曒与皎音义同。

〔48〕八桂：善注："《山海经》曰：'桂林八树，在贲隅东。'郭璞曰：'八树成林，言其大也。'"腾跃案：贲隅，今番禺的古记音字。凌霜：经霜不凋。

〔49〕五芝：道家所说的五种灵芝。含秀：含苞。晨敷：清晨开放。

〔50〕仫芳：含蓄芳香。涌溜：喷溅，流淌。

〔51〕建木、琪树：善注："《淮南子》曰：'建木在广都，众帝所自上下。日中无景，呼而无响，盖天地之中也。'《山海经》曰：'神人之丘有建木，百仞无枝。'又曰：'昆仑之墟北有玕琪树。'"

〔52〕王乔：善注引《列仙传》曰："王子乔者，周灵王太子晋也。道人浮丘公接以上嵩高山。三十余年后，人于山上见之。告我家于七月七日待我于缑氏山头。果乘白鹤驻山头。"

〔53〕应真飞锡以蹑虚：善注："《百法论》曰：'并及八辈应真僧。'然应真，谓罗汉也。《大智度论》曰：'菩萨常应二时，头陀常用锡杖、经传、佛像。'"李周翰曰："执锡杖而行于虚空，故云飞也。"

〔54〕骋神变之挥霍，忽出有而入无：善注曰："言众仙既登正道，故能骋其神变，出于众有而入无为也。"吕向曰："言驰骋神思有若执辔而游，出有为之地，入无为之境也。"

〔55〕害马：原指害群之马，此喻世俗欲望。

〔56〕投刃皆虚，目牛无全：即成语庖丁解牛。典出《庄子·养生主》。

〔57〕羲和亭午，游气高褰（qiān）：善注引王逸曰："羲和，日御也。午，日中。"刘良曰："亭，至也。游气，海气也。褰，收也。言海气蔽日至午乃收，而见日也。"腾跃案：羲和，此处代指太阳。

〔58〕法鼓：说法时召集听众的鼓。琅：声音响亮貌。众香：供神佛时焚烧的各种香。馥（fù）：香气浓郁。

〔59〕肆觐天宗，爰集通仙：善注："天宗，谓老君也。通仙，谓众仙也。其通犹通侯也。《尚书》曰：'肆觐群后。'孔安国曰：'肆，遂也。'"李周翰曰："爰，乃也。"腾跃案：通侯，秦及汉初原名彻侯，因避汉武帝刘彻名讳，改作通侯，又称列侯。

〔60〕挹（yì）：用勺舀取。玄玉之膏：仙人所服的黑玉状食品。嗽：有本作"漱"。皆指饮。华池：传说中昆仑山上的仙池。

〔61〕象外：道家的说法。无生：佛家的说法。

〔62〕悟遗有之不尽，觉涉无之有间：善注："言道释二典，皆以无为宗。今悟有为非而遗之，遗之而不尽，觉无为是而涉之，涉之而有间，言皆滞于有也。"

〔63〕泯色空以合迹，忽即有而得玄：善注："言有既滞有，故释典泯色空以合其迹。道教忽于有而得于玄。郭象《庄子注》曰：'本末内外，畅然俱得，泯然无迹。'《维摩经》喜见菩萨曰：'色，色空为二，色即是空，非色灭空，色性自空，如是受想行识。识空为二，识即是空，非识性自空，于其中通而达者，为入不二法门。'有，谓有形也。王弼《老子注》曰：'凡有皆始于无。'又曰：'有之所始，以无为本。'然王以凡有皆以无为本，无以有为功，将欲寝无，必资于有。故曰即有而得玄也。"吕向曰："今言视此二者泯然如一，忽自遗有之情而得于道也。"腾跃案：玄即无。言色空一体，有无一源。

〔64〕二名：有与无的哲学概念。消一无于三幡：消融三幡，同归于无。三幡，佛教用语，指色、空、观。

〔65〕恣语乐以终日，等寂默于不言：善注："夫言从道生，道因言畅。道之因言，理归空一，故终日语乐，等乎不言。《庄子》曰：'言而足，则终日言而尽道也。'又曰：'言无言，终身未尝言，终身不言，未尝不言。'"

〔66〕浑万象以冥观，兀同体于自然：善注曰："妙悟玄宗，则荡然都遣，不知己之是己，不见物之为物，故浑齐万像以冥观，兀然同体于自然。冥，昧也，言不显视也。兀，无知之貌也。"李周翰曰："冥犹大也。此绰慕道之深所以此赋多述玄妙之理以托焉，兀，无营貌。言无营于心，同乎自然之道也。"腾跃案：冥，空也。兀，摇动搅拌之义。无营，无所营求。

## 【点评】

东晋时代内乱外患，动荡不安，士大夫文人也心怀苦闷，多托志于仙佛，寄情于山水，以逃避现实的烦恼。《游天台山赋》反映的正是当时文人的这种情绪。本文想象丰富波澜起伏，意奇语新情采飞动，以景物启发说理，以说理加深抒情，无玄言枯燥之气，有山水清新之风，得摇笔散珠、动墨横锦之妙。《世说新语·文学》言其"掷地，当作金石声。"

# 芜城赋

鲍照

【题解】

鲍照（414—466）字明远，南朝宋东海（今江苏连云港）人[1]。少时治学勤苦，才华出众，素有经邦济世之志，但因出身寒门，不为世族权贵所重。终官临海王前军参军，故世称"鲍参军"。善注引沈约《宋书》曰："鲍昭字明远，文辞赡逸。世祖时，昭为中书舍人，上好为文章，自谓物莫能及，昭悟其旨，为文多鄙言累句，当时咸谓昭才尽，实不然也。临海王子顼为荆州，昭为前军掌书记之任。子顼败，为乱兵所杀。"

宋文帝元嘉二十七年（450），北魏太武帝拓跋焘举戈南侵，广陵被焚。宋孝武帝大明三年（459）竟陵王刘诞据广陵叛变，孝武帝派兵讨平，并下令屠杀城中全部男丁，仅留五尺以下小童。十年之间，广陵两遭兵祸，繁富闹市变成一座荒城。大明三四年间，刘诞乱平不久，鲍照来到广陵，创痕犹新，血迹尚在，他登广陵城楼，目睹眼前残败破乱、荒芜不堪的凄凉景象，俯仰苍茫，感慨万千，写下了《芜城赋》。又李周翰注引沈约《宋书》曰："至宋孝武帝时，临海王子顼镇荆州，明远为其下参军，随至广陵。子顼叛逆，昭见广陵故城荒芜，乃汉吴王濞所都，濞亦叛逆为汉所灭，昭以子顼事同于濞，遂感为此赋以讽之。"

沵迤平原[2]，南驰苍梧涨海[3]，北走紫塞雁门[4]。柂以漕渠，轴以崑岗[5]。重江复关之隩，四会五达之庄[6]。当昔全盛之时，车挂轊，人驾肩[7]。廛闬扑地[8]，歌吹沸天。孳货盐田，铲利铜山[9]。才力雄富，士马精妍。故能奓秦法，佚周令[10]。划崇墉，刳浚洫，图修世以休命[11]。

是以板筑雉堞之殷[12]，井干烽橹之勤[13]。格高五岳，袤广三坟[14]。

154

崪若断岸，矗似长云[15]。制磁石以御冲，糊赪壤以飞文[16]。观基扃之固护，将万祀而一君[17]。出入三代，五百余载[18]，竟瓜剖而豆分！

泽葵依井，荒葛胃涂[19]。坛罗虺蜮，阶斗麏鼯[20]。木魅山鬼，野鼠城狐。风嗥雨啸，昏见晨趋。饥鹰厉吻，寒鸱吓雏[21]。伏虣藏虎，乳血飧肤[22]。崩榛塞路，峥嵘古馗[23]。白杨早落，塞草前衰。棱棱霜气，蔌蔌风威。孤蓬自振，惊砂坐飞。灌莽杳而无际，丛薄纷其相依[24]。通池既已夷，峻隅又已颓[25]。直视千里外，唯见起黄埃。凝思寂听，心伤已摧。

若夫藻扃黼帐[26]，歌堂舞阁之基。璇渊碧树[27]，弋林钓渚之馆。吴蔡齐秦之声，鱼龙爵马之玩[28]。皆薰歇烬灭，光沉响绝[29]。东都妙姬，南国丽人。蕙心纨质[30]，玉貌绛唇。莫不埋魂幽石，委骨穷尘[31]。岂忆同舆之愉乐，离宫之苦辛哉！

天道如何？吞恨者多！抽琴命操[32]，为芜城之歌。歌曰：边风急兮城上寒，井径灭兮丘陇残[33]。千龄兮万代，共尽兮何言！

### 【注释】

〔1〕鲍照字明远，南朝宋东海人：宋代尤袤刻本《文选》作鲍昭。《文选古字通·辨析》曰："鲍昭今作鲍照。唐人避武后讳，乃作鲍昭，宋刻本沿袭。"对于鲍照的籍贯，根据文献记载有上党和东海两种说法，今人还有一说，认为鲍照可能生于京口（今江苏镇江市）。

〔2〕沵迤平原：善注："沵，相连渐平之貌也。《广雅》曰：'迤，斜也。'平原，即广陵也。"

〔3〕南驰苍梧涨海：善注："南驰、北走，言所通者远也。《汉书》有苍梧郡。谢承《后汉书》曰：'陈茂常渡涨海。'"腾跃案：苍梧郡今广西苍梧一带。涨海，南海的别称。

〔4〕北走紫塞雁门：善注："如淳《汉书注》曰：'走，音奏，趋也。'崔豹《古今注》曰：'秦所筑长城土色皆紫，汉塞亦然，故称紫塞。'《汉书》有雁门郡。"腾跃案：古也有雁门关。

〔5〕柂以漕渠，轴以崑岗：善注："《广雅》曰：'柂，引也。'漕渠，邗（hán）沟也。《左氏传》曰：'吴城邗沟，通江、淮。'杜预曰：'通粮道。'

《说文》曰：'漕，水转毂也。'又曰：'轴，持轮也。'崐崗，广陵之镇平也，类车轴之持轮。《河图括地象》曰：'崐崗之山，横为地轴。'"腾跃案：漕渠指运河。言扬州城有运河之便，处于平原地带。下句言是交通枢纽。

〔6〕重江复关之隩，四会五达之庄：善注："南临江曰重，滨带江南曰复。《苍颉篇》曰：'隩，藏也。'《尔雅》曰：'五达谓之康，六达谓之庄。'"

〔7〕车挂轊（wèi），人驾肩：善注："苏秦说齐王曰：'临菑之涂，车毂击，人肩摩。'《说文》曰：'轊，车轴端。'杜预《左氏传注》曰：'驾，陵也，'谓相迫切也。"张铣曰："言车轴相挂，人肩相倚也。"腾跃案：车连车，人挤人。

〔8〕廛闬（chánhàn）：市民住宅区和里门。扑地：到处都是。扑，尽；遍。

〔9〕孳货盐田，铲利铜山：善注："《声类》曰：'孳，蕃也。'孳、滋古字通也。《苍颉篇》曰：'铲，削平也。'《史记》曰：'吴有豫章郡铜山，吴王濞盗铸钱，煮海水为盐。'"腾跃案：有钱是因为有盐田和铜山。

〔10〕奓（shē）、佟（chǐ）：善注："《声类》曰：'奓，侈字也。'轶，过也。佟与轶通。"腾跃案：奢侈与奓佟字异义同。

〔11〕划崇墉，剸浚洫（xù），图修世以休命：善注："《字林》曰：'佳刀曰划。剸，谓除消其土也。'《周易》曰：'剸木为舟。'薛综《西京赋注》：'墉，谓城；洫，池也。'"腾跃案：言城墙建的高大，护城河挖的深广，希望永保统治地位。修世，永世。休，美好。

〔12〕板筑：以两板相夹，中间填土，然后夯实的筑墙方法。这里指修建城墙。雉堞（zhìdié）：女墙。城墙长三丈高一丈称一雉；城上凹凸的墙垛称堞。

〔13〕井干（hán）：原指井上的栏圈。此谓筑楼时木柱和木架交叉的样子。烽：烽火。古时有敌来袭。点燃烽火报警。橹：观察烽火的望楼。此句言大规模地修筑城墙，营建烽火台和望楼。

〔14〕格：格局。袤（mào）广三坟：《昭明文选译注》曰："幅员辽阔，与三坟相接。三坟，典出不详，李善注援引一说认为三坟即汝坟、淮坟，河坟。李注之坟与濆通，本指水涯，这里借指汝水、淮水、黄河三大流域。"

〔15〕崒（zú）、矗：善注："崒，高峻也。矗，齐平也。"腾跃案：崒就是崪，正文与注文不一样，是古代《昭明文选》各种注本的通病，今天多人

编写的图书亦不能避免。

〔16〕磁石：善注引《三辅黄图》曰："阿房宫以磁石为门，怀刃者止之。"糊：粘。赪（chēng）壤：赤色泥土。飞文：墙上的图案花纹光彩飞耀。

〔17〕基扃：善注："《说文》曰：'扃，外闭之关也。'凡文士之言基扃，汎（泛）论城阙，犹车称轫，舟谓之舻耳，非独指扃也。"万祀：万年。

〔18〕出入：经历。 三代：善注："王逸《广陵郡图经》曰：'郡城，吴王濞所筑。'然自汉迄于晋末，故云出入三代，五百余载也。"

〔19〕泽葵：莓苔一类植物。依井：附生于井壁。葛：蔓草。罥（juàn）：缠绕。

〔20〕坛罗虺蜮（huǐyù），阶斗麇鼯（jūnwú）：善注曰："坛，堂也。蜮，短狐也。麇，獐也；麕与麇音义同。鼯，鼯鼠也。"腾跃案：罗，罗列。虺，毒蛇。阶斗，在台阶上打架。善注删了引文出处。

〔21〕厉吻：摩嘴。鸱（chī）：鸱鹰。吓：喂食。参考鸟类喂食雏鸟的方式，则吓为以"口""下"物的会意字。"吓"有本作"嚇"。音义同于"恐吓"之"吓"。

〔22〕伏虣：善注："《字书》曰：'虣，古文暴字。'虣或为魀（hán）。《尔雅》曰：'魀，白虎。'"乳血：把鲜血当作乳汁。飧（sūn）肤：以肌肤为饭食。飧，晚饭；有本作湌，湌是餐的异体字。

〔23〕峥嵘古馗（kuí）：李周翰曰："峥嵘，深暗貌。馗，道也。"腾跃案：馗，四通八达的道路。《说文》曰："馗，九达道也。又作逵。"

〔24〕灌、丛：互文，指灌木丛。

〔25〕通池、峻隅：善注曰："通池，城濠也。峻隅，城隅也。"

〔26〕藻扃：善注曰："藻扃，扃施藻画也。"

〔27〕璇渊碧树：善注曰："璇渊，玉池也。碧树，玉树也。"

〔28〕吴蔡齐秦之声：泛指各地音乐。鱼龙爵马之玩：泛指各种技艺表演。爵与雀古字通。

〔29〕薰歇烬灭：善注引杜预《左氏传注》曰："薰，香草也。"又曰："烬，火之余木。"

〔30〕蕙心：美人的芳心。蕙，本是一种芳草，此处比喻美女心地芳洁。

纨质：细腻轻柔的体质。纨，一种细绢，此处比喻人体之美。

〔31〕埋魂幽石，委骨穷尘：埋葬灵魂于幽僻的山谷。抛弃尸骨在边远的荒地。委：丢弃。李善注为积。

〔32〕抽琴命操：善注："《韩诗外传》曰：'孔子抽琴按轸，以授子贡。'《广雅》曰：'命，名也。'《琴道》曰：'琴有伯夷之操。夫遭遇异时，穷则独善其身，故谓之操。'"腾跃案：取琴作曲也。按轸，一种演奏手法。

〔33〕井径：田间道路。此泛指田亩。丘陇：陵墓。一说土丘田埂。

【点评】

本赋语言刚健秀美，形象生动鲜明，感情沉郁真挚，摆脱了六朝浮靡的文风。作者用昔日山川形胜歌吹沸天的景象，与今日荒草离离光沉响绝的现实对比，谴责屠城暴行，痛斥王侯叛逆。写尽悲凉之感、兴亡之叹。《重订文选集评》引清人方伯海曰："前半，城未芜时，何等雄丽；后半，城既芜时，何等荒凉；总见兴废由人。不仅是吴王图谋非望，自速其亡，及城亦不能保及五百年以后也……即此可为千秋亡国者鉴戒。"

# 风赋

宋玉

【题解】

宋玉简介见前《对楚王问》。

本赋以"风"为名,《昭明文选》归为"物色"类。《毛诗序》言:"风者,讽也。"李善注又做了如下解释:"四时所观之物色而为之赋。有物有文曰色,风虽无正色,然亦有声。《诗注》云:'风行水上曰漪。'《易》曰:'风行水上,涣。涣然即有文章也。'刘熙《释名》云:'风者,泛也,为能泛博万物。'又云:'风者,放也,动气放散。'《曾子书》曰:'阴阳偏则风。'《物理志》曰:'阴阳击发气也。《河图帝通纪》曰:'风者,天地之使也。'《五经通义》曰:'阴阳散为风,风气无根也。'《管子》曰:'风,漂物者也,风之所漂,不避贵贱美恶。'《春秋元命包》曰:'阴阳怒而为风。'"从一大串的解释中,我们可以看到古人对风的认识很复杂。本文又定义了"大王之雄风"和"庶人之雌风",巧妙而委婉地揭示出当时社会生活不平等的现象,讽喻意味生动,具有鲜明的进步意义。

楚襄王游于兰台之宫,宋玉、景差侍[1]。有风飒然而至,王乃披襟而当之,曰[2]:"快哉此风!寡人所与庶人共者邪?"宋玉对曰:"此独大王之风耳,庶人安得而共之?"王曰:"夫风者,天地之气,溥畅而至[3],不择贵贱高下而加焉,今子独以为寡人之风,岂有说乎?"宋玉对曰:"臣闻于师,枳句来巢,空穴来风[4]。其所托者然,则风气殊焉。"

王曰:"夫风始安生哉?"宋玉对曰:"夫风生于地,起于青蘋之末[5]。侵淫谿谷,盛怒于土囊之口[6]。缘泰山之阿,舞于松柏之下。飘忽淜滂,激

159

飏熛怒[7]。耾耾雷声，回穴错迕[8]。蹶石伐木，梢杀林莽[9]。至其将衰也，被丽披离，冲孔动楗[10]，眴焕粲烂，离散转移[10]。故其清凉雄风，则飘举升降，乘凌高城，入于深宫，邸华叶而振气[12]。徘徊于桂椒之间，翱翔于激水之上。将击芙蓉之精，猎蕙草，离秦衡，概新夷，被荑杨[13]，回穴冲陵[14]，萧条众芳。然后倘佯中庭，北上玉堂，跻于罗帷，经于洞房，乃得为大王之风也。故其风中人状，直憯凄惏慄[15]，清凉增欷，清清泠泠，愈病析酲[16]，发明耳目[17]，宁体便人。此所谓大王之雄风也。"

王曰："善哉论事！夫庶人之风，岂可闻乎？"宋玉对曰："夫庶人之风，塕然起于穷巷之间[18]。堀堁扬尘[19]，勃郁烦冤[20]，冲孔袭门。动沙堁，吹死灰，骇溷浊，扬腐余[21]。邪薄入瓮牖[22]，至于室庐。故其风中人状，直憞溷郁邑，殴温致湿[23]。中心惨怛，生病造热。[24]中唇为胗，得目为蔑[25]。啗齰嗽获[26]，死生不卒。此所谓庶人之雌风也。"

## 【注释】

〔1〕楚襄王：即楚顷襄王，楚怀王之子。兰台：当时楚国的一所宫苑，旧址传说在今湖北钟祥。景差：战国楚国人，顷襄王时为大夫。善辞赋，与宋玉、唐勒齐名。《楚辞》所收《大招》或题景差所作。

〔2〕披襟：如同今打开衣服的拉链。当：迎着。

〔3〕溥畅：到处流动。溥与普古字通。

〔4〕枳句（zhǐ gōu）来巢，空穴来风：善注："枳，木名也。枳句，言枳树多句也。《说文》曰：'句，曲也，古侯切，似橘屈曲也。'《考工记》曰：'橘逾淮为枳。'司马彪曰：'门户孔空，风善从之。'"李周翰曰："空穴谓门户之穴，言木之句曲者其多巢鸟，门户之穴风多从也。"

〔5〕薠：善注："《尔雅》曰：'萍，其大者曰薠。'郭璞曰：'水萍也。'"腾跃案：上廿下频是类推简化字。

〔6〕侵淫谿谷，盛怒于土囊之口：善注："侵淫，渐进也。土囊，大穴也。盛弘之《荆州记》曰：'宜都佷山县有山，山有穴，口大数尺，为风井。土囊，当此之类也。'"腾跃案：谿指峡谷，有水则曰溪。有本作"溪"，亦可。佷与很音义同。地名专用字，今在湖北长阳土家族自治县西。

〔7〕飘忽：往来不定的样子，此处形容风很大。溯滂（péngpāng）：大风吹打物体发出的声音。激飏（yáng）熛（biāo）怒：形容风如火势一般越来越猛。

〔8〕耾耾（hónghóng）：与轰轰音义同。回穴错迕：善注曰："回穴，风不定貌。错迕，杂错交迕也。"吕延济曰："回穴犹急也。"腾跃案：错迕形容东西被吹的杂乱。

〔9〕蹶石伐木，梢杀林莽：善注："蹶，动也。伐，击也。《汉书音义》应劭曰：'蹶，顿也。'韦昭曰：'梢，击也。'林莽，草木丛生之处。"

〔10〕被丽披离：善注曰："四散之貌也。"楗：善注引《字林》曰："楗，拒门也。"腾跃案：锁门之物，圆的叫门銷，方的叫门楗。

〔11〕眴（xuàn）焕粲烂：善注曰："鲜明貌。"

〔12〕邸：邸与抵古字通。抵，触摸。

〔13〕击、猎、离、概、被：皆是形容风吹的动作。芙蓉、蕙草、秦衡、新夷、荑（tí）杨：皆香草名。

〔14〕回穴冲陵：回旋于洞穴之中，冲激于陵陆之上。

〔15〕中（zhòng）：指风吹到人身上。憯（cǎn）凄：凄凉、悲痛的样子。 怵慄：怵慄与凛冽字异义同。寒冷的样子。

〔16〕析酲（chéng）：解酒。

〔17〕发明耳目：使之耳聪目明。

〔18〕瀴（wěng）然：善注曰："风起之貌也。"

〔19〕堀堁（kūkè）：善注曰："风动尘也。《广雅》曰：'堀，突也。'《淮南子》曰：'扬堁而弭尘。'许慎曰：'堁，尘塺（méi）也。'"张铣曰："堀堁，昏闇貌。"腾跃案：堁，尘之更小者。闇与暗古字通。

〔20〕勃郁烦冤：善注曰："风回旋之貌。"

〔21〕骇溷（hùn）浊，扬腐余：善注："《广雅》曰：'骇，起也。'言风之来，既起溷浊之处，又举扬腐臭之余。"

〔22〕邪：同斜。薄：逼近。瓮牖：用破瓮口做的窗户。

〔23〕憞（dùn）溷郁邑，殴温致湿：善注："孔安国《尚书传》曰：'憞，恶也。'言此风入于人身体令恶也。憞溷，烦浊之貌。《字林》曰：'溷，乱也。'

161

王逸《楚词注》曰:'郁邑而忧也。'殴古驱字。《素问》曰:'冬伤于寒,春必病温。'又曰:'中央生湿,湿生土也。言此风殴温湿气来,令致湿病也。'"腾跃案:憞溷,今字用混沌。郁邑,今字用抑郁。憞溷郁邑即头晕烦躁。

〔24〕中心惨怛(dá),生病造热:善注:"惨怛,忧劳也。《方言》曰:'怛,痛也。'"又引《素问》:"黄帝问歧伯曰:'人伤于寒,而转为热,何也'?曰:'夫寒盛则生于热也。'"

〔25〕胗(zhēn):善注引《说文》曰:"胗,唇疡也。"蔑:善注:"《吕氏春秋》曰:'气郁处目,则为蔑为盲。'蔑与瞲古字通。"腾跃案:胗,口腔溃疡。瞲,急性结膜炎。有本"蔑"作"瞲"。

〔26〕啖(dàn)齰(zé)嗽获:啖、齰、嗽、获,四种表情动作皆形容中风后的情状。"获"当作"嚄",指惨叫。形容人中风时嘴巴颤动抽搐的样子。

〔27〕死生不卒:善注曰:"言死而未即死,言生而又有疾也,故云不卒。"吕延济曰:"言生与死,皆不可卒然而至也。"腾跃案:想活,不能长活;想死,不能速死。

## 【点评】

作者定义了"大王之雄风"和"庶人之雌风",使大王奢侈豪华的生活和庶人贫穷悲惨的生活形成鲜明的对照,寓讽谏于描述之中。属于"盖有讽焉",然"终莫敢直谏"一类的作品。本赋结构精巧,比喻生动,辞采华丽,给后人行文提供了范式。刘勰《文心雕龙·诠赋》曰:"宋玉《风》《钓》,爰锡名号,与诗画境,六义附庸,蔚成大国。"《重订文选集评》引孙月峰曰:"命意造语,皆入神境,然却又是眼前、口头掉出,全不艰深费力,允为赋家绝技。"

# 雪赋

谢惠连

【题解】

谢惠连(407—433),祖籍陈郡阳夏(今河南太康),世居会稽(今浙江绍兴)。善注引沈约《宋书》曰:"谢惠连,陈郡阳夏人也。幼而聪敏,年十岁能属文,族兄灵运,深加知赏,本州辟主簿,不就,后为司徒彭城王法曹。为《雪赋》,以高丽见奇,年二十七卒。"时人称"大小谢"。锺嵘《诗品》将其列为中品,并谓:"小谢才思富捷,恨其兰玉夙凋,故长辔未骋。"

雪是自然中的常见现象。善注:"《说文》曰:'雪,凝雨也。'《释名》曰:'雪,绥也。水下遇寒而凝,绥绥然下也。'《曾子》曰:'阴气凝而为雪。'《五经通训》曰:'春泄气为雨,寒凝为雪。'"本赋以雪为名,是南朝小赋中的名篇。今人考证,当作于元嘉七年(430)。赋中假托西汉梁孝王与邹阳、枚乘、司马相如等人于兔园赏雪,他们各逞才思、吟咏构想,铺陈典故、妍辞丽藻,刻画了美轮美奂的冰雪世界。

岁将暮,时既昏;寒风积,愁云繁。梁王不悦,游于兔园[1]。乃置旨酒,命宾友。召邹生,延枚叟;相如末至,居客之右[2]。

俄而微霰零,密雪下。王乃歌《北风》于卫诗,咏《南山》于周雅[3]。授简于司马大夫[4],曰:"抽子秘思,骋子妍辞,侔色揣称[5],为寡人赋之。"相如于是避席而起,逡巡而揖[6]。曰:"臣闻雪宫建于东国,雪山峙于西域[7]。岐昌发咏于来思[8],姬满申歌于《黄竹》[9]。《曹风》以麻衣比色[10],楚谣以《幽兰》俪曲[11]。盈尺则呈瑞于丰年,袤丈则表沴于阴德[12]。雪之时义远矣哉[13]!请言其始:若乃玄律穷,严气升[14]。焦溪涸,汤谷凝[15]。

163

火井灭，温泉冰[16]。沸潭无涌，炎风不兴[17]。北户墐扉，裸壤垂缯[18]。于是河海生云，朔漠飞沙。连氛累霭，掩日韬霞[19]。霰淅沥而先集，雪粉糅而遂多[20]。"

"其为状也，散漫交错，氛氲萧索[21]。蔼蔼浮浮，瀌瀌弈弈[22]。联翩飞洒，徘徊委积。始缘甍而冒栋[23]，终开帘而入隙。初便娟于墀庑，末萦盈于帷席[24]。既因方而为圭，亦遇圆而成璧。眄隰则万顷同缟[25]，瞻山则千岩俱白。于是台如重璧，逵似连璐[26]。庭列瑶阶，林挺琼树。皓鹤夺鲜，白鹇失素[27]。纨袖惭冶，玉颜掩姱[28]。若乃积素未亏，白日朝鲜，烂兮若烛龙衔耀照昆山[29]。尔其流滴垂冰，缘溜承隅[30]。粲兮若冯夷剖蚌列明珠[31]。至夫缤纷繁骛之貌，皓皝曒絜之仪[32]。回散萦积之势，飞聚凝曜之奇。固展转而无穷，嗟难得而备知。若乃申娱玩之无已，夜幽静而多怀。风触楹而转响，月承幌而通晖[33]。酌湘吴之醇酎[34]，御狐貉之兼衣[35]。对庭鹍之双舞[36]，瞻云雁之孤飞。践霜雪之交积，怜枝叶之相违[37]。驰遥思于千里，愿接手而同归。"

邹阳闻之，懑然心服[38]。有怀妍唱，敬接末曲。于是乃作而赋积雪之歌。歌曰："携佳人兮披重幄，援绮衾兮坐芳缛[39]。燎薰炉兮炳明烛，酌桂酒兮扬清曲。"又续而为白雪之歌。歌曰："曲既扬兮酒既陈，朱颜酡兮思自亲[40]。愿低帷以昵枕，念解佩而褫绅[41]。怨年岁之易暮，伤后会之无因。君宁见阶上之白雪，岂鲜耀于阳春。"歌卒。王乃寻绎吟玩[42]，抚览扼腕。顾谓枚叔："起而为乱[43]。"

乱曰："白羽虽白，质以轻兮。白玉虽白，空守贞兮。未若兹雪，因时兴灭。玄阴凝不昧其洁，太阳曜不固其节[44]。节岂我名，洁岂我贞。凭云升降，从风飘零。值物赋象，任地班形。素因遇立，污随染成。纵心皓然[45]，何虑何营？"

### 【注释】

〔1〕梁王不悦，游于兔园：善注："此假主客以为辞也。《汉书》曰：'梁孝王，文帝子也。'《西京杂记》曰：'梁孝王好宫室苑囿之乐，筑兔园也。'"

〔2〕邹生：邹阳。延：引进，迎接。引申为邀请。枚叟：枚乘。相如：司马相如。右：古以右为尊。

〔3〕王乃歌《北风》……周雅：善注："毛诗《卫风》曰：'北风其凉，

雨雪其雱。'又《小雅·信南山》曰：'上天同云，雨雪雰雰。'"张铣曰："北风、卫诗皆歌雨雪也。"腾跃案：《卫风》之诗，实际出自《国风·邶风》，邶国、鄘国与卫国风俗相近，故泛言之。

〔4〕授简于司马大夫：善注："言大夫，尊之也。《国语》越王勾践曰：'苟闻子大夫之言。'《尔雅》曰：'简谓之毕也。'郭璞曰：'今简札也。'"

〔5〕抽：引，此处是抒写之意。侔（móu）色揣称（chèn）：状物写景。形容描绘物色，恰如其分。侔，等。色，物色。揣，量。称，美好。

〔6〕避席：起身离坐。逡巡而揖：却退行礼。这都是古人的礼节性动作。

〔7〕雪宫建于东国，雪山峙于西域：善注："《孟子》曰：'齐宣王见孟子于雪宫。'刘熙曰：'雪宫，离宫之名也。'《汉书·西域传》曰：'天山冬夏有雪。'"吕延济曰："雪宫在齐，故云建东国。"腾跃案：雪山又名白山，匈奴谓之天山。

〔8〕岐昌发咏于来思：善注："岐，周所居；昌，文王名也。《毛诗》曰：'昔我往矣，杨柳依依，今我来思，雨雪霏霏。'"

〔9〕姬满申歌于《黄竹》：善注："姬，周姓也。满，穆王名，昭王子也。孔安国《尚书传》曰：'申，重也。'《穆天子传》曰：'天子游黄台之丘，大寒，北风雨雪。天子作诗三章，以哀人夫：我徂黄竹，口员閟寒。乃宿于黄竹。'"腾跃案：《黄竹诗》本就缺字，古文字学用口表示本有字，模糊不清或无法识别。

〔10〕《曹风》以麻衣比色：善注引《毛诗·曹风》曰："蜉蝣掘阅，麻衣如雪。"

〔11〕楚谣以《幽兰》俪曲：善注："宋玉《讽赋》曰：'臣尝行至，主人独有一女，置臣兰房之中，臣授琴而鼓之，为《幽兰》《白雪》之曲。'贾逵曰：'俪，偶也。'"

〔12〕袤丈则表沴（lì）于阴德：善注："《汉书》曰：'气相伤谓之沴。沴，临莅不和意也。'《春秋潜潭巴》曰：'大雪甚厚，后必有女主。天雪连月，阴作威。'宋均曰：'雪为阴，臣道也。'"腾跃案：袤丈指积雪一丈厚。《汉书》文下服虔注曰："沴，害也。"

〔13〕时义：时节的意义。

〔14〕玄律穷，严气升：善注："《礼记》曰：'季冬之月，日穷于次，

月穷于纪。'又曰：'孟冬之月，天地始肃。'郑玄曰：'肃，严急之气也。孟冬之月，天气上腾。'夏侯孝若《寒雪赋》曰：'严气枯杀，玄泽闭凝。'"

〔15〕焦溪涸，汤谷凝：善注："郦元《水经注》曰：'焦泉发于天门之左，南流成溪，谓之焦泉。'盛弘之《荆州记》曰：'南阳郡城北有紫山，东有一水，冬夏常温，因名汤谷也。'"

〔16〕火井灭，温泉冰：善注："《博物志》曰：'临邛火井，诸葛亮往视，后火转盛，以盆贮水煮之，得盐。后人以火投井，火即灭，至今不燃。'又曰：'西河郡鸿门县亦有火井祠，火从地出。'张衡《温泉赋》曰：'遂适骊山观温泉。'"

〔17〕沸潭无涌，炎风不兴：善注："郦元《水经注》曰：'以生物投之，须臾即熟。'又曰：'曲阿季子庙前，井及潭常沸，故名井曰沸井，潭曰沸潭。'炎风在南海外，常有火风。夏日则蒸杀其过鸟也。《吕氏春秋》曰：'何谓八风，东北曰炎风。'高诱曰：'一曰融风。'"

〔18〕北户墐（jìn）扉，裸壤垂缯（zēng）：善注："《毛诗》曰：'穹室熏鼠，塞向墐户。'毛苌曰：'向，北出牖也。墐，涂也。'《东夷传》曰：'倭国东四千余里，裸人国也。'《字林》曰：'缯，帛揔名也。'"腾跃案：缯，古代对丝织品的总称。揔即緫，緫简体作总。

〔19〕雹：雹与䨔古字通。揜：揜与掩古字通。

〔20〕淅沥：雨雪的声音。粉糅：雨雪飘零貌。

〔21〕氛氲：善注引王逸《楚辞注》："氛氲，盛貌。"萧索：萧瑟。

〔22〕蔼蔼浮浮，瀌瀌（biāo）弈弈：善注："《毛诗》曰：'雨雪浮浮。'又曰：'雨雪瀌瀌。'《广雅》曰：'蔼蔼、弈弈，盛貌。'"腾跃案：浮浮、瀌瀌，雨雪盛貌。

〔23〕始缘甍而冒栋：善注："杜预曰：'甍，屋栋也。'《毛诗》曰：'下土是冒。'《传》曰：'冒，覆也。'"

〔24〕便娟、縈盈：善注曰："雪回委之貌。"墀（chí）：台阶。庑（wǔ）：堂下周围的廊屋。

〔25〕眄（miǎn）：斜视，这里是看的意思。隟（xí）：低洼地。

〔26〕逵似连璐：善注引许慎《淮南子注》曰："璐，美玉也。音路。"吕向曰："逵，道也。言雪冒台道如累璧连玉。"腾跃案：璐即汉白玉。

〔27〕白鹇：善注曰："鸟名也。《西都赋》曰：'招白鹇。'"腾跃案：又名银雉，似山鸡而白色。晋张华《鸟经》曰："颜色纯白，行止闲雅，故名白鹇。"

〔28〕纨袖惭冶，玉颜掩嫭（hù）：善注："《说文》曰：'纨，素也。冶，妖也。'嫭与姱同，好貌。"腾跃案：嫭有本作嬝，故注曰嬝与姱同。

〔29〕烂兮若烛龙衔耀照昆山：善注："《山海经》曰：'赤水之北，有章尾山，有神，人面蛇身，其瞑乃晦，其视乃明，是烛九阴，是谓烛龙。'《楚辞》曰：'日安不飞，烛龙何照。'王逸曰：'言天西北有幽冥无日之国，有龙衔烛而照之。'《山海经》曰：'钟山之神，名曰烛阴。'郭璞曰：'即烛龙也。'《诗含神雾》曰：'天不足西北，无有阴阳，故有龙衔火精以照天门中也。'"

〔30〕缘溜承隅：缘，沿着。溜：房檐上接雨水用的长水槽。隅，屋角。

〔31〕粲兮若冯夷剖蚌列明珠：善注："《庄子》曰：'夫道，冯夷得之以游大川。'《抱朴子·释鬼篇》曰：'冯夷，华阴人，以八月上庚日度河溺死，天帝署为河伯。'《说文》曰：'蚌，蜃也。'司马彪以为明月珠蚌蛤也。《蜀志·秦宓奏记》曰：'剖蚌求珠。'"

〔32〕繁骛：繁杂。皓皔（hàohàn）：洁白貌。暾絜：暾絜与皎洁字异而音义同。

〔33〕月承幌而通晖：善注："《说文》曰：'承，上也。'《文字集略》曰：'幌，以帛明窗也。'"腾跃案：月光透过纱窗，满屋光辉。今本《说文》曰："承，奉也。受也。"

〔34〕酌湘吴之醇酎（chúnzhòu）：善注："《吴录》曰：'湘川酃（líng）陵县水，以作酒，有名。吴兴乌程县若下酒有名。'醇酎，已见《魏都赋》。"腾跃案：醇酎，味厚的美酒。据《魏都赋》注，刘玄石在中山（今河北定州）酒家买酒，酒家把"千日醉"的好酒卖给他，却忘了吩咐他，这酒不能多喝，否则会一醉千日不醒。玄石买酒回家，即兴痛饮，因沉醉不醒。家人以为已死，把他埋葬了。事隔三年，酒家记起此事，即往刘家，打开棺材一看，恰好刘玄石刚醒。计算日子，正是一千天。

〔35〕御狐貉之兼衣：善注引《晏子春秋》曰："景公时，雨雪三日，公被狐白之裘，晏子入，公曰：'怪哉！雨雪三日不寒。'晏子曰：'古之贤者，饱而知饥，温而知寒。'公曰：'善。出裘发粟以与饥人。'"善又引夏侯孝若《寒

雪赋》曰:"既增覆而累镇,又加袭而兼衣。"

〔36〕鹍(kūn):形似天鹅的大鸟。

〔37〕相违:相离。

〔38〕懑(mèn):善注:"《庄子》曰:'子贡懑然惭。'又曰:'使人以心服而不敢忤。'《说文》曰:'懑,烦也。'《苍颉篇》曰:'懑,闷也。'"

〔39〕幄(wò):帐幕。缛(rù):缛与褥古字通。褥,垫子。

〔40〕酡(tuó):善注:"《楚辞》曰:'美人既醉朱颜酡。'王逸曰:'酡,著也,面著赤色也。'"腾跃案:美人酒后脸微红。

〔41〕昵枕:善注曰:"荐枕共寝,表欢爱之意。"褫(chǐ):脱去。绅:束在腰间的带子。

〔42〕寻绎:寻理,即探索。吟玩:体会玩味。

〔43〕乱:乐曲最后一章或辞赋篇末总括全篇要旨的一段,即尾声。

〔44〕昧:隐藏。固:坚守。

〔45〕纵心:不在意个人名利得失的放纵旷达之心。皓然:善注引《孟子》曰:"我善养吾浩然之气。敢问何谓浩然之气?曰:'难言也,其为气也,至大至刚,以直养而无害,则塞于天地之间。'"腾跃案:皓与浩古字通。

## 【点评】

本赋沿用了汉赋中假设主客问答的方式,写尽了雪的千姿百态。气势磅礴,语言清丽,境界开阔,充分展示了骈赋华丽铺排的艺术技巧。钱锺书《管锥编》谓:"已是释、老之余绪流风。"又说:"盖雪之'节'最易失,雪之'洁'最易污,雪之'贞'若'素'最不足恃,故托玄理以为饰词。"《重订文选集评》引邵子湘曰:"秀色可餐,脱进前人浓华之气,另成一格。"

# 月赋

谢庄

【题解】

谢庄（421—466）字希逸，陈郡阳夏（今河南太康）人。幼而聪慧，宋文帝赞之为"蓝田生玉"。善注引沈约《宋书》曰："太常弘微子也。年七岁能属文，仕至光禄大夫。泰初二年卒，时年三十六，谥曰宪子。所著文章四百余首，行于代。"谢庄是晋代谢安的后裔，谢灵运之侄。在政治上对外要求收复中原，反对与北魏议和；对内主张不限门阀，任用贤能。

月在中国文化中是阴的象征，文学作品中多借用表达相思烦愁之苦。善注："《周易》曰：'坎为月，阴精也。'郑玄曰：'臣象也。'《广雅》云，'夜光谓之月，月御谓之望舒。'《说文》曰：'月者，太阴之精。'《释名》曰：'月，阙也，言有时盈有时阙也。'"东晋灭亡后，曾经显赫一时的谢家大势已去，特别时在宋文帝元嘉十年（433），谢灵运因"谋逆"被处以绞刑，更使谢庄感到门庭冷落处境孤危。《月赋》正是在这样的处境和心情之下创作而成的。

陈王初丧应、刘，端忧多暇[1]。绿苔生阁，芳尘凝榭[2]。悄焉疚怀，不怡中夜[3]。乃清兰路，肃桂苑[4]。腾吹寒山，弭盖秋阪[5]。临浚壑而怨遥，登崇岫而伤远。于时斜汉左界，北陆南躔[6]。白露暧空，素月流天。沉吟齐章，殷勤陈篇[7]。抽毫进牍，以命仲宣[8]。

仲宣跪而称曰："臣东鄙幽介，长自丘樊，昧道懵学，孤奉明恩[9]。臣闻沉潜既义，高明既经[10]。日以阳德，月以阴灵。擅扶光于东沼，嗣若英于西冥[11]。引玄兔于帝台，集素娥于后庭[12]。朓朒警阙[13]，胐魄示冲[14]。顺辰通烛，从星泽风[15]。增华台室，扬采轩宫[16]。委照而吴业昌，沦精而

汉道融[17]。

若夫气霁地表[18]，云敛天末。洞庭始波，木叶微脱。菊散芳于山椒，雁流哀于江濑[19]。升清质之悠悠，降澄辉之蔼蔼。列宿掩缛，长河韬映[20]。柔祇雪凝，圆灵水镜[21]。连观霜缟，周除冰净[22]。君王乃厌晨欢，乐宵宴；收妙舞，弛清县[23]；去烛房，即月殿[24]；芳酒登，鸣琴荐。

若乃凉夜自凄，风篁成韵[25]。亲懿莫从，羁孤递进[26]。聆皋禽之夕闻，听朔管之秋引[27]。于是弦桐练响，音容选和[28]。徘徊《房露》，惆怅《阳阿》[29]。声林虚籁，沦池灭波[30]。情纡轸其何托[31]？诉皓月而长歌。"

歌曰："美人迈兮音尘阙[32]，隔千里兮共明月。临风叹兮将焉歇[33]？川路长兮不可越。"歌响未终，余景就毕[34]。满堂变容，回遑如失[35]。又称歌曰："月既没兮露欲晞，岁方晏兮无与归[36]。佳期可以还，微霜沾人衣[37]！"

陈王曰："善。"乃命执事，献寿羞璧[38]。敬佩玉音，复之无斁[39]。

# 【注释】

〔1〕陈王初丧应、刘，端忧多暇：善注曰："假设陈王、应、刘，以起赋端也。陈王，曹植也。应、刘，应玚、刘桢也。魏文帝《书》曰：'徐、陈、应、刘，一时俱逝。'"腾跃案：《书》指曹丕《与吴质书》。端忧，正忧愁烦闷。徐，徐幹。陈，陈琳。皆"建安七子"。

〔2〕绿苔生阁，芳尘凝榭：善注曰："言无复娱游，故绿苔生而芳尘凝也。"

〔3〕悄焉疚怀，不怡中夜：善注："《毛诗》曰：'忧心悄悄。'悄悄，忧貌。《尔雅》曰：'疚，病也。怡，乐也。'"

〔4〕清、肃：清理整肃。

〔5〕腾吹寒山，弭盖秋阪：善注："王逸《楚辞注》曰：'腾，驰也。弭，按也。'"腾跃案：弭，弥漫。盖，覆盖。《说文》曰："坡者曰阪。"

〔6〕斜汉左界，北陆南躔（chán）：善注："汉，天汉也。《左传》申丰曰：'日在北陆而藏冰。'杜预曰：'陆，道也。'《汉书》曰：'冬则南，夏则北。'《汉书音义》韦昭曰：'躔，处也，亦次也。'《方言》曰：'日运为躔。躔，历行也。'"

〔7〕沉吟齐章，殷勤陈篇：善注："《楚辞》曰：'意欲兮沉吟。'《毛

诗·齐风》曰：'东方之月兮，彼姝者子，在我闼兮。'又《陈风》曰：'月出皎兮，佼人憭兮。'"

〔8〕抽毫进牍，以命仲宣：善注："此假王仲宣也。毫，笔毫也。《文赋》曰：'或含毫而邈然。'《说文》曰：'牍，书版也。'"腾跃案：王粲字仲宣，详见《登楼赋》题解。

〔9〕臣东鄙幽介：善注曰："仲宣，山阳人，故云东鄙。"丘樊：喻穷困的平民。懵（měng）：善注引《说文》曰："懵，目不明也。"腾跃案：懵喻糊涂。

〔10〕沉潜既义，高明既经：善注："《尚书》曰：'沉潜刚克，高明柔克。'孔安国曰：'沉潜谓地，高明谓天。'《左氏传》子产云：'礼，天之经，地之义。'"

〔11〕擅扶光于东沼，嗣若英于西冥：善注："扶光，扶桑之光也。东沼，汤谷也。若英，若木之英也。西冥，昧谷也。月盛于东，故曰擅，始生于西，故曰嗣。《山海经》曰：'汤谷有扶木，九日居下枝，一日居上枝。'又曰：'灰野之山，有赤树青叶，名曰若木。日之所入处。'郭璞曰：'扶木，扶桑也。'《尚书》曰：'宅西曰昧谷。'孔安国曰：'昧，冥也。'《淮南子》曰：'日出于汤谷，拂于扶桑。'又曰：'若木末有十日，其华照下地。'高诱曰：'若木端有十日，状如莲华。'"

〔12〕引玄兔于帝台，集素娥于后庭：善注："张衡《灵宪》曰：'月者，阴精之宗，积成为兽，象兔形。'《春秋元命苞》曰：'月之为言阙也，两说蟾蜍（蟾蜍）与兔者，阴阳双居，明阳之制阴，阴之倚阳。'《淮南子》曰：'羿请不死之药于西王母，常娥窃而奔月。'注曰：'常娥，羿妻也。'《归藏》曰：'昔常娥以不死之药奔月。'"腾跃案：羿指后羿。常娥即嫦娥。

〔13〕朒（nǜ）：农历月初月亮出现于东方，即上弦月。朓（tiǎo）：农历月底月亮出现于西方，即下弦月。警：警告，警戒。阙：通缺。朒、朓都是月缺的景象，古人认为，月缺之象是上天叫人君警戒德行上的缺失。（《昭明文选译注》）

〔14〕朏（féi）：新月初现，尚未成光。魄：月初出或将没时的微光。示：显示，警告。冲：空虚，引申为谦虚。朏、魄都是月初生的景象，古人认为这

第二部分：赋

171

是上天警示人君要保持虚怀若谷的品德。(《昭明文选译注》)

〔15〕顺辰通烛，从星泽风：善注："辰，十二辰。言月顺之以照天下也。《淮南子》曰：'正月建寅，月从左行十二辰。'许慎曰：'历十二辰而行。'《尚书》曰：'月之从星，则以风以雨。'孔安国《尚书传》曰：'月经于箕则多风，离于毕则多雨。然泽则雨也。'"

〔16〕台室、轩宫：善注曰："台室，三公位。轩宫，轩辕之宫。"

〔17〕委照而吴业昌，沦精而汉道融：善注："《吴录》曰：'长沙桓王名策。武烈长子，母吴氏有身，梦月入怀。'《汉书》曰：'元后母李亲，梦月入怀而生后，遂为天下母。'昌，盛也。融，明也。"

〔18〕霁（jì）：善注引《说文》曰："霁，雨止也。"

〔19〕山椒、江濑：善注："山椒，山顶也。《说文》曰：'濑，水流沙上也。'"

〔20〕长河：天河。韬：隐藏。

〔21〕柔祇（qí）：善注曰："地也。"圆灵：善注曰："天也。"

〔22〕观（guàn）：楼台。除：台阶。

〔23〕弛清县（xuán）：善注："《周礼》曰：'大忧弛县。'郑玄曰：'弛，释也。'《字林》曰：'弛，解也。'韦昭曰：'弛，废也。'"腾跃案：县与悬古字通。

〔24〕即：就，到。

〔25〕风篁（huáng）：善注曰："篁，竹丛生也。风篁，风吹篁也。"

〔26〕亲懿莫从，羁孤递进：善注："亲懿，懿亲也。《左氏传》富辰曰：'兄弟虽有小忿，不废懿亲。'杜预曰：'懿，美也'。羁孤，羁客孤子也。言亲懿不从游，而羁旅之孤更进也。"腾跃案：亲懿，至亲。羁与羇音义同。

〔27〕聆皋禽之夕闻，听朔管之秋引：善注："《诗》曰：'鹤鸣九皋。'皋禽，鹤也。朔管，羌笛也。《说文》曰：'管，十二月（之音）。'位在北方，故云朔。秋引，商声也。"腾跃案：括号内我补。

〔28〕弦桐练响：善注："弦桐，琴也。《埤苍》曰：'练，择也。'练与拣音义同。桓谭《新论》曰：'神农始削桐为琴，练丝为弦。'"腾跃案：桐，梧桐树。音容选和：乐曲的风格情调委婉柔和。

〔29〕《房露》、《阳阿》：皆古曲名。徘徊、惆怅：互文，形容乐曲缓慢沉滞、怨慕忧伤。

〔30〕声林虚籁，沦池灭波：善注："此言风将息也。声林而籁管虚，沦池而大波灭。薛君《韩诗章句》曰：'从流而风曰沦。沦，文貌。'《说文》曰：'波，水涌也。'"

〔31〕纡轸（yūzhěn）：善注引王逸曰："纡，曲。轸，痛也。"

〔32〕迈：远离。音尘：音信。

〔33〕将焉歇：思恋不能停止。歇，停止。

〔34〕余景就毕：月光将要消逝。

〔35〕回遑如失：善注引范晔《后汉书》曰："戴良见黄宪反归，罔然若有失也。"腾跃案：回遑即彷徨，指走来走去，犹豫不决。

〔36〕晞：干。晏：晚。

〔37〕佳期可以还，微霜霑人衣：李周翰曰："佳期喻君子，微霜喻谗人。谓君子可还退不仕，恐谗言将及人也。"腾跃案：言天越来越冷，选一个好日子就可以回来了。

〔38〕献寿羞璧：泛指赠送礼物。

〔39〕敬佩：此指牢记。玉音：对别人话的尊称。复之无斁（yì）：反复吟咏不枯燥。斁，停止。

## 【点评】

本赋以假托的方式开篇，描写了种种月夜景色，抒发了作者凄凉寂寞之感，有言而不能发之苦。其风格明净文辞清丽，情思绵邈韵味悠长，是抒情小赋中的名篇。《重订文选集评》引明人孙月峰曰："尚未入宏深境，然风度却飘然可把。"又引清人何义门曰："前写月之故实，次入即景之语，后言兴感之情，大意全在二歌。"

# 鵩鸟赋 并序

贾谊

## 【题解】

贾谊简介见前《过秦论》。

本赋是贾谊被贬为长沙王太傅时所作。《昭明文选》归为"鸟兽"一类。善注引《尔雅》曰:"两足而羽谓之禽,四足而毛谓之兽。"又引《巴蜀异物志》曰:"有鸟小如鸡,体有文色,土俗因形名之曰鵩(fú)。不能远飞,行不出域。"今人认为鵩指猫头鹰一类的鸟,夜晚会发出骇人的叫声,旧传为不祥之鸟,以喻奸佞。吕向注曰:"谊为长沙王傅,时有鵩鸟入室,巢其承尘(指帐幕)而鸣。俗云此鸟入人家,主人当死。作此赋齐死生以自宽也。"赋中假托与鵩鸟问答,将鵩鸟拟人化,这在古代文学作品中是极少见的,极具创新意识,是一大特色。

谊为长沙王傅[1],三年,有鵩鸟飞入谊舍,止于坐隅[2]。鵩似鸮[3],不祥鸟也。谊既以谪居长沙,长沙卑湿,谊自伤悼,以为寿不得长,乃为赋以自广[4]。其辞曰[5]:

单阏之岁兮,四月孟夏[6]。庚子日斜兮[7],鵩集予舍。止于坐隅兮,貌甚闲暇。异物来萃兮[8],私怪其故。发书占之兮,谶言其度[9]。曰:"野鸟入室兮,主人将去。请问于鵩兮,予去何之?吉乎告我,凶言其灾。淹速之度兮[10],语予其期。"鵩乃叹息,举首奋翼,口不能言,请对以臆[11]:

"万物变化兮[12],固无休息。斡流而迁兮,或推而还[13]。形气转续兮,变化而嬗[14]。沕穆无穷兮[15],胡可胜言!祸兮福所倚,福兮祸所伏[16]。忧喜聚门兮,吉凶同域[17]。彼吴强大兮,夫差以败。越栖会稽兮,勾践霸世[18]。斯游遂成兮[19],卒被五刑。傅说胥靡兮,乃相武丁[20]。夫祸之与福兮,何异纠缦[21]；命不可说兮，孰知其极！水激则旱兮，矢激则远[22]。万物回薄兮，振荡相转。云蒸雨降兮，纠错相纷。大钧播物兮，块圠无垠[23]。天不可预虑兮，道不可预谋。迟速有命兮[24]，焉识其时！

且夫天地为炉兮，造化为工[25]；阴阳为炭兮，万物为铜。合散消息兮[26]，安有常则？千变万化兮，未始有极。忽然为人兮，何足控抟[27]。化为异物兮[28]，又何足患！小智自私兮，贱彼贵我[29]。达人大观兮，物无不可。贪夫殉财兮，烈士殉名。夸者死权兮，品庶每生[30]。怵迫之徒兮，或趋东西[31]。大人不曲兮，意变齐同[32]。愚士系俗兮，窘若囚拘。至人遗物兮，独与道俱。众人惑惑兮，好恶积亿[33]。真人恬漠兮[34]，独与道息。释智遗形兮，超然自丧[35]。寥廓忽荒兮[36]，与道翱翔。乘流则逝兮，得坻则止[37]。纵躯委命兮；不私与己[38]。

其生兮若浮，其死兮若休。澹乎若深泉之静，泛乎若不系之舟。不以生故自宝兮，养空而浮[39]。德人无累，知命不忧。细故蒂芥[40]，何足以疑。"

## 【注释】

〔1〕长沙王：善注曰："然文帝之世，王长沙者，唯有吴芮（ruì）之子孙耳。经史不载其谥号，故难得而详也。"腾跃案：中华书局本《文选》曰："汉文帝时，长沙王为吴著，是当时仅存的一家异姓王。贾谊曾为其太傅。"

〔2〕止于坐隅：坐，座位。隅，角落。此句《史记》无，《汉书》《文选》皆有。正文有"鵩集予舍，止于坐隅兮"。故小序当有。

〔3〕鸮（xiāo）：猫头鹰的学名。

〔4〕卑湿：地势低下，天气潮湿。伤悼：忧伤。自广：自我宽慰。

〔5〕其辞曰：以上为后人所加序言。本文题目后或有并序两字。

〔6〕单阏（chánè）之岁兮：善注："《尔雅》曰：'太岁在卯曰单阏。'徐广曰：'文帝六年岁在丁卯。'"腾跃案：古代用干支法纪年。文帝六年是公元前一七四年。孟：农历四季中月份在开头的。

〔7〕庚子：当年的四月二十八日。

〔8〕萃：聚集。此指栖止。

〔9〕谶（chèn）：善注："《说文》曰：'谶，验也。'有征验之书，河、

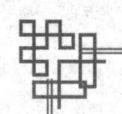

洛所出书曰谶。"

〔10〕淹速：善注曰："淹，迟也。速，疾也。谓死生之迟疾也。"

〔11〕请对以臆：刘良注曰："请对以臆中之事也。"腾跃案：鸟不能言，故曰臆对。此句五臣本后有"曰"字。

〔12〕万物变化：日升月落、四季循环之类。

〔13〕斡流：旋转。

〔14〕而蝉（chán）：善注："韦昭曰：'而，如也。蟺音蝉，如蜩蝉之蜕化也。'或曰：'蟺，相连也。'"

〔15〕沕（wù）穆：善注："不可分别也。颜师古曰：'沕穆，微深也。'"

〔16〕祸兮福所倚，福兮祸所伏：善注引《老子注》曰："倚，因也。圣人遭祸而能悔过，责己修善则祸去福来也。中人得福而为骄恣，则福去而祸来也。"

〔17〕聚门、同域：在一起。

〔18〕彼吴强大兮，夫差以败。越栖会稽兮，勾践霸世：善注引《鹖冠子》曰："失反为得，成反为败。吴大兵强，夫差以困；越栖会稽，勾践霸世。"善注引高诱《淮南子注》云："山处曰栖。"善注又引《史记》曰："越王勾践，其先允常，与吴王阖闾战而相怨伐。允常卒，子勾践立，是为越王。阖闾闻允常死，乃兴师伐越。越王勾践使士挑战，射伤吴王阖闾，阖闾且死，告其子夫差曰：'必无忘越。'三年，勾践闻吴王夫差日夜勒兵，且以报越，欲先吴未发往伐之，范蠡谏曰：'不可。'王曰：'已决之矣。'遂兴师。吴王闻之，悉精兵以伐越，败之夫椒。越王乃以甲兵五千人，栖于会稽（山名，在浙江省绍兴市东南）。吴师追而围之。越王谓范蠡曰：'以不听子，故至于此，为之奈何！'蠡对曰：'持满者与天，定倾者与人，节事者以地，卑辞厚礼以遗之，不许，而身与之市。'勾践曰：'诺。'乃令大夫种行成（求和）于吴，膝行顿首曰：'君王亡臣勾践，使陪臣种敢告下执事，勾践请为臣，妻为妾。'吴王将许，子胥言于吴王曰：'天以越赐吴，勿许也。'吴王不听，卒许越平（和）。勾践自会稽归，拊循（抚慰和训练）其士民伐吴，大破吴，因留围之三年。越遂栖吴王于姑苏山。吴王谢曰：'吾老矣，不能事君王。'遂自杀。乃蔽面曰：'吾无以见子胥也。'"腾跃案：括号内为词语解释。

〔19〕斯：善注引应劭曰："李斯西游于秦，身登相位，二世时，为赵高所谗，身被五刑。"腾跃案：先秦五刑指墨（刺刻面、额，染以黑色）、劓（yì，割鼻）、剕（fèi，割脚）、宫（阉割生殖器）、大辟（处死）。

〔20〕傅说（yuè）：善注："《尚书》曰：'高宗梦得说，使百工营求诸野，得诸傅岩，爰立作相。'孔安国曰：'傅氏之岩，通道所经，有涧水坏道，使胥靡刑人筑护此道，说贤而隐，代胥靡筑之。'《庄子》曰：'夫道，傅说得之以相武丁。'"腾跃案：胥靡，古代服劳役的奴隶或刑徒。

〔21〕纠纆（mò）：善注："《字林》曰：'纠，两合绳。纆，三合绳。'应劭曰：'祸福相与为表里，如纠纆索相附会也。'"

〔22〕水激则旱兮，矢激则远。万物回薄兮，振荡相转：善注："言矢飞水流，各有常度，为物所激，或旱或远，斯则万物变化，乌有常则乎？《鹖冠子》曰：'水激则悍，矢激则远，精神回薄，振荡相转。'悍与旱同。《吕氏春秋》曰：'激矢远，激水旱。'"腾跃案：悍，强劲、急暴。五臣本作"悍"，可从。回薄，来回激荡。

〔23〕大钧播物兮，块圠（yǎngyà）无垠：善注："如淳曰：'陶者作器于钧上，此以造化为大钧。'应劭曰：'阴阳造化，如钧之造器也，其气块圠非有限齐也。'"腾跃案：块圠，无边无际貌。垠，边岸、界限。

〔24〕迟速：指死期之早晚。

〔25〕造化：自然之创造化育。

〔26〕合散消息：善注："《庄子》曰：'人之生也，气之聚也，聚为生，散为死。'《鹖冠子》曰：'同合消散，孰识其时。'"腾跃案：生死聚散。

〔27〕控抟：控制与预测。详见《文选古字通·辨析》。

〔28〕异物：非人的东西。如鸟兽虫鱼。

〔29〕小智自私兮，贱彼贵我：善注："《列子》曰：'小智自私怨之府。'《庄子》北海若曰：'以道观之，无贵无贱。以物观之，自贵而相贱。'《鹖冠子》曰：'小智立趣，好恶自惧。'"

〔30〕夸者：追求虚荣的人。品庶：老百姓。每生：贪生。

〔31〕怵（chù）迫之徒兮，或趋东西：善注引孟康曰："怵，为利所诱怵也。迫，迫贫贱也。东西趋利也。"

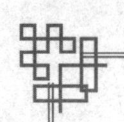

〔32〕意变齐同：等同看待一切。

〔33〕好恶：所好所恶。指嗜欲。积亿：形容极多。

〔34〕真人恬漠兮，独与道息：善注："《文子》曰：'得天地之道，故谓之真人也。'《庄子》曰：'虚静恬淡、寂漠无为者，道德之至也。'"

〔35〕释智遗形兮，超然自丧：善注引《庄子》曰："仲尼问于颜回曰：'何谓坐忘？'回曰：'堕支体，黜聪明，离形去智，同于大道，此谓坐忘。'"腾跃案：释智，不要小聪明。超然自丧，物我两忘。有人以佛道两家之说解释这段句子，然此为汉代辞赋，不甚妥。

〔36〕寥廓忽荒：善注："元气未分之貌。《广雅》曰：'廖，深也。廓，空也。'"

〔37〕坻：善注："孟康曰：'《易》坎为险，遇险难而止也。'张晏曰：'坻，水中小洲也。'坻或为坎。"

〔38〕纵躯：舍身。委命：听从命运的安排。不私与己：不把躯体视为自己之物。

〔39〕养空而浮：善注："郑氏曰：'道家养空，虚若浮舟也。'《庄子》曰：'泛若不系之舟，虚而遨游。'"腾跃案：即道家的"无"。

〔40〕细故：细小之事。蒂芥：瓜蒂草芥，指细小的梗塞物。引申为梗塞，此喻心中之结。

【点评】

本赋情理交融文笔潇洒，格调深沉笔力劲健，富含人生哲理。表达了作者旷达而又苦恼，清醒而又茫然的心情。刘勰《文心雕龙·诠赋》曰："贾谊《鹏鸟》，致辨于情理。"《重订文选集评》引孙月峰曰："宏阔雄肆，读之快然。"《昭明文选译注》曰："人生的探索，哲理的思考，感情的冲击，铸成全赋的波澜。时而如惊涛拍岸，奔流跌宕；时而如风平浪静，流水潺潺。"

# 归田赋

张衡

## 【题解】

张衡（78—139）字平子，南阳郡西鄂县（今河南南阳）人。东汉时期杰出的科学家、文学家。《后汉书》曰："衡少善属文，游于三辅，因入京师，观太学，遂通五经，贯六艺。虽才高于世，而无骄尚之情。常从容淡静，不好交接俗人。"又曰："衡善机巧，尤致思于天文、阴阳、历算。"时人赞曰："数术穷天地，制作侔造化。"

张衡生于东汉中后期，当时幼主暗弱，朝政腐败，宦官当权，小人得道。他虽有雄心大志却难以实现，因此心中十分忿懑，却又无可奈何。善注曰："《归田赋》者，张衡仕不得志，欲归于田，因作此赋。凡在曰朝，不曰归田。"李周翰注曰："衡游京师四十不仕，顺帝时阉官用事，欲归田里故作是赋。"

游都邑以永久，无明略以佐时[1]。徒临川以羡鱼[2]，俟河清乎未期[3]。感蔡子之慷慨，从唐生以决疑[4]。谅天道之微昧，追渔父以同嬉[5]。超埃尘以遐逝[6]，与世事乎长辞。

于是仲春令月[7]，时和气清。原隰郁茂[8]，百草滋荣。王雎鼓翼，鸧鹒哀鸣[9]。交颈颉颃，关关嘤嘤[10]。于焉逍遥，聊以娱情。尔乃龙吟方泽[11]，虎啸山丘。仰飞纤缴[12]，俯钓长流。触矢而毙，贪饵吞钩[13]。落云间之逸禽，悬渊沉之鲨鰡[14]。

于时曜灵俄景，系以望舒[15]。极般游之至乐，虽日夕而忘劬[16]。感老氏之遗诫[17]，将回驾乎蓬庐。弹五弦之妙指[18]，咏周、孔之图书。挥翰墨以奋藻，陈三皇之轨模[19]。苟纵心于物外，安知荣辱之所如[20]？

179

【注释】

〔1〕游都邑以永久，无明略以佐时：善注曰："都，谓京都。永，长也。久，滞也。言久淹滞于京都，而无知略以匡佐其时君也。"

〔2〕徒临川以羡鱼：善注引《淮南子》曰："临河羡鱼，不如归家织网。"

〔3〕河清：善注引《左氏传》子驷曰："周谚有之曰：'俟河之清，人寿几何？'"杜预曰："逸诗也。言人寿促而河清迟也。"腾跃案：相传黄河水一千年清一次，古人认为河清是政治清明的征兆。

〔4〕感蔡子之慷慨，从唐生以决疑：善注引《史记》曰："蔡泽，燕人。游学于诸侯，不遇，从唐举相（看面相），举熟视而笑曰：'先生曷鼻戴肩（皆形容相貌丑）……吾闻圣人不相，殆先生乎？'泽知举戏之，乃曰：'富贵吾所自取，吾不知者寿也，愿闻之。'举曰：'先生之寿，从今以往者四十三岁。'泽笑而谢去，谓御者曰：'吾持粱刺齿肥（形容享受美食佳肴），跃疾驱（骑好马），怀黄金之印，结紫绶于腰，揖让人主之前，食肉富贵，四十三（原作四十一，据《史记》改正）年足矣！'及入秦，昭王召见与语，大说，拜为客卿，遂代范雎为秦相。"善注又引《说文》曰："慷慨，壮士不得志于心也。"

〔5〕谅天道之微昧：善注曰："谅，信也。微昧，幽隐。"渔父：善注引王逸《楚辞序》曰："渔父避世隐身，钓鱼江湖，欣然而乐。"

〔6〕埃尘：善注："世务纷浊，以喻尘埃。《庄子》曰：'游乎尘埃之外。'"

〔7〕令：善注："《仪礼》曰：'令月，吉日。'郑玄曰：'令，善也。'"

〔8〕原隰（xí）：泛指平原。原，高的平地。隰，低的平地。

〔9〕王雎、鸧鹒：善注："雎鸠，王鸠也。郭璞曰：'雕类也。'《尔雅》曰：'仓庚，黄鹂也。'"

〔10〕交颈颉颃（xiéháng），关关嘤嘤：善注："颉颃，上下也。毛苌《诗传》曰：'飞而上曰颉，飞而下曰颃。'《尔雅》曰：'关关嗈嗈，音声和也。'《释训》曰：'丁丁嘤嘤，相切直也。'注：'嘤嘤，两鸟鸣也。'"

〔11〕方泽：刘良曰："大泽也。"

〔12〕飞：射击。纤缴：系在箭上的细生丝绳，射鸟用。

〔13〕贪饵吞钩：善注："吞钩，钓也。《楚辞》曰：'知贪饵而近毙。'"腾跃案：鱼贪饵，吞钩，被钓而死。

〔14〕渊沉：深渊。鲦鰡（shāliú）：两种小鱼。

〔15〕曜灵俄景，系以望舒：善注："《广雅》曰：'曜灵，日也。'王逸《楚辞注》曰：'望舒，月御也。'俄，斜也。"

〔16〕般游：游乐。般与盘古字通。劬（qú）：过分劳苦，勤劳。

〔17〕老氏之遗诫：善注："《老子》曰：'驰骋田猎，令人心发狂。'注曰：'精神安静，驰骋呼吸，精散气亡，故发狂。'"

〔18〕五弦：古琴有五根弦，后世加两根弦为七弦，现今也是七弦。《韩非子》曰："昔者舜鼓五弦，歌《南风》之诗而天下治。"刘长卿《听弹琴》："泠泠七弦上，静听松风寒。"

〔19〕轨模：善注："贾逵《国语注》曰：'轨，法也。'郑玄《毛诗笺》曰：'模，法也。'"

〔20〕所如：所往。此指归宿。

【点评】

本赋结构短小明畅，语言自然清新，感情真挚朴实。一变汉大赋铺采擒文、繁重凝滞、虚夸堆砌的套路。写出了对腐败政治的厌弃，对归田后逍遥自在生活的向往。体现了作者与黑暗政治的诀绝，不为名利所缚的超脱精神。《重订文选集评》引明人孙月峰曰："笔气固自苍然，无深味浓色殊觉寂寥。"《重订文选集评》又引清人何义门曰："短篇以清洒动人，自成一种风调，须知尺幅中亦具千寻之势，但简淡中难见生色。"

# 长门赋 并序

司马相如

【题解】

司马相如（前179—前118）字长卿，蜀郡成都（今属四川）人。西汉著名文学家。他少好读书击剑，成年后因慕战国蔺相如之为人，乃更名相如。早年事孝景帝，为武骑常侍。景帝不好辞赋。而梁孝王雅好文学，故归梁孝王。后梁孝王死，长卿还家，至临邛，以善琴而结识卓文君，结为夫妻，卖酒营生。汉武帝读《子虚赋》，赏其才学，召入京师，殊多信任。但是也由此遭到嫉恨诽谤，有人诬告他收受贿赂，因而失官。后虽复召为郎，却不愿参与朝政，称病闲居，不慕官爵。晚年居茂陵，病死。

序为后人所作，复见《史记·外戚世家》司马贞之《索隐》。陈皇后即"金屋藏娇"的女主阿娇，汉武帝小时非常宠爱她，后另宠卫夫人而幽禁她于长门宫。阿娇愁闷悲伤，凄苦异常，故请司马相如写了此赋试图挽回武帝对她的宠幸。序的末尾说武帝果然受赋感动，她复得宠幸，是作序人为强调艺术效果而虚构之词，史传并无记载。

孝武皇帝陈皇后时得幸[1]，颇妒。别在长门宫[2]，愁闷悲思。闻蜀郡成都司马相如天下工为文，奉黄金百斤为相如、文君取酒[3]，因于解悲愁之辞。而相如为文以悟主上，陈皇后复得亲幸。其辞曰：

夫何一佳人兮，步逍遥以自虞[4]。魂逾佚而不反兮[5]，形枯槁而独居。言我朝往而暮来兮，饮食乐而忘人。心慊移而不省故兮[6]，交得意而相亲。

伊予志之慢愚兮，怀贞悫之欢心[7]。愿赐问而自进兮，得尚君之玉音[8]。奉虚言而望诚兮[9]，期城南之离宫。修薄具而自设兮[10]，君曾不肯乎幸临。

廓独潜而专精兮[11]，天漂漂而疾风。登兰台而遥望兮，神恍恍而外淫[12]。浮云郁而四塞兮，天窈窈而昼阴[13]。雷殷殷[14]而响起兮，声象君之车音。飘风回而起闺兮，举帷幄之襜襜[15]。桂树交而相纷兮，芳酷烈之訚訚[16]。孔雀集而相存兮，玄猿啸而长吟。翡翠胁翼而来萃兮[17]，鸾凤翔而北南。

心凭噫而不舒兮，邪气壮而攻中[18]。下兰台而周览兮，步从容于深宫。正殿块以造天兮，郁并起而穹崇[19]。间徙倚于东厢兮，观夫靡靡而无穷[20]。挤玉户以撼金铺兮，声噌吰而似锺音[21]。

刻木兰以为榱兮，饰文杏以为梁[22]。罗丰茸之游树兮，离楼梧而相撑[23]。施瑰木之欂栌兮，委参差以槺梁[24]。时仿佛以物类兮，象积石之将将[25]。五色炫以相曜兮，烂耀耀而成光。致错石之瓴甓兮，象玳瑁之文章[26]。张罗绮之幔帷兮，垂楚组之连纲[27]。

抚柱楣以从容兮，览曲台之央央[28]。白鹤噭以哀号兮，孤雌跱于枯杨[29]。日黄昏而望绝兮，怅独托于空堂。悬明月以自照兮，徂清夜于洞房[30]。援雅琴以变调兮，奏愁思之不可长[31]。案流徵以却转兮，声幼妙而复扬[32]。贯历览其中操兮，意慷慨而自卬[33]。左右悲而垂泪兮，涕流离而从横[34]。舒息悒而增欷兮，蹝履起而彷徨[35]。揄长袂以自翳兮，数昔日之愆殃[36]。无面目之可显兮，遂颓思而就床。抟芬若以为枕兮，席荃兰而茝香[37]。

忽寝寐而梦想兮，魄若君之在旁。惕寤觉而无见兮，魂迋迋若有亡[38]。众鸡鸣而愁予兮，起视月之精光。观众星之行列兮，毕昴出于东方[39]。望中庭之蔼蔼兮[40]，若季秋之降霜。夜曼曼其若岁兮，怀郁郁其不可再更[41]。澹偃蹇而待曙兮，荒亭亭而复明[42]。妾人窃自悲兮，究年岁而不敢忘[43]。

### 【注释】

〔1〕孝武皇帝：汉武帝刘彻。孝武是其谥号，汉代皇帝谥号前加"孝"字是通行惯例。陈皇后：善注引《外戚传》曰："陈皇后者，长公主嫖女也。曾祖婴，与项羽起，后归汉，为唐邑侯。传子至孙午，午尚长公主，生女。初，武帝得立为太子，长公主有力，取主女为妃。及帝即位，立为皇后，擅宠骄贵，十余年而无子。闻卫子夫得幸，几死者数焉。元光五年（前130），坐女子楚服等为皇后巫蛊祠祭咒诅，罢退归长门宫。"腾跃案：《尚书序》曰："尚者，

上也。"巫蛊祠祭咒诅皆是封建迷信的害人方式，如用针扎刻有人名的木偶。

〔2〕别：别居。此指被遗弃。长门宫：在长安城南。窦太主献长门园，汉武帝改名为长门宫。下文离宫亦指此。

〔3〕文君：善注引《汉书》曰："卓氏女文君既奔相如，相如与俱之临邛卖酒舍，文君当垆，相如身自涤器于市。"

〔4〕自虞：善注："《尔雅》曰：'虞，度也。'郭璞曰：'谓测度也。'言忖所为被退在长门宫之事。"

〔5〕言我朝往而暮来兮，饮食乐而忘人：善注曰："我，武帝也。言帝昔许朝往暮来，幸临于己。今以饮食恣乐而忘为人。人，后自谓也。"

〔6〕慊移：善注："郑玄《周礼注》曰：'慊，绝也。'言帝心绝移，不省故旧。"得意：新的意中人。指卫子夫。

〔7〕伊：发语词。慢愚：愚笨，自谦之词。贞悫（què）：忠贞。

〔8〕愿赐问而自进兮，得尚君之玉音：善注曰："愿君问己，因而自进也。尚，犹奉也。"

〔9〕奉虚言而望诚兮：善注曰："言奉君虚言而望为诚实。"腾跃案：希望假话能成真。

〔10〕修：备办。薄具：善注曰："肴馔也。"腾跃案：丰盛的饭菜。自设：空摆放。

〔11〕廓：廓然，空旷寂寞的样子。独潜：孤独地幽居。专精：专心致志地守候等待。

〔12〕恍恍：善注引王逸《楚辞注》曰："恍，失意也。"又曰："不安之意也。"淫：善注引《广雅》曰："淫，游也。"

〔13〕窈窈：昏暗貌。

〔14〕殷殷：善注："《毛诗》曰：'殷其雷。'殷音隐。"刘良注曰："隐隐，声也。"

〔15〕起闱：善无注。六臣本为"赴"字。闱，中门。襜襜（chānchān）：善注引王逸曰："襜襜，摇貌。"

〔16〕酷烈、闟闟（yānyān）：善注曰："香气盛也。"腾跃案：闟闟与馣馣音义同。详见《文选古字通·合集》《文选古字通·辨析》。

〔17〕翡翠：也叫翠雀。羽有蓝、绿、赤、棕等色，可为饰品。雄赤称翡，雌青称翠。胁翼：收拢翅膀。

〔18〕心凭噫而不舒兮，邪气壮而攻中：善注："凭噫，气满貌。《字林》曰：'噫，饱出息也。'《管子》曰：'邪气袭内，玉色乃衰。'攻中，言攻其中心。"李周翰注："忧恨之气壮盛，攻于中情也。"腾跃案：攻中，攻其心中。

〔19〕正殿块以造天兮，郁并起而穹崇：善注："孔安国《尚书传》曰：'造，至也。'郭璞《方言注》曰：'郁，壮大也。'穹，崇高貌。"吕向注曰："块，大也。"

〔20〕间：有时或少时。靡靡：善注引郭璞《方言注》曰："靡靡，细好也。"吕向注曰："室宇美好也。"

〔21〕挤玉户以撼金铺兮，声嗷吰而似钟音：善注："《字林》曰：'挤，排也。'《说文》曰：'撼，摇也。'金铺，以金为铺首也。嗷吰，声也。嗷音曾；吰音宏。"腾跃案：挤，推也。金铺，金属做的门环。故曰摇也。

〔22〕木兰：佳木名。榱（cuī）：即椽（chuán），放在檩（lǐn）上支持屋面和瓦片的木条。文杏：佳木名。梁：房梁。

〔23〕罗丰茸之游树兮，离楼梧而相撑：善注："丰茸，众饰貌。游树，浮柱也。离楼，攒聚众木貌。《汉书音义》臣瓒曰：'邪柱为梧。'"腾跃案：罗，罗列。

〔24〕施瑰木之欂栌兮，委参差以槺梁：善注："《方言》曰：'栌，栱也。'言以瑰奇之木，以为欂栌，委积参差，以承虚梁。《说文》曰：'欂栌，柱上枅也。'《方言》曰：'槺，虚也。'槺与槺同，音康。"腾跃案：欂栌，斗拱。一说槺梁为无梁结构。有梁是正常结构，但不美观。

〔25〕时仿佛以物类兮：这些宫殿拿什么来类比呢？积石：积石山。古人以为是黄河的发源地。将将（qiāngqiāng）：高峻貌。

〔26〕致错石之瓴甓兮，象瑇瑁之文章：善注："郑玄《礼记注》曰：'致，密也。'错石，杂众石也。言累众石令之密致，以为瓴甓。采色间杂，象瑇瑁之文章也。"腾跃案：致错石，地面上铺鹅软石。瓴甓，地砖。瑇瑁，海龟的一种，龟背花纹繁复。古人的装饰品。文章，花纹色彩。

〔27〕楚组：楚地出产的丝带。组，丝带，以楚地出产的为最好。连纲

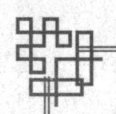

丝带互相连结起来系在幔帷的总带上。纲，总的丝带。

〔28〕柱楣：柱子和横梁。此专指柱子。楣，门上横梁。览曲台之央央：善注："《三辅黄图》曰：'未央东有曲台殿。'央央，广貌。"

〔29〕噭（jiào）：善注引《广雅》曰："噭，鸣也。"腾跃案：噭与叫古字通。白鹤、孤雌：陈皇后自喻。

〔30〕徂（cú）：来，到。洞房：深邃的内室。

〔31〕长：增长。

〔32〕案：案与桉同，桉与按字形相似，古人混用，故案与按古字通。按，弹奏。流徵（zhǐ）：音调名。徵，五音之一。音较高，用以表达哀伤的情绪。却转：回转，此指变换曲调。幼（yào）妙：轻细婉转。

〔33〕贯历览其中操兮，意慷慨而自卬：善注："言依曲次第，贯穿而历览之，志其中操也。中操，操之中也。《琴道》曰：'琴有《伯夷之操》。穷则独善其身，不失其操，故谓之操。'自卬，激厉也。"腾跃案：卬与昂古字通。

〔34〕涕：眼泪。流离：泪不止貌。从横：纵横。泪流满面貌。

〔35〕舒息悒而增欷兮：善注曰："息，叹息也。悒，於悒也。《苍颉篇》曰：'欷，泣余声也。'"蹝履：拖着鞋。

〔36〕揄（yú）：挥动，扬起。自翳：自掩其面。愆（qiān）殃：善注引《尔雅》曰："愆，过也。殃，咎也。"

〔37〕抟芬若以为枕兮，席荃兰而茝香：善注曰："芬、若、荃、兰，皆香草也。言以为枕席，冀君来而幸临也。《广雅》曰：'抟，著也。'"吕延济曰："抟，持也。"腾跃案：抟，揉碎。

〔38〕惕：迅速。迋迋（wàngwàng）：善注："恐惧之貌。《楚辞》曰：'魂迋迋而南行。'王逸曰：'迋迋，惶遽貌。'"

〔39〕毕昴出于东方：善注："言将晓也。《淮南子》曰：'西方其星昴毕。'今出东方，谓五月、六月也。"

〔40〕薆薆：善注："月光微暗之貌。"

〔41〕再更：善注："《越绝书》计倪曰：'会稽之饥，不可再更。'更，历也。"腾跃案：再更，再增加。

〔42〕澹偃蹇（yǎnjiǎn）而待曙兮，荒亭亭而复明：善注："《说文》曰：

'澹，摇也。'李奇曰：'澹，犹动也。偃蹇，伫立貌也。'《庄子》广成子谓黄帝曰：'自汝治天下，日月之光，益以荒矣。'然荒，欲明貌。亭亭，远貌。一云将至之意。"腾跃案：荒与晃古字通。晃，明貌。

〔43〕究：穷、极。

【点评】

　　本赋抒写了陈皇后被废的苦闷，表现出女性在封建社会中，即使贵为皇后，也不能掌握自己的命运，一旦被纵欲无度的君王所抛弃，就陷入苦痛的深渊而不能自拔。本赋词藻华丽，精巧雕琢，字字珠玑，有《楚辞》之风。可谓"写尽独居以见自悲之意"（《重订文选集评》）。读之，令人感同身受、伤心欲绝。是汉赋中最早的抒情名篇，对后代抒情小赋及宫怨闺情诗词的发展都有很大影响。宋代王安石在《明妃曲》中叹道："君不见咫尺长门闭阿娇，人生失意无南北。"

# 恨赋

江淹

【题解】

江淹（444—505）字文通，济阳考城（今属河南）人。他历经宋、齐、梁三代，是南朝著名的文学家。在仕途上起初不得意，后萧道成辅政，器重江淹文才，梁天监中官至金紫光禄大夫，封醴陵伯。晚年安富尊荣，加以世故日深，思想保守，故文学才能显著减退，人谓之"江郎才尽"。善注引刘璠《梁典》曰："淹少而沉敏，六岁能属诗。及长，爱奇尚异，自以孤贱，厉志笃学。泊于强仕，渐得声誉。尝梦郭璞谓之曰：'君借我五色笔，今可见还。'淹即探怀以笔付璞，自此以后，材思稍减。"

六朝是一个战乱频繁、门阀等级森严的时代，江淹出身寒微，早年仕途坎坷。曾因多次谏劝而被从京都贬为吴兴令。吴兴地处闽浙边界，山高水险，地僻人稀，环境艰苦。古人言文穷而后工，仕途的多舛造就了江淹文学创作的高峰。千古传诵的《恨赋》《别赋》就是这个时期的作品。

试望平原，蔓草萦骨，拱木敛魂[1]。人生到此，天道宁论。于是仆本恨人[2]，心惊不已。直念古者，伏恨而死。

至如秦帝按剑，诸侯西驰[3]。削平天下，同文共规[4]。华山为城，紫渊为池[5]。雄图既溢，武力未毕。方架鼋鼍以为梁，巡海右以送日[6]。一旦魂断，宫车晚出[7]。

若乃赵王既虏[8]，迁于房陵。薄暮心动，昧旦神兴[9]。别艳姬与美女，丧金舆及玉乘[10]。置酒欲饮，悲来填膺[11]。千秋万岁[12]，为怨难胜。

至如李君降北[13]，名辱身冤，拔剑击柱，吊影惭魂[14]。情往上郡，心留雁门[15]。裂帛系书，誓还汉恩[16]。朝露溘至，握手何言[17]？

若夫明妃去时[18]，仰天太息。紫台稍远，关山无极[19]。摇风忽起[20]，白日西匿。陇雁少飞，代云寡色[21]。望君王兮何期，终芜绝兮异域[22]。

至乃敬通见抵[23]，罢归田里。闭关却扫[24]，塞门不仕。左对孺人，顾弄稚子[25]。脱略公卿，跌宕文史[25]。赍志没地[26]，长怀无已。

及夫中散下狱[28]，神气激扬。浊醪夕引[29]，素琴晨张。秋日萧索，浮云无光。郁青霞之奇意，入修夜之不旸[30]。

或有孤臣危涕，孽子坠心[31]。迁客海上，流戍陇阴[32]。此人但闻悲风汩起，血下霑衿[33]。亦复含酸茹叹，销落湮沉[34]。若乃骑叠迹，车屯轨[35]，黄尘匝地[36]，歌吹四起。无不烟断火绝，闭骨泉里[37]。

已矣哉[38]！春草暮兮秋风惊，秋风罢兮春草生。绮罗毕兮池馆尽，琴瑟灭兮丘垄平[39]。自古皆有死，莫不饮恨而吞声。

## 【注释】

〔1〕蔓草：蔓生的杂草。萦（yíng）：缭绕。拱木敛魂：善注："《左氏传》秦伯谓蹇叔曰：'中寿，尔墓之木拱矣。'注：'两手曰拱。'《古蒿里歌》曰：'蒿里谁家地，聚敛魂魄无贤愚。'"

〔2〕仆：作者谦称。恨人：失意抱恨之人。

〔3〕秦帝：秦始皇。按剑：用手扶着剑把，此指欲动武。西驰：指朝拜秦国，秦在六国之西。

〔4〕削平天下，同文共规：统一天下，统一文字和度量衡。

〔5〕华山为城，紫渊为池：善注："《过秦论》曰：'践华为城，因河为池。'《上林赋》曰：'丹水更其南，紫渊径其北。'"腾跃案：紫渊池在长安北。

〔6〕鼋鼍（yuántuó）：巨鳖和扬子鳄。巡海右以送日：善注引《列子》曰："穆王驾八骏之乘，乃西观日所入。"李周翰注曰："吞一宇内，心犹未已，方将驾鼋鼍以为桥梁，度西海而送日入。"腾跃案：海右即陆地之极东。古代坐北朝南，故以东方为左，西方为右。

〔7〕宫车晚出：善注："韦昭曰：'凡初崩为晏驾者，臣子之心，犹谓宫车当驾而晚出。'《风俗通》曰：'天子夜寝早作，故有万机。今忽崩殒，

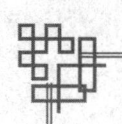

则为晏驾。"腾跃案：皇帝死亡时的正常礼法行为。

〔8〕赵王：善注："《淮南子》曰：'赵王迁流房陵，思故乡作《山木之呕》，闻者莫不陨涕。'高诱曰：'赵王，张敖。秦灭赵，虏王，迁徙房陵。房陵在汉中。《山木之呕》，歌曲也。'"

〔9〕心动、神兴：心神不宁。

〔10〕金舆、玉乘：以金玉为饰的华美车辆。

〔11〕填膺：满胸。填故满。膺，《说文》曰："肾（胸）也。"

〔12〕千秋万岁：善注引《战国策》楚王谓安陵君曰："寡人万岁千秋之后，谁与乐此也。"腾跃案：死亡的委婉说法。

〔13〕李君：善注引《汉书》："武帝天汉二年（前99），李陵为骑都尉，领步卒三千，出居延，至浚稽山，与匈奴相值（遇），战败，弓矢并尽，陵遂降。"

〔14〕吊影：善注引曹子建《表》曰："形影相吊。"腾跃案：形容孤独至极。只有自己的形体与影子。

〔15〕上郡、雁门：善注："《汉书》有上郡、雁门郡，并秦置。"腾跃案：皆在边塞。

〔16〕裂帛系书，誓还汉恩：善注："《汉书》曰：'常惠教汉使者，谓单于言天子射上林中，得雁，足有系帛书，苏武等在某泽中。'李陵《书》曰：'欲如前书之言，报恩于国主耳。'"腾跃案：李陵《书》指《答苏武书》。

〔17〕朝露溘至，握手何言：善注："《汉书》李陵谓苏武曰：'人生如朝露，何久自苦如此。'潘岳《邢夫人诔》曰：'临命相决，交腕握手。'"

〔18〕明妃：善注："《汉书》：'元帝竟宁元年春正月，呼韩邪单于来朝，诏掖庭王廧为阏氏（yānzhī）。'应劭曰：'王廧（qiáng），王氏之女，名廧，字昭君。'文颖曰：'本南郡人也。'《琴操》曰：'王昭君者，齐国王襄女也。年十七，献元帝。会单于遣使请一女子，帝谓后宫，欲至单于者起，昭君喟然而叹，越席而起，乃赐单于。'石崇曰：'王明君本为王昭君，以触文帝讳改之。'"腾跃案：元帝竟宁元年，公元前33年。掖庭，宫女居住的地方。阏氏，匈奴单于正妻的称号。

〔19〕紫台：善注曰："犹紫宫也。"腾跃案：指帝王居所。关山无极：言王昭君北去匈奴，关山重重似无尽头。一说关山古称陇山。

〔20〕摇风：善注曰："飙与摇同。"腾跃案：摇风，暴风。物动人晃故谓之摇。

〔21〕陇：陇州，因陇山得名，治所在今陕西陇县。代：代州，今代县。治内有雁门关。

〔22〕芜绝：寂寞而亡。

〔23〕敬通：善注引《东观汉记》曰："冯衍，字敬通，明帝以衍才过其实，抑而不用。"见抵：被排挤、受抵制。

〔24〕却扫：停止洒扫，指谢客。古有扫径迎客的礼节。

〔25〕孺人：善注引《礼记》曰："天子之妃曰后，大夫妻曰孺人。"腾跃案：妃同配，指婚配。《说文》曰："妃，匹也。"

〔26〕脱略：简慢轻视。跌宕：纵情放逸。

〔27〕赍（jī）志：怀志。赍，古人的简化字，《说文》作齎，《康熙字典》曰："持也。"

〔28〕中散：善注引臧荣绪《晋书》曰："嵇康拜中散大夫，东平吕安家事系狱，亹（mén）阅之始，安尝以语康，辞相证引，遂复收康。"腾跃案：亹阅，关押审问。嵇康死于此案。

〔29〕浊醪（láo）夕引：浊醪，浊酒。夕引，作夕饮理解。

〔30〕郁青霞之奇意：善注曰："青霞奇意，志言高也。"修夜：漫漫长夜。喻司马氏的黑暗统治。不旸（yáng）：无光。

〔31〕孤臣危涕，孽子坠心：善注："《孟子》曰：'孤臣孽子，其操心也危，其虑患也深。'《字林》曰：'孽子，庶子也。'然心当云危，涕当云坠，江氏爱奇，故互文以见义。"

〔32〕迁客海上：善注引《汉书》曰："匈奴乃徙苏武北海上无人处，使牧羝羊。"流戍陇阴：善注引《史记》曰："娄敬，齐人也，戍陇西。"

〔33〕汩（gǔ）起：风疾貌。"汩"一作"泪"。血下：指泣血。

〔34〕含酸：饱含辛酸之情。茹叹：饮恨。销落：衰落，散落。湮（yān）沉：埋没。

〔35〕骑叠迹，车屯轨：善注："此言荣贵之子，车骑之多也。《楚辞》曰：'屯余车其千乘。'王逸曰：'屯，陈也。'"腾跃案：轨，车轮的压痕。

〔36〕匝（zā）地：遍地。

〔37〕闭骨泉里：埋骨黄泉。

〔38〕已矣哉：善注引孔安国《尚书传》曰："已，发端叹辞。"腾跃案：还是算了吧！

〔39〕绮罗：身穿华美衣服的人。毕：完结，引申为消失。丘垄：坟墓。

## 【点评】

本赋音律和谐，文辞绮丽；悲痛低沉，哀惋悱恻。赋中分别抒写了六种人临死时的深刻苦痛，反映了动乱时代的人生无常。虽接连引事用典，却不觉古奥生涩。关于《恨赋》的主旨，李善言："意谓古人不称其情，皆饮恨而死也。"人人都有遗憾，遗憾各不相同，信能引起广大读者的共鸣和思考。《重订文选集评》引明人孙月峰曰："古意全失，然探奇搜细，曲有状物之妙，固是一时绝技。"又引清人何义门曰："文通之赋，自为杰作绝思。若必拘限声调，以为异于屈、宋，何以异于三百篇也？"清人许梿《六朝文絜》曰："通篇奇峭有韵，语法俱自千锤百炼中来，然却无痕迹。至分段叙事，慷慨激昂，读之英雄雪涕。"

# 别赋

江淹

【题解】

江淹简介见前《恨赋》。

魏晋南北朝是一个统治者更替极快的动乱时代，底层人民生活非常艰难，生离死别无时无刻不在发生。在当时的历史条件下，生离与死别一样让人痛苦难料。《恨赋》主要选择一个个历史人物的故事，而《别赋》则主要选择某种类型人物的故事，两赋皆描写细腻刻画入微，人物有着栩栩如生的个性，是表现这两种情感的杰出作品。后世各类文学读本广泛收录，仿写作品层出不穷。

黯然销魂者[1]，唯别而已矣！况秦吴兮绝国，复燕宋兮千里[2]。或春苔兮始生，乍秋风兮暂起。是以行子肠断[3]，百感凄恻。风萧萧而异响，云漫漫而奇色。舟凝滞于水滨，车逶迟于山侧[4]。棹容与而讵前[5]，马寒鸣而不息。掩金觞而谁御，横玉柱而霑轼[6]。居人愁卧，怳若有亡[7]。日下壁而沉彩，月上轩而飞光。见红兰之受露，望青楸之离霜[8]。巡曾楹而空掩，抚锦幕而虚凉[9]。知离梦之踯躅，意别魂之飞扬[10]。

故别虽一绪，事乃万族[11]。至若龙马银鞍，朱轩绣轴[12]。帐饮东都[13]，送客金谷[14]。琴羽张兮箫鼓陈，燕赵歌兮伤美人[15]。珠与玉兮艳暮秋，罗与绮兮娇上春[16]。惊驷马之仰秣，耸渊鱼之赤鳞[17]。造分手而衔涕，感寂漠而伤神[18]。

乃有剑客惭恩，少年报士[19]。韩国赵厕[20]，吴宫燕市[21]。割慈忍爱，离邦去里。沥泣共诀，抆血相视[22]。驱征马而不顾，见行尘之时起。方衔感于一剑，非买价于泉里[23]。金石震而色变[24]，骨肉悲而心死[25]。

或乃边郡未和，负羽从军[26]。辽水无极，雁山参云[27]。闺中风暖，陌上草薰[28]。日出天而耀景，露下地而腾文[29]。镜朱尘之照烂，袭青气之烟煴[30]。攀桃李兮不忍别，送爱子兮霑罗裙。

至如一赴绝国，讵相见期[31]？视乔木兮故里，决北梁兮永辞[32]。左右兮魂动，亲宾兮泪滋。可班荆兮赠恨[33]，唯樽酒兮叙悲。值秋雁兮飞日，当白露兮下时。怨复怨兮远山曲，去复去兮长河湄[34]。

又若君居淄右，妾家河阳[35]，同琼佩之晨照，共金炉之夕香。君结绶兮千里[36]，惜瑶草之徒芳。惭幽闺之琴瑟，晦高台之流黄[37]。春宫閟此青苔色，秋帐含兹明月光[38]。夏簟清兮昼不暮，冬釭凝兮夜何长[39]！织锦曲兮泣已尽，回文诗兮影独伤[40]。

傥有华阴上士，服食还山[41]。术既妙而犹学，道已寂而未传[42]。守丹灶而不顾，炼金鼎而方坚[43]。驾鹤上汉，骖鸾腾天[44]。暂游万里，少别千年。惟世间兮重别，谢主人兮依然[45]。

下有芍药之诗，佳人之歌[46]。桑中卫女，上宫陈娥[47]。春草碧色，春水渌波。送君南浦[48]，伤如之何！至乃秋露如珠，秋月如圭[49]。明月白露，光阴往来。与子之别，思心徘徊。

是以别方不定，别理千名[50]。有别必怨，有怨必盈。使人意夺神骇，心折骨惊[51]。虽渊云之墨妙，严乐之笔精[52]。金闺之诸彦，兰台之群英[53]。赋有凌云之称，辩有雕龙之声[54]。谁能摹暂离之状，写永诀之情者乎？

### 【注释】

〔1〕黯然销魂：善注曰："黯，失色将败之貌。言黯然魂将离散者，唯别而然也。夫人魂以守形，魂散则形毙。今别而散，明恨深也。"腾跃案：形容非常悲伤或愁苦。

〔2〕况秦吴兮绝国，复燕宋兮千里：善注曰："言秦、吴、燕、宋四国，川途既远，别恨必深，故举以为况也。"

〔3〕行子：游子。

〔4〕凝滞：停留不动。逶迟：徘徊不进。

〔5〕棹（zhào）：船桨。此指船。容与：迟疑不前貌。

〔6〕揜（yǎn）：取、拿。御：进用。横：横放。此指弹奏。玉柱：善注曰："鼓琴者于弦设柱，然琴有柱，以玉为之。"

〔7〕恍若有亡：恍恍惚惚，如有所失貌。

〔8〕红兰：兰草经秋，叶色由青转红。青楸（qiū）：绿色的楸树。离：离与罹古字通。罹，遭受。

〔9〕曾楹：高大的房屋，一说一间间房屋。空掩：门空掩的省文，指行子不在，居人独守空房。

〔10〕踯躅（zhízhú）：停步不前。意：意与臆古字通。臆，料想。

〔11〕族：善注引孔安国《尚书传》曰："族，类也。"

〔12〕龙马：善注引《周礼》曰："马八尺已上为龙。"朱轩：善注："《尚书大传》曰：'未命为士，不得朱轩。'郑玄曰：'轩，舆也，士以朱饰之。'轩，车通称也。"

〔13〕帐饮东都：善注引《汉书》曰："疏广，字仲翁，东海兰陵人也。广兄子受，字公子。广为太子太傅，公子为少傅，甚见器重，朝庭为荣。广谓受曰：'吾闻知足不辱，知止不殆，功成身退，天之道也。'广遂退称疾笃，上疏乞骸骨。上以其年老，皆许之。加赐黄金二十斤，皇太子赐五十斤，公卿大夫、故人邑子，为设祖道供帐东都门外，送车数千两，辞决而去。"腾跃案：《三辅黄图·都城十二门》曰："长安城东出北头第一门曰宣平门，民间所谓东都门也。"

〔14〕送客金谷：善注引石崇《金谷诗序》曰："余元康六年，从太仆卿出为使持节青徐诸军事、征虏将军，有别庐在河内县金谷涧中。时征西将军祭酒王诩当还长安，余与众贤共送涧中。"

〔15〕琴羽张兮箫鼓陈，燕赵歌兮伤美人：善注："琴羽，琴之羽声。《说苑》曰：'雍门周以琴见孟尝君，微挥角羽。'《古诗》曰：'燕赵多佳人，美者颜如玉。'"

〔16〕珠与玉、罗与绮：皆喻美人。暮秋：晚秋。上春：早春。

〔17〕惊驷马之仰秣，耸渊鱼之赤鳞：善注："言乐之盛也。《韩诗外传》曰：'昔伯牙鼓琴而渊鱼出听，瓠巴鼓琴而六马仰秣。'"腾跃案：赤鳞，裸露鳞片。渊鱼出水，鳞片暴露在空气中，故曰赤鳞。

〔18〕迨：等到。衔涕：含泪。寂漠：寂寞。

〔19〕剑客：精于剑术的侠客。惭恩：惭愧于受恩未报。报士：报答国士一般的待遇。《史记·刺客列传》豫让曰："臣事范中行氏，范中行氏皆众人遇我，我故众人报之。至于智伯，国士遇我，我故国士报之。"

〔20〕韩国赵厕：善注引《史记》曰："聂政者，轵深井里人也。濮阳严仲子事韩哀侯，与韩相侠累有郄。严仲子告聂政，而言臣有仇，闻足下高义，故进百金，以交足下之驩。聂政拔剑至韩，直入上阶，刺杀侠累。"又曰："豫让者，晋人也。事智伯，智伯甚尊宠之。赵襄子灭智伯，让乃变姓名为刑人，入宫涂厕，欲刺襄子，故言赵厕。"腾跃案：郄与隙古字通。隙，矛盾。仇恨。驩与歡古字通。歡简体字为欢。

〔21〕吴宫燕市：善注引《史记》曰："专诸者，棠邑人也。吴公子光具酒请王僚，酒既酣，使专诸置匕首鱼炙之腹中而进，既至王前，专诸以匕首刺王僚，王僚立死。"又曰："荆轲者，卫人也。至燕，与高渐离饮于燕市，旁若无人。后荆轲为燕太子丹献燕地图，图穷匕首见，因以匕首揕秦王。"腾跃案：此四事详见《史记·刺客列传》。

〔22〕诀：诀别。抆（wěn）血：指拭血泪。言泣血而别。

〔23〕方衔感于一剑，非买价于泉里：善注曰："言衔感恩遇，故效命于一剑，非买价于泉壤之中也。"腾跃案：一剑言刺杀。买价于泉里言为名利。

〔24〕金石震而色变：善注："《燕丹子》曰：'荆轲与武阳入秦，秦王陛戟而见燕使。鼓钟并发，群臣皆呼万岁。武阳大恐，面如死灰色。'《战国策》曰：'武阳色变。'"腾跃案：《燕丹子》，汉人传记小说。原作"燕太丹子"，据《文选考异》改。

〔25〕骨肉悲而心死：善注引《史记》曰："聂政刺韩相侠累死，因自皮面决眼屠腹而死，莫知其谁。韩取政尸暴于市，能知者与千金，久之莫知。政姊曰：'何爱妾之身而不扬吾弟之名于天下哉！'乃之韩市，抱尸而哭曰：'此妾弟轵深井里聂政。'自杀于尸旁。晋、楚、齐闻之曰：'非独政之贤，乃其姊亦烈女。'"腾跃案：皮面决眼谓毁容。

〔26〕负羽：背负羽箭。

〔27〕辽水无极，雁山参云：善注："《水经》曰：'辽山在玄菟高句丽

县，辽水所出。'《海内西经》曰：'大泽方百里，鸟所生在雁山，雁出其间。'《孟子》曰：'大山之高，参天入云。'"腾跃案：辽水即辽河，在东北。雁山即雁门山，在山西。

〔28〕薰：香。

〔29〕耀景、腾文：互文见义，指色彩明亮花纹美丽。

〔30〕镜：照。照烂：辉耀灿烂。袭：披上。烟煴：烟云弥漫。

〔31〕绝国：远方的国家。讵：怎能。

〔32〕决：分别。

〔33〕班荆：善注引《左氏传》曰："班荆而坐，相与食。"腾跃案：铺荆坐下。班，铺放。荆，灌木枝条。

〔34〕湄：善注："《毛诗》曰：'居河之湄。'《尔雅》曰：'水草交曰湄。'"

〔35〕淄右、河阳：善注曰："《汉书》有淄川国。又河内郡有河阳县。"腾跃案：两地距离远。

〔36〕结绶：做官。瑶草：仙草。也可比喻居人。

〔37〕晦高台之流黄：意谓别后织布无心，流黄蒙尘。流黄，一种精细的丝织品。

〔38〕閟此、含兹：皆是遮蔽之义。閟与闭古字通。

〔39〕簟（diàn）：夏席。釭（gāng）：油灯。

〔40〕织锦曲兮泣已尽，回文诗兮影独伤：据李善注《织锦回文诗序》载。十六国苻秦时代，窦韬被徙沙漠，临行与其妻苏蕙发誓不再娶，至沙漠后则另与人结合。苏氏得知，织了一匹锦，锦上织出回文诗，送给窦韬，叙述自己的深厚爱情，使韬深受感动。回文诗，上下左右读之皆成诗的字词组合。

〔41〕傥有：或有。华阴：华山。上士：得道之人。服食：指道家炼丹配药服之以求长生。还山：得道成仙。一作还仙。

〔42〕道已寂：进入微妙之境。未传：尚未得真传。

〔43〕丹灶：道家炼丹的灶。不顾：不问世事。金鼎：道家炼丹的鼎。方坚：其志坚定，不被外界干扰。

〔44〕骖（cān）鸾：驾驭三只鸾鸟拉车。骖，驾三匹马。

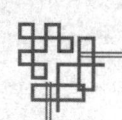

〔45〕重别：重视分别。依然：同凡人一样伤感。

〔46〕芍药之诗，佳人之歌：善注："《诗·溱洧》章，'刺乱也。兵革不息，男女相弃，淫风大行，莫之能救。'云：'维士与女，伊其相谑，赠之以芍药。'《笺》曰：'伊，因也。士女往观，因相与戏谑，行夫妇之事，其别则送与芍药，结恩情也。'《汉书》李延年歌曰：'北方有佳人，绝世而独立。'"腾跃案：章字后面是《毛诗·溱洧》的小序，云字后面是《毛诗·溱洧》的正文。

〔47〕桑中卫女，上宫陈娥：善注："卫、陈，二国名也。《毛诗·桑中》章曰：'期我乎桑中，要我乎上宫。'注：'桑中、上宫，所期之地。'《方言》曰：'秦、晋之间，美貌谓之娥。'"

〔48〕南浦：善注引《楚辞》曰："子交手兮东行，送美人兮南浦。"腾跃案：文学作品中南浦与灞桥皆指分别之处。

〔49〕圭：圭与珪古字通。珪，泛指玉器。

〔50〕方：方式。理：理由。

〔51〕心折骨惊：亦互文即心惊骨折。

〔52〕虽渊云之墨妙，严乐之笔精：善注引《汉书》曰："王褒，字子渊。杨雄，字子云。严安，临淄人也。徐乐，燕无终人也。"腾跃案：严安、徐乐，汉武帝时期的文人。

〔53〕金闺之诸彦，兰台之群英：善注："金闺，金马门也。《史记》曰：'承明、金马，著作之庭。'兰台，台名也。傅毅、班固等为兰台令史是也。"腾跃案：彦，有才学、德行的人。

〔54〕凌云：汉武帝读司马相如《大人赋》，赞曰："飘飘有凌云之气。"雕龙：善注曰："文饰之若雕镂龙文。"腾跃案：形容文辞优美。《文心雕龙·序志》曰："古来文章，以雕缛为体，岂取邹奭之群言雕龙也？"

【点评】

本赋骈俪整饬，脉络贯通；辞藻富丽，声情婉谐。通过对多种外在景物与人物心理的描写，集中表现了"黯然销魂者，唯别而已矣"这一主题，言有尽而意无穷。笔者当年正有失恋之苦，读之亦泪流满面。《重订文选集评》引明人孙月峰曰："风度似前篇，更觉飘逸，语亦更加婉志。"又引清人何义门曰："文法与《恨赋》同而气舒词丽，一起尤警。通篇只写'黯然销魂'四字。赋家至齐、梁，变态已尽，至文通已几乎唐人之律赋矣。特其秀色，非后人之所及也。"钱锺书更是称赞道："《别赋》曰：'盖有别必怨，有怨必盈'，实即恨之一端，其所谓'一赴绝国，讵相见期'，讵非《恨赋》之附庸而蔚为大国者？而他赋之于《恨赋》，不啻众星之拱北辰也。"

# 高唐赋 并序

宋玉

【题解】

宋玉简介见前《对楚王问》。

此赋是宋玉的代表作之一，与下篇的《神女赋》前后属连、相互衔接。既是一篇独立的作品，也可以看作是《神女赋》的姊妹篇。黄侃在《文选平点》中说："《高唐》《神女》实为一篇，犹《子虚》《上林》也。"此赋《昭明文选》归为"情"类，是赋的最后一类。李善注曰："《易》曰：'利贞者，性情也。'性者，本质也；情者，外染也。色之别名，事于最末，故居于癸。"又曰："此赋盖假设其事，风谏淫惑也。"

此赋分两大部分。第一部分是序，通过对话写了楚襄王与神女巫山欢会的故事，引起楚襄王意马心猿，欣然神往。虽为序文，但与正文形成紧密整体，文笔精彩，故事引人入胜，自然引起下文。第二部分是正文，是对神女生活环境的描绘，分六段，笔墨酣畅地从山水、林木、芳草、禽兽、祭神、田猎等诸多方面描述云梦高唐的事物，以极大的气势、缤纷的辞采展现高唐"高矣显矣，临望远矣；广矣普矣，万物祖矣；上属于天，下见于渊"的"珍怪奇伟，不可称论"之景观，最后画龙点睛写出讽谏的主旨。

昔者楚襄王与宋玉游于云梦之台，望高唐之观[1]。其上独有云气，崪兮直上[2]，忽兮改容，须臾之间，变化无穷。王问玉曰："此何气也？"玉对曰："所谓朝云者也。"王曰："何谓朝云？"玉曰："昔者先王尝游高唐，怠而昼寝[3]，梦见一妇人曰：'妾巫山之女也[4]，为高唐之客。闻君游高唐，愿荐枕席[5]。'王因幸之。去而辞曰：'妾在巫山之阳，高丘之阻[6]，旦为朝云，暮为行雨。

朝朝暮暮,阳台之下。'旦朝视之如言。故为立庙,号曰'朝云'。"王曰:"朝云始出,状若何也?"玉对曰:"其始出也,㬂兮若松榯[7]。其少进也,晰兮若姣姬[8]。扬袂鄣日[9],而望所思。忽兮改容,偈兮若驾驷马,建羽旗[10]。湫兮如风[11],凄兮如雨。风止雨霁,云无处所。"王曰:"寡人方今可以游乎[12]?"玉曰:"可。"王曰:"其何如矣?"玉曰:"高矣显矣,临望远矣。广矣普矣,万物祖矣[13]。上属于天,下见于渊[14],珍怪奇伟,不可称论。"王曰:"试为寡人赋之。"玉曰:"唯唯。"

　　惟高唐之大体兮,殊无物类之可仪比[15]。巫山赫其无畴兮,道互折而曾累[16]。登巉岩而下望兮,临大阺之稽水[17]。遇天雨之新霁兮,观百谷之俱集[18]。濞汹汹其无声兮,溃淡淡而并入[19]。滂洋洋而四施兮,蓊湛湛而弗止[20]。长风至而波起兮,若丽山之孤亩[21]。势薄岸而相击兮,隘交引而却会[22]。崪中怒而特高兮,若浮海而望碣石[23]。砾磥磥而相摩兮,㠑震天之磕磕[24]。巨石溺溺之瀺灂兮,沫潼潼而高厉[25]。水澹澹而盘纡兮,洪波淫淫之溶㶇[26]。奔扬踊而相击兮,云兴声之霈霈[27]。猛兽惊而跳骇兮,妄奔走而驰迈[28]。虎豹豺兕,失气恐喙[29];雕鹗鹰鹞[30],飞扬伏窜;股战胁息,安敢妄挚[31]?于是水虫尽暴[32],乘渚之阳。鼋鼍鱣鲔[33],交积纵横。振鳞奋翼,蜲蜲蜿蜿[34]。

　　中阪遥望,玄木冬荣[35]。煌煌荧荧[36],夺人目精。烂兮若列星,曾不可殚形[37]。榛林郁盛,葩华覆盖[38]。双椅垂房,纠枝还会[39]。徙靡澹淡,随波暗蔼[40]。东西施翼,猗狔丰沛[41]。绿叶紫裹,丹茎白蒂[42]。纤条悲鸣,声似竽籁[43]。清浊相和,五变四会[44]。感心动耳,回肠伤气[45]。孤子寡妇,寒心酸鼻[46]。长吏隳官,贤士失志[47]。愁思无已,叹息垂泪。

　　登高远望,使人心瘁[48]。盘岸巑岏,裖陈磑磑[49]。磐石险峻,倾崎崖隤[50]。岩岖参差,从横相追[51]。陬互横忤,背穴偃跖[52]。交加累积,重叠增益。状若砥柱[53],在巫山下。仰视山颠,肃何千千[54]。炫耀虹霓,俯视峥嵘[55]。窒寥窈冥[56],不见其底,虚闻松声。倾岸洋洋,立而熊经[57]。久而不去,足尽汗出。悠悠忽忽,怊怅自失[58]。使人心动,无故自恐。贲育之断,不能为勇[59]。卒愕异物[60],不知所出。縰縰莘莘[61],若生于鬼,若出于神。状似走兽,或象飞禽。谲诡奇伟[62],不可究陈。

上至观侧,地盖底平[63]。箕踵漫衍[64],芳草罗生。秋兰茝蕙,江离载菁[65]。青荃射干,揭车苞并[66]。薄草靡靡,联延夭夭[67]。越香掩掩[68],众雀嗷嗷。雌雄相失,哀鸣相号。王雎鹂黄,正冥楚鸠[69]。姊归思妇,垂鸡高巢[70]。其鸣喈喈,当年遨游[71]。更唱迭和,赴曲随流[72]。

有方之士,羡门高谿[73]。上成郁林,公乐聚谷[74]。进纯牺,祷璇室[75]。醮诸神,礼太一[76]。传祝已具[77],言辞已毕。王乃乘玉舆,驷仓螭[78],垂旒旌,旆合谐[79]。纴大弦而雅声流[80],冽风过而增悲哀。于是调讴,令人惏悷憯凄,胁息增欷[81]。于是乃纵猎者,基趾如星[82]。传言羽猎,衔枚无声[83]。弓弩不发,罘罕不倾[84]。涉漭漭,驰苹苹[85]。飞鸟未及起,走兽未及发。何节奄忽,蹄足洒血[86]。举功先得,获车已实[87]。

王将欲往见,必先斋戒,差时择日[88]。简舆玄服,建云旆,霓为旌,翠为盖[89]。风起雨止,千里而逝。盖发蒙,往自会[90]。思万方,忧国害。开贤圣,辅不逮[91]。九窍通郁,精神察滞[92]。延年益寿千万岁。

## 【注释】

〔1〕昔者楚襄王……高唐之观:善注:"《史记》曰:'楚怀王薨,太子横立,为顷襄王。'《汉书音义》张揖曰:'云梦,楚薮也,在南郡华容县,其中有台馆。'《汉书注》曰:'云梦中(有)高唐之台。'"腾跃案:观,楼台之类。

〔2〕崒(zú):高峻。有本作崪。

〔3〕昼寝:白天睡觉。

〔4〕巫山之女:善注引《襄阳耆旧传》曰:"赤帝女曰姚姬,未行而卒,葬于巫山之阳,故曰巫山之女。楚怀王游于高唐,昼寝,梦见与神遇,自称是巫山之女。王因幸之。遂为置观于巫山之南,号为'朝云'。后至襄王时复游高唐。"腾跃案:一:《襄阳耆旧传》晋·习凿齿撰,地方人物传记类。二:未行,未嫁。三:据此注则正文先王为楚怀王。四:幸,帝王亲爱某人叫幸。五:楚怀王与神女有云雨之事,则楚襄王不可行事。

〔5〕愿荐枕席:善注曰:"荐,进也。欲亲进于枕席,求亲昵之意也。"

〔6〕巫山之阳,高丘之阻:善注:"山南曰阳,土高曰丘。《汉书注》曰:

'巫山在南郡巫县。'阻,险也。"腾跃案:南郡巫县今在湖北荆州,与重庆市巫山县不是一个地方。

〔7〕𡷊(duì)、㭠(shí):善注曰:"𡷊,茂貌。㭠,直竖貌。"

〔8〕晰:善注曰:"晰,昭晰,谓有光明美色。"

〔9〕扬袂鄣日:善注曰:"扬袂,举袖也。如美人之举袖,望所思也。"腾跃案:鄣与障古字通。这是古人用字不规范的情况。

〔10〕偈(jié)兮若驾驷马,建羽旗:善注:"《韩诗》曰:'偈,桀挺也,疾驱貌。'《周礼》曰:'析羽为旍。谓破五色鸟羽为之也。'言气变改或如驾马建旗也。建,立也。"腾跃案:《韩诗》当为《韩诗章句》。旍与旌古字通。旌,古代旗竿顶端饰有牦牛尾或彩羽的旗帜。泛指旗帜。

〔11〕湫(qiū):善注曰:"凉貌。"

〔12〕方今:当今。

〔13〕高矣显矣,临望远矣。广矣普矣,万物祖矣:善注曰:"广,间也。普,遍也。祖,始也。言万物皆祖宗生此土,为万物神灵之祖,最有异也。"

〔14〕属(zhǔ):连。见:能看见。也隐含连着的意思。

〔15〕殊无物类之可仪比:善注曰:"言殊异于常,无物可仪比。比,类也。"腾跃案:仪,《康熙字典》曰:"又通作拟。"

〔16〕赫:盛。道互折而曾累:善注曰:"道路交互曲折,谓横斜而上。曾,重也。"

〔17〕巉(chán)岩:山势高峻,不生草木。临大阺之𨻷(luò)水:善注:"《说文》曰:'秦谓陵阪曰阺。'《字林》曰:'𨻷,积也。'与畜同,抽六切。"

〔18〕百谷:善注曰:"众谷杂水集至山之下。"腾跃案:百流。

〔19〕漰(pì)泅泅其无声兮,溃(kuì)淡淡而并入:善注:"《字林》曰:'漰,水暴至声也。'《说文》曰:'泅,涌也。'谓水波腾貌。溃,水相交过也。淡,安流平满貌。"

〔20〕滂洋洋:大水涌流,无边无际。四施:四处流淌。葾湛湛:善注曰:"葾然,聚貌。湛湛,深貌。"

〔21〕若丽山之孤亩:善注曰:"言风吹水势,浪文如孤垄之附山。"腾跃案:丽,附着。亩,田陇。

〔22〕势薄岸而相击兮，隘交引而却会：善注："《广雅》曰：'隘，狭也。'言水之势，既薄岸而相激，至迫隘之处，其流交引而却相会。谓水口急狭，不得前进，则却退，复会于上流之中止。"

〔23〕崒中怒而特高兮，若浮海而望碣石：善注："崒，聚也。谓两浪相合聚而中高也。言水怒浪如海边之望碣石。孔安国注《尚书》曰：'碣石，海畔山也。'"

〔24〕砾（lì）磥磥（lěilěi）而相摩兮：善注："相摩，言水急石流，自相摩砺，声动彻天。《说文》曰：'砾，小石也。磥，众石貌。'"嶐（hōng）：水石相互冲击的响声。磕磕（kēkē）：象声词，轰鸣声。

〔25〕巨石溺溺之瀺灂（chánzhuó）兮，沫潼潼而高厉：善注："巨石，大石也。溺溺，没也。瀺灂，石在水中出没之貌。沫，水高低貌。潼潼，高貌。厉，起也。《埤苍》曰：'瀺灂，水流声貌。'"

〔26〕水澹澹而盘纡兮，洪波淫淫之溶㵇：善注："《说文》曰：'澹，水摇也。'纡，回也。淫淫，去远貌。溶㵇，犹荡动也，音容裔。"腾跃案：李善依从正文，注作汹汹、磥磥、澹澹，按照《说文》的体例，当是单字，故删之。"溶㵇"宋人词中多作"容与"。

〔27〕奔扬踊而相击兮，云兴声之霈霈（pèipèi）：善注："言水之奔扬踊起而相击，其状若云，又兴声霈霈然。"吕延济曰："霈霈，水声也。"

〔28〕妄：没有方向的乱走。

〔29〕兕（sì）：犀牛的一种。恐喙（huì）：不敢说话。喙，鸟兽的嘴。

〔30〕雕鹗（è）鹰鹞（yào）：泛指猛禽。

〔31〕股战胁息，安敢妄挚：善注："股战，犹股栗也。胁息，犹禽息也。"腾跃案：胁息，不敢出声。妄挚，不敢乱动。挚，手握持。

〔32〕水虫：鱼鳖之类水生动物。暴：暴露于水外，此指上岸。

〔33〕鼋（yuán）鼍（tuó）鳣（zhān）鲔（wěi）：泛指鳄类、龟类。

〔34〕蜲蜿：龙蛇盘旋曲折的样子。

〔35〕中阪：半山坡。玄：冬。

〔36〕煌煌荧荧：善注曰："草木花光也。"

〔37〕殚形：详尽形容。

〔38〕覆盖：草木郁盛故自相覆盖。

〔39〕双椅垂房，纠枝还会：善注曰："椅，桐属也。垂房，花作房生也。房，椅实也。纠枝，枝曲下垂也。还会，交相也。"

〔40〕徙靡澹淡，随波暗蔼：善注曰："徙靡，言枝往来靡靡然。澹淡，水波小文也。暗蔼者，言木荫水波，暗蔼然也。"

〔41〕东西施翼，猗狔（yīnǐ）丰沛：善注曰："东西施翼者，谓树枝四向施布，如鸟翼然。言东西，则南北可知，其林木多也。猗狔，柔弱下垂貌。"腾跃案：猗狔犹婀娜。

〔42〕裹：喻果实。蒂：花或瓜果与枝、茎相连的部分。

〔43〕竽：古乐器，状似笙而略大。籁：箫类管乐器。

〔44〕五变四会：善注："《左氏传》晏子曰：'先王和五声也，清浊小大以相济也。吹小枝则声清，吹大枝则声浊。'五变，五音皆变也。《礼记》曰：'声相应故生变，变成方谓之音。'四会，四悬俱会也。又云：'与四夷之乐声相会也。'"腾跃案：形容演奏技巧高。

〔45〕回肠伤气：善注曰："言上诸声能回转人肠，伤断人气。"腾跃案：回肠荡气。

〔46〕寒心酸鼻：伤心哭泣貌。

〔47〕隳（duò）官：不想当官干活。隳与惰古字通。失志：丧失奋斗意志。

〔48〕心瘁：心伤。

〔49〕盘岸巑岏（cuánwán），裖陈磈磈：善注："王逸《楚辞注》曰：'巑岏，山锐貌。'裖音振。李奇曰：'裖，整也。陈，列也。磈磈，高貌。'《方言》曰：'磈，坚也。'"张铣曰："皆山之峻大貌。"

〔50〕倾崎：倾侧不稳欲倒貌。崖䪼（tuí）：悬崖崩坠。

〔51〕岩岖：山岩崎岖。参差：高低不齐。从横：从与纵古字通。相追：善注曰："势如相追。"

〔52〕陬（zōu）互横忤，背穴偃跖：善注："《广雅》曰：'陬，角也。'偃跖，言山石之形，背穴偃蹇，如有所蹈也。许慎《淮南子注》曰：'跖，蹈也。忤，逆也。'路有横石逆当其前。背，却也。穴，孔也。却又当山之孔穴。"腾跃案：形容山路难越，无路可走。

〔53〕砥柱：善注曰："山名，在水中如柱然。此崖岸在巫山下者，似砥柱山然。"

〔54〕芊芊：善注曰："芊与芊古字通。芊芊，草木茂盛、苍翠碧绿。"

〔55〕崝嵘：崝嵘与峥嵘音义同。形容山高峻突兀。

〔56〕窐寥（wāliáo）：深远貌。

〔57〕倾岸洋洋，立而熊经：善注曰："言岸既将倾，水流又迅，故立者恐惧而似熊经。倾岸之势，其水洋洋，避立之处，如熊之在树。"

〔58〕悠悠忽忽，怊怅（chāochàng）自失：善注曰："悠悠，远貌。忽忽，迷貌。言人神悠悠然远，迷惑不知所断。《楚辞》曰：'怊怅而自悲。'"腾跃案：怊怅与惆怅字异义同。

〔59〕贲育之断，不能为勇：善注曰："孟贲、夏育，决断之士，今见此崄（险）阻，亦不能为勇也。"

〔60〕卒愕：惊愕。

〔61〕继继莘莘：众多之貌。一说往来貌。皆据《毛诗》之义。

〔62〕谲（jué）诡：怪异多变。

〔63〕地盖底平：地势平坦。

〔64〕箕踵漫衍：善注曰："箕踵，前阔后狭似箕。衍，平貌。言山势如簸箕之踵也。"

〔65〕秋兰、茝（chǎi）蕙、江离：皆香草名。"茝"古人刻本多与"芷"混淆。载：则。菁：华彩。

〔66〕青荃、射（yè）干、揭车：皆香草名。苞并：丛生。

〔67〕薄草靡靡，联延夭夭：善注曰："靡靡，相依倚貌。夭夭，少长也。"腾跃案：薄草，丛生之草。联延，连绵。

〔68〕越香掩掩：善注曰："越香，言气发越。掩掩，同时发也。掩，同也。"腾跃案：掩掩与馣馣音义同。《广雅·释训》曰："馣馣，香也。"详见《文选古字通·合集》。

〔69〕王雎：雎鸠。鹂黄：黄鹂，又名黄莺。正冥：不详。以理推之当为鸟名。楚鸠：布谷鸟。

〔70〕姊归：即子规，又名杜鹃鸟。思妇：鸟名。垂鸡：鸟名。高巢：高

处建巢。

〔71〕当年：当秋。《说文》以谷熟为年，则时为秋。

〔72〕赴曲随流：善注曰："赴曲者，鸟之哀鸣，有同歌曲，故言赴曲。随流者，随鸟类而成曲也。"

〔73〕有方之士：方士。自称能访仙炼丹以求长生不老的人。羡门高豯（xī）：善注："《史记》曰：'秦始皇使燕人卢生求羡门、高誓。'豯疑是誓字。"

〔74〕上成郁林，公乐聚谷：善注曰："盖亦方士也。未详所见。又郁然仙人盛多如林木。公，共也。谷，食也。人在山上作巢，聚食于山阿。"

〔75〕进纯牺，祷璇室：善注曰："进，谓祭也。祷，祭也。孔安国曰：'色纯曰牺。'《淮南子》曰：'昆仑之山，有倾宫璇室。'高诱曰：'以玉饰宫也。'"腾跃案：牺，古代祭品用的纯色牲畜。

〔76〕醮（jiào）：祭。后专指道士、和尚为禳除灾祸所设的道场。礼：祭神以求福。太一：又作泰一。《史记正义》曰："泰一，天帝之别名也。"《楚辞·九歌》有《东皇太一》篇，王逸注："太一星名，天之尊神，祠在楚东，以配东帝，故曰东皇。"

〔77〕传祝：祭祀的两种仪式。向神汇报的文字叫传，向神祈福的文字叫祝。

〔78〕驷仓螭（chī）：驾着苍龙拉的车。驷，一辆车由四匹马拉。仓与苍古字通。螭，传说中一种没有角的龙，传统建筑和工艺品上常用它的形状作装饰。

〔79〕垂旒（liú）旌，斾（pèi）合谐：言旗帜飘飘。旒、旌是旗装饰物。斾此处泛指旗。

〔80〕紬：紬与抽古字通。抽，引也；引申为弹奏。大弦：大型的弦乐器。

〔81〕调讴：换调。惏悷（línlì）慴凄，胁息增欷：善注曰："并悲伤貌。胁息，缩气也。"腾跃案：慴与惨古字通。欷，抽泣。

〔82〕基趾：山脚。如星：言人多。

〔83〕羽猎：狩猎。古代帝王狩猎，士卒背着羽箭随从，故称羽猎。衔枚：善注曰："郑玄以为枚止言语嚣讙（xiāohuān）也。枚状如箸，横衔之。"腾跃案：嚣讙，喧哗。箸，筷子。

207

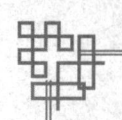

〔84〕罘䍏（fúhǎn）：捕猎的网子。"䍏"字形今作"罕"。

〔85〕溔溔：善注曰："水广远貌。"苹苹：草丛生貌。

〔86〕何节奄忽，啼足洒血：善注曰："何，问辞也。言何节奄忽之间，而兽之蹄足已皆洒血。节，所执之节也。"腾跃案：奄忽，倏忽。节，状如矛，附带旗子的兵器。

〔87〕举功先得：言士兵们都想先得立功。获车：存放猎物的车。

〔88〕斋戒：古人在祭祀前沐浴更衣，不饮酒不吃荤，不与妻妾同寝，整洁心身，以示虔诚。差：善注引毛苌《诗传》曰："差，择也。"

〔89〕简舆：轻车简行。玄服：穿黑衣服。云旆：云旗，指高入云霄之旗。霓为旌：以彩虹为彩带。翠为盖：以翠鸟的羽毛为车盖。盖，车盖，其状如伞。

〔90〕盖发蒙，往自会：言与神女相会可以启发蒙昧。盖，语气词。

〔91〕开贤圣，辅不逮：善注曰："开导贤圣，令其进仕，用其谋策，辅己不逮。此又陈谏于王也。"

〔92〕察滞：疏通了淤塞之处。善注引高诱曰："滞，不通也。"

## 【点评】

全赋辞意婉转，描写细腻，刻意形容，不拘俗套。全方位地描述了云梦高唐的奇观，重在突出奇险壮丽，意在表明神女之难求。最后写了与神女交欢，可以政治清明、身心强健、延年益寿。看似滑稽可笑，实际是另有深意。明人陈第《屈宋古音义》曰："始叙云气之婀娜，以至山水之嵌岩、激薄、猛兽、麟虫、林木、诡怪，以至观侧之底平、芳草、飞禽、神仙、祷祠、讴歌、田猎，匪不毕陈，而终之以规谏。形容迫似，宛肖丹青。盖楚辞之变体，汉赋之权舆也。"《重订文选集评》引清人何义门曰："铺张扬厉，已为赋家大畅宗风。词尚风华，义归讽谏。须知赋之本意，义本于诗而体近于骚。"

# 神女赋 并序

宋玉

【题解】

宋玉简介见前《对楚王问》。

本赋是《高唐赋》的续篇，是中国第一篇《神女赋》。写楚襄王与宋玉游云梦之浦，襄王于梦中遇巫山神女，因慕其美色而产生爱悦之情，但神女以礼自守，最终欢情未接，怅恨而别。

巫山神女的故事富于传奇色彩，此赋不仅塑造了美丽而且光彩照人的神女形象，使这个令人心驰神往的故事流传千古。更重要的是，此赋开了汉代辞赋铺张扬厉的先河，对赋体文学的发展起了先导作用。此外，作者为了表现神女之美，还创造了许多形象新颖的词句，如"秾不短，纤不长""婉若游龙乘云翔""眉联娟以蛾扬兮，朱唇的其若丹"，等等。由于这些词句的优美和形象性给人以丰富的想象余地，常被后世作家模仿和袭用，成为中国古代描写美女常用的词句。宋玉之后的许多文学家，如王粲、杨修、陈琳、江淹等人，都曾写过《神女赋》，但论其成就与影响，皆未能超过宋玉的首创。

楚襄王与宋玉游于云梦之浦，使玉赋高唐之事[1]。其夜王寝，果梦与神女遇，其状甚丽。王异之，明日以白玉[2]。玉曰："其梦若何？"王曰："晡夕之后[3]，精神恍忽，若有所喜。纷纷扰扰，未知何意。目色仿佛，乍若有记[4]。见一妇人，状甚奇异。寐而梦之，寤不自识[5]。罔兮不乐[6]，怅然失志。于是抚心定气，复见所梦。"王曰[7]："状何如也？"玉曰："茂矣美矣[8]，诸好备矣。盛矣丽矣，难测究矣。上古既无，世所未见。瑰姿玮态[9]，不可胜赞。其始来也，耀乎若白日初出照屋梁[10]。其少进也，皎若明月舒其光[11]。须臾之间，美

貌横生。晔兮如华，温乎如莹[12]。五色并驰，不可殚形[13]。详而视之，夺人目精。其盛饰也，则罗纨绮绩盛文章[14]。极服妙采照万方。振绣衣，被袿裳，秾不短，纤不长[15]。步裔裔兮曜殿堂[16]。忽兮改容，婉若游龙乘云翔[17]。嫷被服，侻薄装[18]。沐兰泽，含若芳。性和适，宜侍旁。顺序卑，调心肠[19]。"

王曰："若此盛矣！试为寡人赋之。"玉曰："唯唯。"

夫何神女之姣丽兮，含阴阳之渥饰[20]。被华藻之可好兮，若翡翠之奋翼[21]。其象无双，其美无极。毛嫱鄣袂，不足程式。西施掩面，比之无色。近之既妖，远之有望[23]。骨法多奇，应君之相[24]。视之盈目，孰者克尚[25]。私心独悦，乐之无量。交希恩疏，不可尽畅[26]。他人莫睹，王览其状。其状峨峨[27]，何可极言。貌丰盈以庄姝兮[28]，苞温润之玉颜[29]。眸子炯其精朗兮，瞭多美而可观[30]。眉联娟以蛾扬兮，朱唇的其若丹[31]。素质干之醴实兮，志解泰而体闲[32]。既姽婳于幽静兮，又婆娑乎人间[33]。宜高殿以广意，翼放纵而绰宽[34]。动雾縠以徐步兮，拂墀声之珊珊[35]。望余帷而延视兮，若流波之将澜[36]。奋长袖以正衽兮，立踯躅而不安[37]。澹清静其愔嫕兮，性沈详而不烦[38]。时容与以微动兮，志未可乎得原[39]。意似近而既远，若将来而复旋[40]。褰余幬而请御兮，愿尽心之惓惓[41]。怀贞亮之洁清兮，卒与我兮相难[42]。陈嘉辞而云对兮，吐芬芳其若兰[43]。精交接以来往兮，心凯康以乐欢[44]。神独亨而未结兮，魂茕茕以无端[45]。含然诺其不分兮，喟扬音而哀叹[46]。颓薄怒以自持兮，曾不可乎犯干[47]。

于是摇佩饰，鸣玉鸾[48]。整衣服，敛容颜。顾女师，命太傅[49]。欢情未接，将辞而去。迁延引身[50]，不可亲附。似逝未行，中若相首[51]。目略微眄，精彩相授[52]。志态横出，不可胜记。意离未绝，神心怖覆[53]。礼不遑讫，辞不及究[54]。愿假须臾，神女称遽[55]。徊肠伤气，颠倒失据[56]。暗然而暝[57]，忽不知处。情独私怀[58]，谁者可语。惆怅垂涕，求之至曙。

【注释】

〔1〕浦：水边。高唐之事：详见《高唐赋》。

〔2〕白：告诉。

〔3〕晡（bū）夕：傍晚，黄昏。

〔4〕目色仿佛,乍若有记:言视野不清楚,但还能看到一点。

〔5〕寤不自识:睡醒就记不清楚了。

〔6〕罔:罔与惘古字通。《正字通》曰:"惘,怅然失志貌。"

〔7〕王曰:这句是王的反问。为了强调反问所以多了一个"王曰"。关于"王曰""玉曰"的说法有很多,读者可以自行搜索。《文选考异》认为"互伪始于五臣"。

〔8〕茂:秀丽。《汉书·武帝纪》应劭注曰:"旧言秀才,避光武帝讳称茂才。"师古注曰:"茂,美也。"

〔9〕瑰姿:艳丽的姿容。瑰,美好。玮(wěi)态:美好的姿态。

〔10〕白日:善注:"《韩诗》曰:'东方之日。'薛君曰:'诗人所说者,颜色美盛若东方之日。'"

〔11〕明月:善注:"《毛诗》曰:'月出皎兮。'毛苌曰:'喻妇人有美白皙也。'"

〔12〕晔(yè):盛貌。温:温润。莹:光洁像玉的石头。这里就指玉。

〔13〕殚形:穷尽其形貌。

〔14〕罗、纨、绮、缋(huì):皆丝织品。文章:花纹繁复。

〔15〕袿(guī):善注引刘熙《释名》曰:"妇人上服谓之袿。"裳(cháng):妇人下裙谓之裳。秾不短,纤不长:指衣服合体。

〔16〕裔裔:步履轻盈的样子。

〔17〕婉若游龙乘云翔:形容姿态婀娜。

〔18〕嫷(tuǒ)、侻(tuì):善注:"《方言》曰:'嫷,美也。'《说文》曰:'侻,好也,与娧同。'又:侻,可也。言薄装正相堪可。"腾跃案:正相堪可指合身。

〔19〕顺序卑:姿态低。调心肠:让人心情好。

〔20〕渥(wò)饰:善注:"言神女得阴阳厚美之饰。"腾跃案:渥,丰厚。

〔21〕被:被与披古字通。华藻:指有华丽文采的衣服。翡翠:鸟名,又称翠雀,羽毛有蓝、绿、赤、棕等色,可为饰品。

〔22〕毛嫱(qiáng):古代美女。鄣袂:遮掩衣袖。障与鄣古字通。程式:比较美貌。

〔23〕近之既妖，远之有望：善注曰："近看既美，复宜远望。"

〔24〕骨法多奇，应君之相：言骨相不凡与君王很般配。旧时有看相人，根据人的骨骼相貌来判断人的贵贱。

〔25〕孰者克尚：善注："言无有也。孰，谁也。克，能也。"腾跃案：尚，上也；指超过。

〔26〕希：希与稀古字通。稀，少也。尽畅：善注曰："畅，申也。未可申畅己志也。"腾跃案：不能随心所欲。

〔27〕峨峨：形容身材高挑。

〔28〕庄姝（shū）：善注："庄，严也。《方言》曰：'姝，好也。'毛苌《诗传》曰：'姝，美色也。'"腾跃案：端庄美丽。

〔29〕苞：饱满。温润：温和而润泽。

〔30〕眸（móu）：眼球，此指眼睛。炯：形容目光明亮。瞭：善注："《字林》曰：'瞭，明也。'郑玄《周礼注》曰：'瞭，明目也。'"

〔31〕联娟蛾扬：蛾眉弯曲挑扬，形容美女的笑貌。的（dì）：鲜亮。的与旳古字通，古人刻本常混用。

〔32〕素：天生的。质干：躯干。此喻身材。醲（nóng）实：丰满。志：心志，心情。解泰：闲适安宁。

〔33〕媞嫿（guǐhuà）：娴静美好的样子。婆娑（suō）：徘徊。

腾跃案：注〔32〕〔33〕两句，李善曰："言志操解散，奢泰多闲，不急躁也。谓在人中最好无比也。"

〔34〕宜高殿以广意兮：言真适合让神女居住在华美高大的宫殿里。翼：善注曰："放纵貌。如鸟之翼，随意放纵。"绰（chuò）宽：宽绰。指空间宽阔不狭窄。

〔35〕縠（hú）：善注曰："今之轻纱，薄如雾也。"墀（chí）：殿堂的台阶。珊珊：轻纱在缓行中，抖动发出的响声。

〔36〕余帷：我的帐幕。暗喻我的床。延视：一直盯着看。流波：善注曰："目视貌。言举目延视，精若水波将成澜也。"

〔37〕正衽（rèn）：善注："《说文》曰：'衽，衣衿也。'自矜严也。"腾跃案：整理衣裙。踟蹰（zhízhú）：徘徊不定。

〔38〕澹清静其愔嫕（yīnyì）兮，性沈详而不烦：善注曰："澹，静貌。愔，和也。嫕，淑善也。言志度静而和淑也。不烦，不躁也。"腾跃案：沈详，沉着冷静。

〔39〕容与：闲适自得。志未可乎得原：言猜不透神女心里想什么。

〔40〕复旋：又回来。

〔41〕褰（qiān）：掀起。帱：床帐。进御：侍奉，这里指求欢。惓惓：惓惓与拳拳音义同。拳拳，诚恳。

〔42〕贞亮：坚贞高尚。卒：最终。相难：感到为难，不愿进御。

〔43〕云对：闲聊。吐芬芳其若兰：形容神女的言辞，好像兰草散发着浓郁的香气。

〔44〕精交接：精神的交流。凯康：凯康与慨慷字异义同。慨慷，心情高兴而激动。

〔45〕神独亨而未结兮：神独通而体未结也。亨，通。茕茕（qióngqióng）：忧思貌。无端：没有头绪。喻心烦意乱。

〔46〕含然诺其不分兮，喟（kuì）扬音而哀叹：前人分析此句都太理性，太学者了。腾跃以为：言神女虽然答应了永远不分离，却又迫于礼法"恨人神之道殊兮"，不得不离开，故"扬音而哀叹"。下一句也是其"遵规守矩"的外在表现。按照《高唐赋》的序言，神女与楚怀王有云雨之欢，伦理上不能再与楚襄王有关系。喟，叹息。

〔47〕頩（pīng）：善注曰："敛容也。"腾跃案：神情由笑转为严肃。薄怒：有点小生气。自持：善注曰："自矜持也。"腾跃案：竭力保持严肃庄重。曾：竟，乃。犯干：冒犯。

〔48〕鸾：鸾与銮古字通。銮，系在马勒或车前横木上的铃。

〔49〕顾女师，命太傅：善注曰："古者皆有女师，教以妇德。今神女亦有教也。《毛诗序》曰：'尊敬师傅，可以归宁父母。'《汉书音义》曰：'妇人年五十无子者为傅。'"腾跃案：太傅指女傅。

〔50〕迁延引身：善注曰："迁延，却行去也。"腾跃案：倒退着走。

〔51〕中若相首：善注引《广雅》曰："首，向也。"吕向曰："言将去未行之间又回顾相向。"腾跃案：走了一半，又好像要归来。

213

〔52〕目略微眄，精彩相授：善注曰："目略轻看，精神光采相授与也，犹未即绝。"

〔53〕怖覆：善注曰："谓恐怖而反复也。"

〔54〕不遑（huáng）：来不及。遑，闲暇。讫、究：张铣曰："皆尽也。"

〔55〕假：借，给。须臾：短暂的时间。遽（jù）：急。指神女急于离开。

〔56〕徊肠伤气：形容分离的痛苦貌。失据：没有了依靠。

〔57〕暗然而暝：我的世界一片黑暗，好似日落天黑。暝，幽。

〔58〕情独私怀：这份感情只能独自放在心里。

【点评】

本赋构思奇巧，语言新颖，有一种自如流畅之美。在行文中采用铺叙和描绘的方法，把神女那无与伦比的美貌，热烈而又娇羞的复杂感情写得淋漓尽致，笔者读之亦浮想联翩情不自禁。《重订文选集评》引明人孙月峰曰："深婉而溜亮，说情态入微，真是神来之文，非雕饰者所能至。"又引清人何义门曰："古赋佳处，在《离骚》《小雅》之间。《骚》词哀怨而多比兴之思，《小雅》深沉而具铺张之渐，此赋之所由作也。若神女一事，犹属比兴一边。"

# 洛神赋 并序

曹植

【题解】

曹植(192—232)字子建,谯国(今安徽亳州)人。曹丕同母弟,封陈王,谥思,世称陈思王。其父曹操,其兄曹丕,皆有文名,文学史上并称"三曹"。今人一般认为曹植的文学成就最高,诗、文、赋兼善,其诗现存八十多首,辞赋、散文四十余篇。他的辞赋既继承了前人的优秀传统,又充分体现了时代气息和自己的独特风格,代表了建安时期辞赋发展的新高度。其诗赋均善用比兴手法,语言精练,辞采华茂。他在年轻时就有建功立业的强烈愿望,颇得曹操喜爱,一度欲立为魏国太子,终因其"任性自行,不自雕励"而未被立为魏国太子。后来曹丕、曹叡父子相继为帝,他备受猜忌与迫害,在四十一岁时郁郁死去。

《洛神赋》是曹植的代表作品,在文学史上影响巨大,可视为由汉铺排大赋向六朝抒情小赋转化的标志。其内容是叙述作者与洛神相遇,互相爱慕,但因人神道殊,未能结合,终于含恨分离的故事。关于此赋的主旨,有三种说法,其一认为是仿效宋玉的《神女赋》,赞美一位美丽的神女;其二认为是寄寓作者对君王的思慕和怀才被黜、衷情不能相通的苦闷;其三认为是感叹甄后的事,据说曹植深爱甄后,但她为曹丕所娶,后又被郭后逸死,曹植感泣怀念,遂作此赋。最后一说,因无充分的史实根据,而被人断定为小说家附会之辞,但根据此赋内容,确属爱情故事,和以美人香草象征君臣关系的作品是显然不同的。

黄初三年,余朝京师,还济洛川[1]。古人有言,斯水之神,名曰宓妃[2]。感宋玉对楚王神女之事,遂作斯赋[3]。其辞曰:

余从京域,言归东藩[4]。背伊阙,越轘辕[5]。经通谷,陵景山[6]。日既西倾,

车殆马烦[7]。尔乃税驾乎蘅皋，秣驷乎芝田[8]。容与乎阳林，流眄乎洛川[8]。于是精移神骇，忽焉思散。俯则未察，仰以殊观。睹一丽人，于岩之畔。乃援御者而告之曰[9]："尔有觌于彼者乎[10]？彼何人斯？若此之艳也！"御者对曰："臣闻河洛之神，名曰宓妃，然则君王所见，无乃是乎？其状若何？臣愿闻之。"

余告之曰："其形也，翩若惊鸿，婉若游龙[11]。荣曜秋菊，华茂春松[12]。仿佛兮若轻云之蔽月，飘飖兮若流风之回雪[13]。远而望之，皎若太阳升朝霞；迫而察之，灼若芙蕖出渌波[14]。秾纤得衷，修短合度[15]。肩若削成，腰如约素[16]。延颈秀项[17]，皓质呈露。芳泽无加，铅华弗御[18]。云髻峨峨，修眉联娟[19]。丹唇外朗，皓齿内鲜。明眸善睐，靥辅承权[20]。瑰姿艳逸，仪静体闲[21]。柔情绰态，媚于语言[22]。奇服旷世，骨像应图[23]。披罗衣之璀粲兮，珥瑶碧之华琚[24]。戴金翠之首饰[25]，缀明珠以耀躯。践远游之文履，曳雾绡之轻裾[26]。微幽兰之芳蔼兮，步踟蹰于山隅[27]。

于是忽焉纵体，以遨以嬉[28]。左倚采旄，右荫桂旗[29]。攘皓腕于神浒兮，采湍濑之玄芝[30]。"余情悦其淑美兮，心振荡而不怡[31]。无良媒以接欢兮，托微波而通辞。愿诚素之先达兮，解玉佩以要之[32]。嗟佳人之信修兮，羌习礼而明诗[33]。抗琼珶以和予兮，指潜渊而为期[34]。执眷眷之款实兮，惧斯灵之我欺[35]。感交甫之弃言兮[36]，怅犹豫而狐疑[37]。收和颜而静志兮，申礼防以自持[38]。

于是洛灵感焉，徙倚傍徨[39]。神光离合，乍阴乍阳[40]。竦轻躯以鹤立[41]，若将飞而未翔。践椒涂之郁烈，步蘅薄而流芳[42]。超长吟以永慕兮，声哀厉而弥长[43]。尔乃众灵杂遝，命俦啸侣[44]。或戏清流，或翔神渚。或采明珠，或拾翠羽。从南湘之二妃，携汉滨之游女[45]。叹匏瓜之无匹兮，咏牵牛之独处[46]。扬轻袿之猗靡兮，翳修袖以延伫[47]。体迅飞凫，飘忽若神[48]。陵波微步，罗袜生尘[49]。动无常则，若危若安。进止难期，若往若还。转眄流精[50]，光润玉颜。含辞未吐，气若幽兰。华容婀娜，令我忘餐。

于是屏翳收风，川后静波[51]。冯夷鸣鼓，女娲清歌[52]。腾文鱼以警乘，鸣玉鸾以偕逝[53]。六龙俨其齐首，载云车之容裔[54]。鲸鲵踊而夹毂[55]，水禽翔而为卫。于是越北沚，过南冈，纡素领，回清阳[56]。动朱唇以徐言，陈交接之大纲[57]。恨人神之道殊兮，怨盛年之莫当[58]。抗罗袂以掩涕兮，泪流襟之浪浪[59]。悼良会之永绝兮，哀一逝而异乡[60]。无微情以效爱兮，献江南之明珰[61]。虽潜处于太阴[62]，长寄心于君王。忽不悟其所舍，怅神宵而蔽光[63]。

于是背下陵高[64]，足往神留。遗情想像，顾望怀愁[65]。冀灵体之复形，御轻舟而上溯[66]。浮长川而忘反，思绵绵而增慕[67]。夜耿耿而不寐[68]，霑繁霜而至曙。命仆夫而就驾，吾将归乎东路[69]。揽騑辔以抗策，怅盘桓而不能去[70]。

## 【注释】

〔1〕黄初三年：魏文帝曹丕年号，公元222年。京师：洛阳。洛川：洛水，在今洛阳。

〔2〕宓（fú）妃：善注引《汉书音义》如淳曰："宓妃，宓羲氏之女，溺死洛水，为神。"腾跃案：文昭甄皇后（183—221），名不详，相传为甄宓，实则无载。史称甄夫人，中山郡无极县（今河北省无极县）人。上蔡令甄逸之女，魏文帝曹丕的妻子，魏明帝曹叡的生母。

〔3〕遂作斯赋：善注引记曰："魏东阿王，汉末求甄逸女，既不遂。太祖回与五官中郎将。植殊不平，昼思夜想，废寝与食。黄初中入朝，帝示植甄后玉镂金带枕，植见之，不觉泣。时已为郭后谗死。帝意亦寻悟，因令太子留宴饮，仍以枕赉（lài，赠送）植。植还，度辗辕，少许时，将息洛水上，思甄后。忽见女来，自云：'我本托心君王，其心不遂。此枕是我在家时，从嫁前与五官中郎将，今与君王。遂用荐枕席，欢情交集，岂常辞能具。为郭后以糠塞口，今被发，羞将此形貌重睹君王尔！'言讫，遂不复见所在。遣人献珠于王，王答以玉佩，悲喜不能自胜，遂作《感甄赋》。后明帝见之，改为《洛神赋》。"腾跃案：其一，此注宋刻本在作者"曹子建"之下。其二，前代学者认为此注无史可考，于理不合，乃小说家之言，笔者也认同此说。其三，五官中郎将指曹丕。太子即甄皇后之子，魏明帝曹叡。其四，此注字句上有点不通顺，但是意思表达完整，故笔者不妄改。

〔4〕东藩：指曹植的封地。黄初三年，曹植被立为鄄（juàn）城（今山东鄄城县）王，城在洛阳东北方向，故称东藩。

〔5〕伊阙：山名，在洛阳南。轘（huán）辕：山名，在河南偃师县东南。

〔6〕通谷：在洛阳城南五十里处。陵：登。景山：山名，在今偃师县南。

〔7〕车殆马烦：人困马乏。殆与怠古字通。怠，疲困。

〔8〕税（tuō）驾：解马停车。税与脱古字通。蘅皋：生着杜蘅的河岸。蘅，杜蘅，香草名。皋，岸。秣驷：喂马。芝田：长满灵芝草的田地。

〔8〕容与：悠然安闲貌。此指散步。阳林：善注曰："阳林，一作杨林，地名，生多杨，因名之。"流眄：四处眺望。

〔9〕援：拉手拍肩。

〔10〕觌（dí）：看见。

〔11〕翩：犹翩翩，鸟轻快疾飞的样子。此形容丽人的动作神态。惊鸿：惊飞的鸿雁。形容体态轻盈。婉：体态柔美的样子。游龙：游动的龙。比喻婀娜多姿。

〔12〕荣曜：荣盛光彩。华茂：光灿丰茂。

〔13〕仿佛：看不清楚。飘摇：飘扬。流风：清风。回雪：雪花回旋。

〔14〕迫：靠近。灼：鲜明，鲜艳。芙蕖：荷花。渌（lù）：水清貌。

〔15〕秾（nóng）纤得衷：胖瘦适中。秾，花木繁盛。此指人体态丰腴。衷，中。修：长。

〔16〕肩若削成，腰如约素：肩窄如削，腰细如束。

〔17〕延、秀：皆指长。颈：脖子的前部。项：脖子的后部。

〔18〕芳泽、铅华：皆女性粉类化妆品。无加、弗御：言天生丽质，不需要用化妆品。

〔19〕云髻峨峨：发髻高如云也。修：善注曰："长曲而细也。"联娟：微曲貌。

〔20〕明眸（móu）：明亮的黑眼珠。善睐（lài）：眼珠流转，顾盼含情。靥（yè）：脸上酒窝。辅：面颊。权：权繁体字作權。權与顴古字通。《集韵》曰："辅骨曰顴。"

〔21〕艳逸：艳美飘逸。仪静体闲：善注曰："仪静，安静也。体闲，谓肤体闲暇也。"

〔22〕绰态：优美大方的姿态。绰，宽。媚于语言：说话含情动人。

〔23〕骨像应图：善注："《神女赋》曰：'骨法多奇，应君之相。'应图，应画图也。"腾跃案：骨格形貌如画中人一样美丽。

〔24〕璀粲：善注曰："衣声。"珥（ěr）：耳环。此作动词用指佩带。瑶碧：美玉。华琚（jū）：雕刻着花纹的玉佩。

〔25〕金翠：金光闪闪的翠羽。翠，翡翠鸟。

〔26〕践：穿，着。远游：鞋名。文履：绣花鞋。雾绡：薄纱。轻细如雾。裾（jū）：裙边。

〔27〕踟蹰（chí chú）：徘徊。

〔28〕焉：然。遨、嬉：游戏。

〔29〕采旄：彩旗。采与彩古字通。桂旗：以桂木做旗竿的旗。

〔30〕攘（rǎng）：此指伸。神浒：神水边。即洛水边。湍濑：水急流的浅滩。

〔31〕振荡：激动。不怡：不开心，不开心的原因是下句"无良媒以接欢兮"。

〔32〕诚素：真诚的情意。素与愫古字通。愫，情愫。要：要与邀古字通。邀，邀清。

〔33〕嗟：语气叹词。信修：确实美好。羌：发语词。习礼明诗：指文化素养非常高。

〔34〕抗：举起。琼珶（dì）：美玉。和：答赠。期：期约。

〔35〕眷眷：依恋向往的情态。款实：真诚。斯灵：指洛神。

〔36〕交甫：善注引《神仙传》："切仙一出，游于江滨，逢郑交甫。交甫不知何人也，目而挑之，女遂解佩与之。交甫行数步，空怀无佩，女亦不见。"弃言：背弃承诺。

〔37〕怅犹豫而狐疑：善注引《尔雅》曰："犹如麂（jǐ），善登木。此兽性多疑虑，常居山中。忽闻有声，则恐人来害之，每预上树，久久无度复下，须臾又上。如此非一。故不决者称犹焉。"一曰："陇西俗谓犬子，随人行，每预前，待人不得，又来迎候，故言犹豫也。狐之为兽，其性多疑，每渡冰行且听且渡。故疑者称狐疑。"

〔38〕和颜：笑容。静志：使心情平静下来。申：申明。礼防：礼义的约

束。自持：自己约束自己。

〔39〕徙倚：留连徘徊。傍徨：傍徨与彷徨字异义同。也指留连徘徊。

〔40〕神光：洛神身上放射的光彩。此指身影。离合：若隐若现。乍阴乍阳：忽去忽来。

〔41〕竦轻躯以鹤立：善注曰："言如鹤鸟之立望。"腾跃案：竦与耸古字通。

〔42〕践椒涂之郁烈，步蘅薄而流芳：善注曰："椒涂、蘅薄，言芳香也。郁烈，香气之甚。"腾跃案：涂与途古字通。途，路。薄，草木丛生之地。

〔43〕长吟：放声吟咏。慕：深深的爱慕。哀厉：饱含强烈的感情。弥：更加。

〔44〕众灵：众神。杂遝(tà)：纷杂的样子。命俦啸侣：呼朋唤侣。命、啸，呼唤之意。俦、侣，朋友和伙伴。

〔45〕二妃：指娥皇和女英。据刘向《列女传》载，尧以长女娥皇和次女女英嫁舜，后舜南巡，死于苍梧。二妃往寻，自投湘水而死，为湘水之神。汉滨之游女：善注："《毛诗》曰：'汉有游女，不可求思。'注：'汉上游女，无求思者。'"腾跃案：此指汉水女神。

〔46〕匏(páo)瓜：星名，又名天鸡，在河鼓星东。无匹：无偶。牵牛：星名，又名天鼓，与织女星各处天河之旁。相传每年七月七日才得一会。

〔47〕袿(guī)：善注《神女赋》曰："妇人上服谓之袿。"猗(yī)靡：随风飘动貌。翳：遮蔽。延伫：久立。

〔48〕凫：野鸭。

〔49〕陵波微步，罗袜生尘：善注曰："陵波而袜生尘，言神人异也。"吕向曰："微步，轻步也。步于水波之上如尘生也。"腾跃案：言洛神走在水面上，袜底腾起水珠，如尘土一般。陵与凌古字通。凌，踏。罗袜，丝袜。

〔50〕转眄(miǎn)：转眼顾盼。流精：满目含情。

〔51〕屏翳：雨师。川后：河伯。

〔52〕冯(píng)夷：水神。女娲：相传笙簧是她所造，所以这里说"女娲清歌"。

〔53〕腾文鱼以警乘：善注曰："腾，升也。文鱼有翅能飞，故使警乘。

警，戒也。"偕逝：共飞。

〔54〕六龙：相传神出游多驾六龙。俨：庄严的样子。云车：相传神以云为车。容裔：从容前进。

〔55〕鲸鲵：鲸鱼。雄者称鲸，雌者称鲵。夹毂（gǔ）：护卫在车的两旁。毂这里代指车。

〔56〕于是越北沚……回清阳：李周翰曰："沚，小水也。领，颈也。清阳，眉目之间也。纡，回，言回首相视也。"

〔57〕交接：交往。大纲：礼法。

〔58〕盛年：善注曰："谓少壮之时不能得当君王之意。此言微感甄后之情。"

〔59〕袂（mèi）：衣袖。浪浪：泪流不断貌。

〔60〕一逝：一去，即一别。异乡：各在一方。

〔61〕效爱：表达爱情。明珰（dāng）：明珠制成的耳环。

〔62〕太阴：善注曰："众神之所居。"

〔63〕忽不悟其所舍，怅神宵而蔽光：吕延济曰："悟，见也。宵，暗冥也。言忽不见所舍止，怅然暗冥隐其光彩。"腾跃案：所舍，所在。神宵，神光慢慢消失。

〔64〕背下：离开低地。陵高：登上高处。

〔65〕遗情：留情。想像：思念洛神的形象。顾望：还视。

〔66〕灵体：指洛神。复形：再次出现。溯：善注曰："逆流向上也。"

〔67〕慕：爱慕。此言越想越爱，越爱越想。

〔68〕耿耿：睡觉不安稳。

〔69〕就驾：备好车。东路：归东藩之路。

〔70〕揽：执；把持。騑（fēi）：车旁之马。古代驾车称辕外之马为騑或骖，此泛指驾车之马。辔：马缰绳。策：马鞭。盘桓：徘徊不前。

【点评】

本赋辞采华美、情思缱绻、若有寄托。借鉴了宋玉的《高唐赋》和《神女赋》，生动细腻地刻画出优美的洛水女神形象，深刻地表现出作者与洛神的真挚爱情

和离愁别恨，富有浓厚的浪漫主义色彩，艺术感染力极强。后人根据此赋创作的诗词、书画、戏剧等作品不绝，可见其影响之大成就之高。《重订文选集评》引清人何义门曰："植既不得于君，因济洛川作为此赋，托辞宓妃以寄心文帝，其亦屈子之志也。"刘熙载《艺概》曰："曹子建《洛神赋》出于《湘君》《湘夫人》，而屈子深远矣。"清代学者大都认为此赋暗含政治意图，但并不妨碍我们今人从文学的角度阅读作品。

# 离骚经（节选）

屈原

## 【题解】

屈原（约前340—约前278）名平，字原。战国时期的楚国诗人、政治家。曾为楚怀王左徒，还曾担任过"三闾大夫"。他辅佐楚怀王，推行变法之事，遭到旧贵族的中伤打击，被疏远后，逐出朝廷，流放到汉北地区。顷襄王继位后，被流放到江南地区，回楚都既不可能，远游、求贤又不成，最后，在无可奈何之际，自沉于汨罗江中，以明其忠贞爱国之志。

屈原是我国历史上伟大的爱国诗人。他的作品想象力丰富，比喻生动，继承和发展了《诗经》的现实主义优良传统，同时又充分吸收了楚国民间文学的精华，开创了积极的浪漫主义诗风，对后代的文学家产生了巨大的影响。西汉刘向把屈原、宋玉及西汉东方朔和淮南小山等人的作品辑成一书，统名为《楚辞》，东汉王逸作《楚辞章句》，《文选》李善注就是采用的《楚辞章句》。

《离骚经》，后人简称为《离骚》，洪兴祖《楚辞补注》曰："盖后世之士祖述其词，尊之为经耳。"萧统为了区分楚辞与汉赋，把楚辞中的代表作《离骚》突出出来，立一个"骚"类，作为楚辞体文学的代称，从此，在文体分类上人们习惯于称楚辞为"骚"。


帝高阳之苗裔兮，朕皇考曰伯庸。摄提贞于孟陬兮，惟庚寅吾以降。皇览揆余初度兮，肇锡余以嘉名。名余曰正则兮，字余曰灵均。

纷吾既有此内美兮，又重之以修能。扈江离与辟芷兮，纫秋兰以为佩。汩余若将不及兮，恐年岁之不吾与。朝搴阰之木兰兮，夕揽洲之宿莽。日月忽其不淹兮，春与秋其代序。惟草木之零落兮，恐美人之迟暮。不抚壮而弃秽兮，

何不改此度也？乘骐骥以驰骋兮，来吾导夫先路！

　　长太息以掩涕兮，哀民生之多艰。余虽好修姱以鞿羁兮，謇朝谇而夕替。既替余以蕙纕兮，又申之以揽茝。亦余心之所善兮，虽九死其犹未悔。怨灵修之浩荡兮，终不察夫民心。众女嫉余之娥眉兮，谣诼谓余以善淫。固时俗之工巧兮，偭规矩而改错。背绳墨以追曲兮，竞周容以为度。忳郁邑余侘傺兮，吾独穷困乎此时也！宁溘死以流亡兮，余不忍为此态也！鸷鸟之不群兮，自前世而固然。何方圆之能周兮，夫孰异道而相安！屈心而抑志兮，忍尤而攘诟。伏清白以死直兮，固前圣之所厚。

　　悔相道之不察兮，延伫乎吾将反。回朕车以复路兮，及行迷之未远。步余马于兰皋兮，驰椒丘且焉止息。进不入以离尤兮，退将复修吾初服。制芰荷以为衣兮，集芙蓉以为裳。不吾知其亦已兮，苟余情其信芳。高余冠之岌岌兮，长余佩之陆离。芳与泽其杂糅兮，唯昭质其犹未亏。忽反顾以游目兮，将往观乎四荒。佩缤纷其繁饰兮，芳菲菲其弥章。民生各有所乐兮，余独好修以为常。虽体解吾犹未变兮，岂余心之可惩。

# 离骚经（节选）

〔《序》曰："《离骚经》者……而死也。"腾跃案：《文选》李善注有删节，今补全。本文按照人教版标准节选。〕

《楚辞章句·离骚经序》曰：《离骚经》者，屈原之所作也。屈原与楚同姓，仕于怀王，为三闾大夫。三闾之职，掌王族三姓，曰：昭、屈、景。屈原序其谱属，率其贤良，以厉国士。入则与王图议政事，决定嫌疑；出则监察群下，应对诸侯，谋行职修，王甚珍之。同列大夫上官、靳尚妒害其能，共谮毁之，王乃疏屈原。

屈原执履忠贞而被谗邪，忧心烦乱，不知所诉，乃作《离骚经》。离，别也；骚，愁也；经，径也。言以放逐离别，中心愁思，犹依道径，以风谏君也。故上述唐虞三后之制，下序桀纣羿浇之败。冀君觉悟，反于正道而还己也。是时，秦昭王使张仪谲诈怀王，令绝齐交，又使诱楚，请与俱会武关。遂胁与俱归，拘留不遣，卒客死于秦。其子襄王复用谗言，迁屈原于江南。

屈原放在草野，复作《九章》，援天引圣，以自证明，终不见省。不忍以清白久居浊世，遂赴汨渊，自沉而死。

《离骚》之文，依《诗》取兴，引类譬喻。故善鸟香草以配忠贞，恶禽臭物以比谗佞，灵修美人以媲于君，宓妃佚女以譬贤臣，虬龙鸾凤以托君子，飘风云霓以为小人。其辞温而雅，其义皎而朗，凡百君子，莫不慕其清高，嘉其文彩，哀其不遇，而愍其志焉。

屈平

〔张铣注：《史记》曰：屈原字平，仕楚为三闾大夫。上官、靳尚妒其才能谮毁之。王乃流屈原于江南，不知所诉乃作《离骚经》。离别骚愁也。言已

遭放逐离别愁苦，犹陈正道以讽谏也。上述唐尧下序桀纣，以香草、善鸟、龙凤以譬忠贞君子，以灵修美人以喻于君，以臭草、恶禽、飘风、云霓比小人，援天引圣终不见省，遂赴汨渊而死。腾跃案：五臣注文，没有新的文献来源。杂糅了《史记》和《楚辞章句》，故不加双引号。〕

王逸注

〔腾跃案：注解用《楚辞章句》〕

帝高阳之苗裔兮，〔苗，胤也。裔，末也。高阳，颛顼有天下之号也。《帝系》曰："颛顼娶于滕隍氏女而生老僮，是楚先。其后熊绎事周成王，封为楚子，居于丹阳。其孙武王，求尊爵于周，周不与，遂僭号称王，始都于郢。是时生子瑕，受屈为客卿，因胤末之子孙，恩深而义厚也。"腾跃案：《大戴礼记》第六十三篇名《帝系》。受屈为客卿即授为屈地的卿。因，是也。〕朕皇考曰伯庸。〔朕，我也。皇，美也。父死称考。《诗》曰："既右烈考。"伯庸，字也。屈原言："我父伯庸，体有美德，以忠辅楚，世有令名，以及于己。"腾跃案：右，保佑。烈，威武。〕摄提贞于孟陬兮，〔太岁在寅曰摄提。孟，始也。贞，正也。于，於也。正月为陬。〕惟庚寅吾以降。〔惟，辞也。庚寅日降下也。寅为阳正，庚为阴正。言己以太岁在寅，正月始春，庚寅之日，下母之体。〕皇览揆余初度兮，〔皇，皇考也。览，睹也。揆，度也。〕肇锡余以嘉名。〔肇，始也。锡，赐也。嘉，善也。言己美父伯庸，观我始生年时，度其日月皆合天地正中，故始锡我以美善之名。〕名余曰正则兮，〔正，平也。则，法也。〕字余曰灵均。〔灵，神也。均，调也。言平正可法则者，莫过于天；养物均调者，莫神于地。高平曰原，故伯庸名我为平以法天，字我曰原以法地。夫人非名不荣，非字不彰。故子生，父思善应而名字之，以表其德，观其志也。腾跃案：这是文学的"名与字"。〕纷吾既有此内美兮，〔纷，盛貌。〕又重之以修能。〔修，远也。言己之生，内含天地之美气，又重有绝远之能，与众异也。〕扈江离与辟芷兮，〔扈（hù），披也。楚人名披为扈。江离、芷，皆香草也。辟，为幽也。芷，幽而香。〕纫秋兰以为佩。〔纫，索也。兰，香草也，秋而芳。佩，饰也，所以象德。言己修身清洁，乃取江离、辟芷以为衣被，纫索秋兰以为佩饰，博采众善以自约束。〕

汩余若将不及兮,〔汩,去貌,疾若水流也。〕恐年岁之不吾与。〔言我念年命汩然流去,诚欲辅君,心汲汲常若不及。又恐年忽过,不与我相待而身老。〕朝搴阰之木兰兮,〔搴(qiān),取也。阰(pí),山名。〕夕揽洲之宿莽。〔揽,采也。水中可居者曰洲。草冬生不死者,楚人名曰宿莽。言己旦起升山采木兰,上事太阳,承天度也。夕入洲泽采取宿莽,下奉太阴,顺地数也。动以神祇,自敕诲也。木兰去皮不死,宿莽遇冬不枯。屈原以喻逸人虽欲困己,己受天性,终不可变易。〕日月忽其不淹兮,〔淹,久也。〕春与秋其代序。〔代,更也。序,次也。言日月昼夜常行,忽然不久,春往秋来,以次相代。言天时易过,人年易老。〕惟草木之零落兮,〔零,落,皆堕也。草曰零,木曰落。〕恐美人之迟暮。〔迟,晚也。美人,谓怀王也。言天时运转,春生秋杀,草木零落,岁复尽矣。而君不建立道德,举贤用士,则年老暮晚,而功不成。〕不抚壮而弃秽兮,〔年德盛曰壮。弃,去也。秽,行之恶也,以喻逸佞。百草为稼穑(jià sè)之秽,逸佞亦为忠直之害也。腾跃案:稼穑,种植与收割;泛指农业。〕何不改此度也?〔改,更也。言愿君务及年德盛壮之时,修明政教,弃远逸佞,无令害贤。改此惑误之度,修先王之法也。〕乘骐骥以驰骋兮,〔骐骥,骏马也,以喻贤智。言乘骏马,一日可致千里,以言任贤智,即可至于治也。〕来吾导夫先路!〔言己如得任用,将驱先行,愿来随我,遂为君导入圣王之道。〕

长太息以掩涕兮,哀民生之多艰。〔言己自伤施行不合于俗,将效彭咸沉身于渊。乃太息长悲,哀念万民,受命而生,遭遇多艰,以陨其身也。腾跃案:有本作"人"。一说"人"字避讳原作"民"。笔者按照人教版原文,更正了本篇的避讳字。〕余虽好修姱以鞿羁兮,〔鞿羁(jī jī),以马自喻也。缰在口曰鞿,革络头曰羁。言为人所系累也。腾跃案:姱(kuā),美好。鞿、羁两字古音当有别。〕謇朝谇而夕替。〔谇,谏也。《诗》云:"谇予不顾。"替,废也。言己虽有绝远之智,姱好之姿,然以为逸人所鞿羁而系累矣。故朝谏謇謇于君,夕暮而身废弃也。腾跃案:謇(jiǎn),难也。謇謇,直言貌。〕既替余以蕙纕兮,〔纕(xiāng),佩带也。〕又申之以揽茝。〔又,复也。言君所以废弃己者,以余带佩众香,行以忠正之故也。然犹复重引芳茝以自结束,执志弥笃也。〕亦余心之所善兮,虽九死其犹未悔。〔悔,恨也。言己履行忠信,执守清白,亦我心中之所美善也。虽以见过支解,九死终不悔恨也。

腾跃案：支解谓五马分尸。〕怨灵修之浩荡兮，〔灵修，谓怀王也。浩，犹浩浩。荡，犹荡荡。无思虑貌也。〕终不察夫民心。〔言己所以怨恨于怀王者，以其用心浩荡，骄敖放恣，无有思虑，终不见省察万民善恶之心。故朱紫相乱，国将倾危也。腾跃案：朱紫，权贵。〕众女嫉余之娥眉兮，〔众女，谓臣众也。娥眉，好貌。〕谣诼谓余以善淫。〔谣，谓毁也。诼音啄，犹谮也。淫，邪也。言众女嫉妒娥眉美好之人，谮而毁之，谓之善淫，不可信也。犹众臣妒嫉中正，言己淫邪不可任也。〕固时俗之工巧兮，偭规矩而改错。〔偭(miǎn)，背也。圆曰规，方曰矩。错，置也。言今时之工，才知强巧，背去规矩，更造方圆，必不坚固，败材木也。以言佞臣巧于言语，背违先圣之法，以意妄造，必乱政化危君国也。〕背绳墨以追曲兮，〔追，随也。绳墨所以正曲者。〕竞周容以为度。〔周，合也。度，法也。言百工不随绳墨之直道，随从曲木，屋必倾危而不可居也。以言人臣不修仁义之道，背弃忠直，随从枉佞，苟合于世，以求容媚，以为常法，身必倾危而被刑戮。〕忳郁邑余侘傺兮，〔忳(tún)，徒昆切，忧貌也。侘傺(chàchì)，失志貌也。侘，丑加切，犹堂堂立貌也。傺，丑世切，住也。楚人名住曰傺。〕吾独穷困乎此时也！〔言我所忳忳而忧，中心郁邑，怅然住立而失志者，以不能随从时俗，屈求容媚，故独为时人所穷困也。腾跃案：郁邑，抑郁也。〕宁溘死以流亡兮，〔溘，犹奄也。〕余不忍为此态也！〔言我宁奄然而死，形体流亡，不忍以忠正之性，为邪淫之态也。〕鸷鸟之不群兮，〔鸷，执也。谓能执服众鸟，鹰鹯之类也。以谕忠正。〕自前世而固然。〔言鸷鸟执志刚厉，特处不群，以言忠正之士，亦执分守节，不随俗人。自前代固然，非独于今。〕何方圆之能周兮，夫孰异道而相安！〔言何所有圆凿受方枘(ruì)而能合者，谁有异道而相安邪？言忠佞不相为谋也。腾跃案：圆槽不能插方木条，言方圆不当配对也〕屈心而抑志兮，〔抑，案也。腾跃案：案与按古字通。按，压也。〕忍尤而攘诟。〔尤，过也。攘，除也。诟，耻也。言己所以能屈案心志，含忍罪过而不去者，欲以除去耻辱，诛逸佞之人，如孔子诛少正卯也。〕伏清白以死直兮，固前圣之所厚。〔言士有伏清白之志，以死忠直之节者，固乃前代圣王所厚哀也。故武王伐纣，封比干之墓，表商容之闾也。〕

悔相道之不察兮，〔悔，恨也。相，视也。察，审也。〕延伫乎吾将反。〔延，长也。伫，立貌也。《诗》云："伫立以泣。"言己自恨视事君之道不明察，当若比干仗节死义。故长立而望,将欲还反终己之志也。〕回朕车以复路兮,〔回,旋也。〕及行迷之未远。〔迷,误也。言及旋我之车以反故道,反迷己误欲去之路,尚未甚远也。同姓无相去之义,故欲还也。〕步余马于兰皋兮,〔步,徐行也。泽曲曰皋。〕驰椒丘且焉止息。〔土高曰丘,四堕曰椒丘。言己欲还,则徐徐行,步我之马于芳泽之中,以观听怀王,遂驰高丘而止息,以须君命。腾跃案:椒丘,中间高四处低矮的土丘。须,待也。〕进不入以离尤兮,退将复修吾初服。〔退,去也。言己诚欲遂进竭其忠诚,君不肯纳,恐重遇祸,将复去修吾初始清洁之服〕制芰荷以为衣兮,〔制,裁也。芰(jì),菱(líng)也。荷,扶蕖也。腾跃案:菱与菱古字通。菱,荷的一种。扶蕖即芙蕖。〕集芙蓉以为裳。〔芙蓉,莲华也。上曰衣,下曰裳。言己进不见纳,犹复制裁芰荷,集合芙蓉,以为衣裳。被服愈洁,修善益明。〕不吾知其亦已兮,苟余情其信芳。高余冠之岌岌兮,〔岌岌,高貌。〕长余佩之陆离。〔陆离,参差众貌也。言己怀德不用,复高我之冠,长我之佩,尊其威仪,整其服饰,以异于众也。〕芳与泽其杂糅兮,〔芳,德之臭也。泽,质之润也。玉坚而有泽。糅,杂也。〕唯昭质其犹未亏。〔唯,独也。昭,明也。亏,歇也。言我外有芬芳之德,外有玉泽之质,二美杂会,兼在于己,而不得施用,故独保明身,无有亏失而已。所谓道行则兼善天下,不用则独善其身。〕忽反顾以游目兮,将往观乎四荒。〔荒,远也。言己欲进忠信以辅事君,而不见省,故忽然反顾而去,将游目往观四远之外,以求贤君也。〕佩缤纷其繁饰兮,〔缤纷,盛貌。〕芳菲菲其弥章。〔菲菲,犹勃勃也。芳,香貌也。章,明也。言己虽欲之四荒,犹整饰仪容,佩玉缤纷而众盛,忠信勃勃而愈明,(终)不以远,故改其行。腾跃案:有本有终字,无终字则读之不畅,当有。〕民生各有所乐兮,余独好修以为常。〔言万民禀天命而生,各有所乐,或乐谄佞,或乐贪淫,我独好修正直以为常行。〕虽体解吾犹未变兮,岂余心之可惩。〔惩,艾也。言己好修忠信以为常行,虽获罪支解,志犹不艾也。腾跃案:艾(yì),怨恨。〕

【点评】

《离骚》是中国文学史上空前宏大的抒情长诗,对中国文学的发展以及对后世文人的创作产生了重要而深远的影响,后世文人对这首长诗推崇备至。诗

中大量运用浪漫主义手法绘制出一幕幕神奇的幻境，把神话传说、历史人物、自然现象糅合在夸张的想象中，表现出对美好理想的追求和对黑暗现实的痛斥。刘勰《文心雕龙·辨骚》曰："自《风》《雅》寝声，莫或抽绪，奇文郁起，其《离骚》哉！固已轩翥诗人之后，奋飞辞家之前，岂去圣之未远，而楚人之多才乎！昔汉武爱《骚》，而淮南作《传》，以为：'《国风》好色而不淫，《小雅》怨诽而不乱，若《离骚》者，可谓兼之。蝉蜕秽浊之中，浮游尘埃之外，皭然涅而不缁，虽与日月争光，可也。'"胡应麟《诗薮》曰："《离骚》之致，深永为宗。纡回断续，《骚》之体也；讽谕哀伤，《骚》之用也；深远优柔，《骚》之格也；宏肆典丽，《骚》之词也。宏丽之端，实自《离骚》发之。"于光华《重订文选集评》引孙月峰曰："前世未闻，后世莫继，亘古奇作也。"

# 九歌六首

屈原

【题解】

屈原简介见前《离骚经》。

《九歌》原为中国神话传说中一种远古歌曲的名称，屈原以楚国民间祭歌为蓝本借"九歌"之名进行了再创作。屈原的《九歌》收录于《楚辞》，共十一章可分三类：一、祭歌：《东皇太一》和《礼魂》；二、恋歌：《东君》与《云中君》，《大司命》与《少司命》，《湘君》与《湘夫人》，《河伯》与《山鬼》；三、挽歌：《国殇》。王逸《楚辞章句》曰："《九歌》者，屈原之所作也。昔楚国南郢之邑，沅、湘之间，其俗信鬼而好祠。其祠，必作歌乐鼓舞以乐诸神。屈原放逐，窜伏其域，怀忧苦毒，愁思沸郁。出见俗人祭祀之礼，歌舞之乐，其词鄙陋，因为作《九歌》之曲。"

《九歌》以九为名，但包括十一章，古人对此有两种主流观点。王逸曰："九者，阳之数，道之纲纪也。"张铣曰："九者，阳数之极。自谓否极，取为歌名矣。"前人为了使它们符合"九"的成数，又曾作过种种组合。清代蒋骥《山带阁注楚辞》主张《湘君》《湘夫人》并为一章，《大司命》《少司命》并为一章。闻一多《什么是九歌》主张以《东皇太一》为迎神曲，《礼魂》为送神曲，中间九章为《九歌》正文。

## 东皇太一[1]

吉日兮辰良，穆将愉兮上皇[2]。抚长剑兮玉珥，璆锵鸣兮琳琅[3]。瑶席

兮玉瑱，盍将把兮琼芳[4]？蕙肴蒸兮兰藉，奠桂酒兮椒浆[5]。扬枹兮拊鼓，疏缓节兮安歌，陈竽瑟兮浩倡[6]。

灵偃蹇兮姣服，芳菲菲兮满堂[7]。五音纷兮繁会，君欣欣兮乐康[8]。

### 【注释】

〔1〕东皇太一：王逸曰："太一，星名。天之尊神，祠在楚东，以配东帝，故云东皇。"又曰："屈原以为神无形声，难事易失。然人竭心尽礼，则歆其祀而惠降以祉，自伤履行忠诚，以事于君，不见信任，而身放逐，以危殆也。"腾跃案：《史记·封禅书》曰："天神贵者太一，古者天子以春秋祭太一东南郊。"

〔2〕穆将愉兮上皇：王逸曰："穆，敬也。愉，乐也。上皇，谓东皇太一也。"腾跃案：愉是使动用法。

〔3〕玉珥：镶玉的剑把。珥，剑把。璆锵（qiú）：悦耳有力的撞击声。琳琅：美玉。

〔4〕玉瑱：玉制的镇压座席器具。瑱与镇古字通。盍将把兮琼芳：王逸曰："盍，何不也。把，持也。琼，玉枝也。"

〔5〕蕙肴：王逸曰："以蕙草蒸肉也。"兰藉：拿兰草当垫子。椒浆：王逸曰："以椒置浆中也。"腾跃案：椒，香料。

〔6〕枹（fú）：鼓槌。拊：敲击。疏缓节：指音乐的节拍稀疏缓慢。安歌：安详的唱歌。浩倡：放声歌唱。倡与唱古字通。

〔7〕灵偃蹇（yǎnjiǎn）兮姣服：王逸曰："灵，谓巫也。偃蹇，舞貌也。姣，好也。服，饰也。"芳菲菲：香气散发。

〔8〕君：东皇太一。

## 云中君[1]

浴兰汤兮沐芳，华采衣兮若英[2]。灵连蜷兮既留，烂昭昭兮未央[3]。蹇将憺兮寿宫[4]，与日月兮齐光。龙驾兮帝服，聊翱游兮周章[5]。

灵皇皇兮既降，猋远举兮云中[6]。览冀州兮有余，横四海兮焉穷[7]。思夫君兮太息，极劳心兮忡忡[8]。

【注释】

〔1〕云中君：云神。王逸曰："屈原见云一动千里，周遍四海，想得随从，观望四方以忘己忧。思而念之，终不可得。故太息而叹，中心烦劳而忡忡。"

〔2〕沐芳：用香水洗头发。华采衣兮若英：王逸曰："华采，五色也。若，杜若也。言己将修缮祭以事灵神，乃先使灵巫先浴兰汤，沐香芷，衣五采华衣，饰以杜若之英，以自洁饰。"

〔3〕灵连蜷：王逸注曰"灵，巫也。楚人名巫为灵子。连蜷，巫迎神导引貌也。"腾跃案：连蜷，回环曲折貌。烂昭昭：光明的样子。未央：没有穷尽。

〔4〕蹇（jiǎn）：楚地方言中的语气助词。憺（dàn）：指云神降临后安享祭祀。寿宫：神堂。

〔5〕龙驾：王逸曰："龙驾，言云神驾龙。"帝服：穿着如皇帝衣服一样华贵的服装。聊：姑且。周章：周游。

〔6〕皇皇：光明的样子。猋（biāo）远举兮云中：王逸曰："猋，去疾貌。云中，其所居也。"腾跃案：远举，高飞。

〔7〕冀州：王逸曰："言云神所在高邈，乃望于冀州，尚复见他方也。"吕延济曰："言神所居高绝，下览冀州横望四海皆有余而无极，冀州，尧所都也。思有道之君，故览之。"腾跃案：冀州，古九州之一。

〔8〕忡忡：据六臣本改。原字作憃《集韵》同忡，故改。


# 湘君[1]

君不行兮夷犹，蹇谁留兮中洲[2]？美要眇兮宜修，沛吾乘兮桂舟[3]。令沅湘兮无波[4]，使江水兮安流。望夫君兮归来，吹参差兮谁思[5]！驾飞龙兮北征，邅吾道兮洞庭[6]。薜荔拍兮蕙绸，荪桡兮兰旌[7]。望涔阳兮极浦，横大江兮扬灵[8]。扬灵兮未极，女婵媛兮为余太息[9]。横流涕兮潺湲，隐思君兮陫侧[10]。

桂棹兮兰枻，斲冰兮积雪[11]。采薜荔兮水中，搴芙蓉兮木末[12]。心不同兮媒劳，恩不甚兮轻绝[13]！石濑兮浅浅，飞龙兮翩翩[14]。交不忠兮怨长，期不信兮告余以不闲[15]。

朝骋骛兮江皋，夕弭节兮北渚[16]。鸟次兮屋上，水周兮堂下[17]。捐余玦兮江中，遗余佩兮澧浦[18]。采芳洲兮杜若，将以遗兮下女[19]。时不可兮再得，聊逍遥兮容与。

【注释】

〔1〕湘君：刘向《列女传》："舜陟方（天子外出巡视）死于苍梧，二妃死于江、湘之间，俗谓之湘君。"《礼记》："舜葬于苍梧之野，盖二妃未之从也。"注云："《离骚》所歌湘夫人，舜妃也。"韩退之《黄陵庙碑》云："湘旁有庙，曰黄陵。自前古立，以祠尧之二女、舜二妃者。秦博士对始皇帝云：'湘君者，尧之二女，舜妃者也。'刘向、郑玄亦皆以二妃为湘君。而《离骚》《九歌》既有湘君，又有湘夫人。王逸以为湘君者，自其水神。而谓湘夫人，乃二妃也。从舜南征三苗，不及，道死沅、湘之间。"《山海经》曰："洞庭之山，帝之二女居之。"郭璞疑二女者，帝舜之后，不当降小水为其夫人，因以二女为天帝之女。以余考之，璞与王逸俱失也。尧之长女娥皇，为舜正妃，故曰君。其二女女英，自宜降曰夫人也。故《九歌》词谓娥皇为君，谓女英帝子，各以其盛者，推言之也。礼有小君、君母，明其正，自得称君也。（洪兴祖《楚辞补注》）

〔2〕君不行兮夷犹：王逸曰："君，谓湘君也。夷犹，犹豫也。"蹇：语气词。中洲：洲中。洲，水中的陆地。

〔3〕要眇：美丽的样子。宜修：妆扮的适宜。修，修饰。沛：迅速的样子。吾：王逸曰："屈原自谓也。"

〔4〕沅湘：沅水和湘水，皆在湖南省。

〔5〕夫君：舜。归来：五臣本作未来。参差：排箫。排箫是由参差不齐的竹管编排而成的，故称之为参差。

〔6〕飞龙：龙舟。北征：沿湘水北上。邅（zhān）：转变方向。

〔7〕薜荔拍兮蕙绸（chóu）：王逸曰："薜荔，香草也。拍，搏壁也。绸，

缚束也。"腾跃案：薜荔又名木莲。拍、绸皆装饰之义。承：施加在。

〔8〕涔（cén）阳：古地名。在今湖南省。扬灵：神思飞扬。

〔9〕婵媛：思念，牵挂。

〔10〕潺湲（chányuán）：水流动的样子，此处指眼泪流动。陫侧：王逸曰："陫，陋也。言己虽见放弃，隐伏山野，犹从侧陋之中思念君也。"腾跃案：陫侧与悱恻音义同。悱恻，心中悲苦。

〔11〕棹、枻（yì）：王逸曰："棹，楫也。枻，船傍板。"腾跃案：船傍板即船舷。一说枻为短桨。斲（zhuó）：斲与斫古字通。斫，砍；削。

〔12〕搴（qiān）：摘取。

〔13〕媒劳：媒人徒劳。恩不甚兮轻绝：王逸曰："言人交接初浅，恩不甚笃，则轻相与离绝也。"

〔14〕石濑（lài）：石滩上的急流。浅浅：水流迅疾貌。翩翩：船行飞速貌。

〔15〕怨长：长久怨恨。期：约定。不信：未能履约。不闲：没有时间。

〔16〕骋骛：驰骋。弭节：停马。弭，休息。节，马鞭。

〔17〕周：环绕。

〔18〕捐：弃。玦（jué）：玉佩。澧（lǐ）：水名。在湖南，流入洞庭湖。

〔19〕下女：侍女。

# 湘夫人[1]

帝子降兮北渚，目眇眇兮愁予[2]。袅袅兮秋风，洞庭波兮木叶下[3]。登白薠兮骋望，与佳期兮夕张[4]。鸟何萃兮蘋中，罾何为兮木上[5]？

沅有芷兮澧有兰，思公子兮未敢言[6]。荒忽兮远望，观流水兮潺湲[7]。

麋何为兮庭中，蛟何为兮水裔[8]？朝驰余马兮江皋，夕济兮西澨[9]。闻佳人兮召予，将腾驾兮偕逝[10]。

筑室兮水中，葺之兮以荷盖[11]。荪壁兮紫坛[12]，播芳椒兮成堂。桂栋兮兰橑，辛夷楣兮药房[13]。罔薜荔兮为帷，擗蕙櫋兮既张[14]。白玉兮为镇，疏石兰以为芳[15]。芷葺兮荷屋，缭之兮杜衡。合百草兮实庭，建芳馨兮庑门[16]。

九嶷缤兮并迎，灵之来兮如云[17]。

捐余袂兮江中，遗余褋兮澧浦[18]。搴汀洲兮杜若，将以遗兮远者[19]。时不可兮骤得[20]，聊逍遥兮容与！

【注释】

〔1〕湘夫人：尧之女，女英。详见前湘君注。

〔2〕帝子：即湘夫人。眇眇（miǎomiǎo）：极目远望、望眼欲穿。愁予：使我忧愁痛苦。

〔3〕袅袅：微风吹动貌。有本作嫋嫋，袅袅与嫋嫋音义同。木叶：树叶。

〔4〕白蘋（fán）：指站在长满白蘋草的小洲上。蘋，似莎而比莎大的草。骋望：纵目远望。佳：佳人，指湘夫人。夕张：黄昏时陈设迎神器具。张，陈设。

〔5〕鸟何萃兮蘋中，罾（zēng）何为兮木上：王逸曰："罾，鱼网也。夫鸟当集木巅而言草中，罾当在水中而言木上。以喻所愿不得，失其所也。"

〔6〕芷（zhǐ）：香草名。公子：即帝子。

〔7〕慌忽兮远望，观流水兮潺湲：王逸曰："言神鬼荒忽，往来无形。近而视之，仿佛若存；远而望之，但见水流潺湲也。"腾跃案：慌忽与恍惚音义同。恍惚，神思迷惘。

〔8〕麋何为兮庭中，蛟何为兮水裔：王逸曰："言麋当在山林而在庭中，蛟当在深渊而在水涯，以言小人当处野而升朝廷，贤者当居尊官而为仆隶。"腾跃案：裔，边。

〔9〕澨（shì）：水边。

〔10〕腾驾：驾车奔腾。偕逝：共往。

〔11〕葺：用草盖房子。荷盖：用荷叶盖在屋顶上。

〔12〕荃（quán）：香草名。即今菖蒲。有本作"荪（sūn）"。义同。紫坛：王逸曰："累紫贝为坛。"

〔13〕橑（liáo）：屋椽。辛夷：香木。楣：门上的横梁。药：香草名，即白芷。房：卧室。

〔14〕罔：罔与网古字通，网，编结。擗：分开。櫋（mián）：相当于屏风。

〔15〕镇：压席子的东西。疏：陈列。此句《楚辞》作"疏石兰兮为芳"，

可从。

〔16〕庑（wǔ）：走廊。

〔17〕九嶷：王逸曰："山名。舜所葬也。"灵：神。

〔18〕袂：衣袖。一说指有里子的外衣。《字林》曰："袂，复襦也。"复襦有里子。褋（dié）：单衣。

〔19〕远者：王逸曰："谓高贤隐士也。"

〔20〕骤得：多次得到。

## 少司命[1]

秋兰兮麋芜，罗生兮堂下[2]。绿叶兮素华，芳菲菲兮袭予。夫人自有兮美子，荪何以兮愁苦[3]！

秋兰兮青青，绿叶兮紫茎。满堂兮美人，忽独与余兮目成[4]。

入不言兮出不辞，乘回风兮载云旗[5]。悲莫悲兮生别离。乐莫乐兮新相知[6]。

荷衣兮蕙带，倏而来兮忽而逝。夕宿兮帝郊，君谁须兮云之际[7]？

与汝游兮九河，冲飙起兮水扬波[8]。与女沐兮咸池，晞汝发兮阳之阿[9]。

望美人兮未来，临风怳兮浩歌[10]。

孔盖兮翠旌[11]，登九天兮抚彗星[12]。竦长剑兮拥幼艾[13]，荪独宜兮为民正[14]。

### 【注释】

〔1〕少司命：执掌人间儿童命运的女神。

〔2〕麋（mí）芜：香草名。罗生：蔓生。

〔3〕夫人自有兮美子，荪何以兮愁苦：王逸曰："夫人，谓万民也。荪，谓司命也。言天下万民，人人自有子孙，司命何为主握其年命而用思愁苦？"

〔4〕目成：王逸曰："睨而相视，成为亲亲也。"腾跃案：看的上。

〔5〕入不言兮出不辞：王逸曰："言神往来奄忽，入不语言，出不诀辞，其志难知也。"

〔6〕悲莫悲：悲没有比……更悲。乐莫乐：乐没有比……更乐。

〔7〕帝：王逸曰："谓天帝。言司命之去，暮宿于天帝之郊。"须：等待。

〔8〕九河：吕延济曰："天河也。"腾跃案：据《文选考异》，此句古本没有，是五臣乱善而误衍，《楚辞》亦衍。

〔9〕晞：晒干。咸池、阳之阿：王逸曰："咸池，星名也。盖天池。阿，曲阿。日所行也。"腾跃案：《淮南子·天文训》曰："日出于旸谷，浴于咸池，拂于扶桑，是谓晨明。"

〔10〕怳（huǎng）：王逸曰："失意貌也。"腾跃案：怳与恍古字通。

〔11〕孔盖兮翠旌：王逸曰："言司命以孔雀之翅为车盖，翡翠之羽为旌旗。言殊饰也。"

〔12〕九天：天的最高处。抚彗星：王逸曰："欲扫除邪恶辅仁贤也。"腾跃案：古人认为彗星是战乱和灾难的象征。《说文》曰："抚，安也。"

〔13〕竦长剑兮拥幼艾：王逸曰："竦，执也。幼，少也。艾，长也。"腾跃案：拥，保护。

〔14〕荃独宜兮为民正：王逸曰："言司命执心公方，无所阿私，善者佑之，恶者诛之。故宜为万民之正。"腾跃案：荃，香草；此喻少司命。正，主宰。

## 山鬼[1]

若有人兮山之阿，被薜荔兮带女萝[2]。既含睇兮又宜笑[3]，子慕予兮善窈窕。乘赤豹兮从文狸，辛夷车兮结桂旗[4]。被石兰兮带杜衡，折芳馨兮遗所思[5]。余处幽篁兮终不见天，路险难兮独后来[6]。

表独立兮山之上，云容容兮而在下[7]。杳冥冥兮羌昼晦，东风飘兮神灵雨[8]。留灵修兮憺忘归，岁既晏兮孰华予[9]！采三秀兮于山间，石磊磊兮葛蔓蔓[10]。怨公子兮怅忘归，君思我兮不得闲[11]。

山中人兮芳杜若，饮石泉兮荫松柏[12]。君思我兮然疑作[13]。雷填填兮雨冥冥，猨啾啾兮狖夜鸣[14]。风飒飒兮木萧萧，思公子兮徒离忧[15]。

【注释】

（1）山鬼：山神，诗中的山鬼是女神。一说因为未获天帝正式册封在正神之列，故称山鬼。

（2）被（pī）薜荔兮带女萝：王逸曰："女萝，菟丝也。被薜荔之衣，以菟丝为带也。"

（3）含睇：两目含情。宜笑：笑的适宜。

（4）从文狸：让文狸跟在后面。文狸，有花纹的野猫。辛夷：香草名。

（5）遗（wèi）：给予、馈赠。

（6）幽篁：幽深的竹林。篁，竹丛生。

（7）表：王逸曰："特也。"腾跃案：突出貌。容容：浮云流动貌。

（8）东风飘兮神灵雨：王逸曰："飘，风貌也。《诗》云：'匪风飘兮。'言东风飘然而起，则灵应之而雨。"

（9）灵修：山鬼的恋人。憺（dàn）：安心。岁既晏：时间不早了。孰华予：王逸曰："谁当复使我荣华也。"腾跃案：谁能使我像花儿一样美。

（10）三秀：芝草。芝草一年开花三次，故称三秀。磊磊：乱石堆积貌。

（11）公子：山鬼思念的人。不得闲：没有空闲来看山鬼。此句话的主语是山鬼。

（12）山中人：指山鬼。饮石泉兮荫松柏：此句言山鬼品质高洁。

（13）然疑作：朱熹《楚辞集注》曰："然，信也；疑，不信也。"腾跃案：半信半疑。

（14）填填：雷声。冥冥：昏暗貌。猨：猨与猿音义同。啾啾（jiūjiū）：猿猴叫声。狖（yòu）：长尾猿。

（15）离忧：遭受忧患。

【点评】

《九歌》形式自由感情真挚，语言精美韵味隽永，是一组富有神话色彩的抒情诗，诗中的神灵被赋予了人的性格，形象鲜明生动。《文心雕龙·辨骚》曰："《九歌》绮靡以伤情。"《重订文选集评》引何义门曰："《九歌》近风，辞丽而义婉。"

# 渔父

屈原

【题解】

屈原简介见前《离骚经》。

《渔父》是《楚辞》中的一首叙事散文诗，王逸在《楚辞章句》中冠名于屈原，后人都认为此文是屈原死后，楚人为悼念他而作的，实际作者难以确定，故系名于屈原。渔父，即捕鱼的老人，楚地对老人尊称为父。本篇中的渔父是一个隐者的形象，通过与屈原的对话，表现了屈原坚持真理，不同流合污、随波逐俗的人生态度。

王逸《楚辞章句》曰："《渔父》者，屈原之所作也。屈原放逐，在江、湘之闲，忧愁叹吟，仪容变易。而渔父避世隐身，钓鱼江滨，欣然自乐。时遇屈原川泽之域，怪而问之，遂相应答。楚人思念屈原，因敍其辞以相传焉。"洪兴祖《楚辞补注》曰："《卜居》《渔父》，皆假设问答以寄意耳。而太史公《屈原传》、刘向《新序》、嵇康《高士传》或采《楚辞》、《庄子》渔父之言以为实录，非也。"

屈原既放，游于江潭，行吟泽畔，颜色憔悴，形容枯槁。渔父见而问之，曰："子非三闾大夫欤？何故至于斯？"

屈原曰："世人皆浊我独清，众人皆醉我独醒，是以见放。"渔父曰："圣人不凝滞于物，而能与世推移。世皆浊，何不淈其泥而扬其波？众人皆醉，何不餔其糟而歠其醨？何故深思高举，自令放为？"屈原曰："吾闻之，新沐者必弹冠，新浴者必振衣，安能以身之察察，受物之汶汶者乎！宁赴湘流，葬于江鱼腹中，安能以皓皓之白，蒙世俗之尘埃乎！"

渔父莞尔而笑，鼓枻而去。乃歌曰："沧浪之水清兮，可以濯我缨，沧浪之水浊兮，可以濯我足。"遂去，不复与言。

第二部分：赋

# 渔父

《序》曰：〔《渔父》者，屈原之所作。渔父避俗，时遇屈原，怪而问之，遂相应答。〕

屈平

王逸注

屈原既放，〔身斥逐也。〕游于江潭，〔戏水侧也。〕行吟泽畔，〔履荆棘也。〕颜色憔悴，〔䵟（gǎn）霉黑也。腾跃案：《说文》曰："䵟，面黑气也。"〕形容枯槁。〔癯（qú）瘦瘠也。腾跃案：《说文》曰："癯，少肉也。"癯瘦瘠即面容消瘦。〕渔父见而问之，〔怪屈原也。〕曰："子非三闾大夫欤？〔谓其故官。〕何故至于斯？"〔曷为遭此患也。〕

屈原曰："世人皆浊〔众贪鄙也。腾跃案："世人"一作"举世"。可从。〕我独清，〔忠洁己也。〕众人皆醉〔惑财贿也。〕我独醒，〔廉自守也。〕是以见放。"〔弃草野也。〕渔父曰：〔隐士言也。〕"圣人不凝滞于物，〔不困辱其身也。〕而能与世推移。〔随俗方圆。〕世皆浊，〔人贪婪也。腾跃案：有本作"世人皆浊"。〕何不淈其泥〔同其风也。腾跃案：淈（gǔ），搅浑。〕而扬其波？〔与沉浮也。〕众人皆醉，〔巧佞曲也。〕何不餔其糟〔从其俗也。腾跃案：餔（bū），吃。〕而歠其醨？〔食其禄也。腾跃案：歠（chuò），饮。醨（lí），味道清淡的酒。〕何故深思高举，〔独行忠直。〕自令放为？"〔远在他域。〕屈原曰："吾闻之，〔受圣制也。〕新沐者必弹冠，〔拂土芥也。〕新浴者必振衣，〔去尘秽也。〕安能以身之察察，〔己清洁也。〕受物之汶汶者乎！〔蒙垢尘也。腾跃案：汶音门〕宁赴湘流，〔自沉渊也。〕葬于江鱼腹中，

〔身消烂也。〕安能以皓皓之白,〔皓皓,犹皎皎也。〕蒙世俗之尘埃乎!"〔被污点也。〕

渔父莞尔而笑,〔笑难断也。〕鼓枻而去。〔叩船舷也。〕乃歌曰:"沧浪之水清兮,〔喻世昭明。〕可以濯我缨,〔沐浴陞朝。腾跃案:陞与升音义同。言圣也。〕沧浪之水浊兮,〔喻世昏暗。〕可以濯我足。"〔宜隐遁也。腾跃案:此歌名《沧浪歌》,古已有之。"我"一作"吾"。〕遂去,不复与言。〔合道真也。〕

【点评】

《渔父》采用了主客问答的文学形式,其手法多用比喻反问。故句式参差不齐,用韵灵活自由,人物生动形象,内容发人深省。歌颂了屈原在楚国权奸当政的黑暗年代,敢于坚持正义的高尚节操。后世同名作品层出不穷,可见其影响力。

第二部分:赋

# 附录

## 四库提要两篇

纪昀等

**《文选注》**·六十卷。

臣等谨案：《文选》旧本三十卷，梁昭明太子萧统撰，唐文林郎守太子右内率府录事参军事、崇贤馆直学士江都李善为之注。始每卷各分为二。《新唐书·李邕传》称，其父善始注《文选》，释事而忘义，书成以问邕；邕意欲有所更，善因令补益之，邕乃附事见义，故两书并行。今本事义兼释，似为邕所改定。然《传》称善注《文选》在显庆中，与今本所载进表题：显庆三年者合。而《旧唐书·李邕传》称，天宝五载，坐柳勖事杖杀，年七十余。上距显庆三年凡八十九年，是时邕尚未生，安得有助善注书之事？且自天宝五载，上推七十余年，当在高宗总章、咸亨间，而旧书称，善《文选》之学，受之曹宪，计在隋末，年已弱冠。至生邕之时，当七十余岁，亦决无伏生之寿，待其长而著书。考李匡乂《资暇录》曰："李氏《文选》有初注成者，有复注，有三注、四注者，当时旋被传写，其绝笔之本皆释音训义，注解甚多。是善之定本，本事义兼释，不由于邕。"匡乂唐人，时代相近，其言当必有徵，知《新唐书》喜采小说，未详考也。其书自南宋以来，皆与《五臣注》合刊，名曰《六臣注文选》。而善注单行之本，世遂罕传。此本为毛晋所刻，虽称从宋本校正，今考其第二十五卷《陆云答兄机诗注》中，有"向曰"一条，"济曰"一条；又《答张士然诗注》中，有"翰曰""铣曰""向曰""济曰"，各一条。殆因六臣之本，削去五臣，独留善注，故刊除不尽，未必真见单行本也，他如班固《两都赋》，误以注列目录下，左思《三都赋》，善明称刘逵注《蜀都》《吴都》，张载注《魏都》，乃三篇俱题刘渊林字。又如《楚辞》用王逸注，《子虚》《上林赋》用郭璞注，《两京赋》用薛综注，《思玄赋》用旧注，《鲁灵光殿赋》用张载注，《咏怀诗》用颜延年、沈约注，《射雉赋》用徐爱注，皆题本名。而补注，则别称"善曰"，于薛综条下发例甚明。乃于扬雄《羽猎赋》用颜师古注之类，则竟漏本名。于班固《幽通赋》用曹大家注之类，则散标句下。又《文选》之例，于作者皆书其字，而杜预《春秋传序》则独题名。岂非从六臣本中摘出善注，以意排纂，故体例互殊欤？至二十七卷末附载《乐府君子行》一篇，注曰李善本古词止三首，无此一篇，五臣本有，今附于后。其非善原书尤为显证。以是例之，其孔安国《尚书序》、杜预《春秋传序》二篇，仅列原文，绝无一字之注，疑亦从五臣本剿（音义同抄）入，非其旧矣。惟是此本之外，更无别本，故仍而录之，而附著其舛互如右。

### 《六臣注文选》·六十卷（内府藏本）。

臣等谨案：唐显庆中，李善受曹宪《文选》之学，为之作注。至开元六年，工部侍郎吕延祚，复集衢州常山县尉吕延济、都水使者刘承祖之子良、处士张铣、吕向、李周翰五人，共为之注，表进于朝。其诋善之短，则曰"忽发章句"，是征载籍述作之由，何尝措翰。使复精核注引，则陷于末学，质访旨趣，则啙然旧文，只谓搅心，胡为析理。其述五臣之长，则曰"相与三复乃词，周知秘旨，一贯于理，杳测澄怀，目无全文，心无留意，作者为志，森然可观。"观其所言，颇欲排突前人，高自位置。书首进表之末，载高力士所宣口敕，亦有此书甚好之语。然唐李匡乂作《资暇集》备摘其窃据善注，巧为颠倒，条分缕析，言之甚详。又姚宽《西溪丛语》诋其注扬雄《解嘲》，不知伯夷、太公为二老，反驳善注之误。王楙《野客丛书》诋其误叙王睞世系，以"览后"为"祥后"，以"曼首之曾孙"为"曼首之子"。明田汝成重刊《文选》，其子艺衡又摘所注《西都赋》之"龙兴""虎视"，《东都赋》之"乾符""坤珍"，《东京赋》之"巨猾间舋"，《芜城赋》之"袤广三坟"诸条。今观所注，迂陋鄙倍之处尚不止此，而以空疏臆见轻诋通儒，殆亦韩愈所谓"蚍蜉撼树"者欤。其书本与善注别行，故《唐志》各著录。黄伯思《东观余论》尚讥《崇文总目》误以《五臣注本》置《李善注本》之前，至陈振孙《书录解题》，始有《六臣文选》之目。

盖南宋以来，偶与善注合刻，取便参证，元、明至今，遂辗转相沿，并为一集，附骥以传，盖亦幸矣。然其疏通文意，亦间有可采，唐人著述，传世已稀，固不必竟废之也。田氏刊本，颇有删改，犹明人窜乱古书之习，此本为明袁褧所刊。朱彝尊《跋》谓从宋崇宁五年，广都裴氏本翻雕，讳字缺笔尚仍其旧，颇足乱真。惟不题镂版讫工年月，以是为别耳。钱曾《读书敏求记》称所藏宋本《五臣注》作三十卷，为不失萧统之旧，其说与延祚表合，今未见此本。然田氏本及万历戊寅徐成位所刻，亦均作三十卷。盖或合或分，各随刊者之意，但不改旧文，即为善本，正不必以卷数多寡，定其工拙矣。

## 六臣註文選序

梁昭明太子撰

　　　施譔曰
　　　昭明

唐李善註

唐吕延濟劉良張銑吕向李周
翰註

式觀元始眇覿玄風銑曰式用也眇遠也覿見
也觀見也言用視太初遠見玄風
夏巢之時茹毛飲血之世世質民淳斯文未作冬亢
濟曰茹蘊也言上古巢居穴處飲食
血肉蘊藉毛羽時人質樸文章未作
去天下也始畫八卦造書契以代結繩之政由逮乎伏羲民之王

是文籍生焉濟曰太古結繩以理逮及易曰觀乎天文以察時變觀乎人文以化成天下翰曰天文謂日月星辰時變失常也人文禮樂典籍化成調化下使成理翰曰羨文功也若夫椎輪為大輅路之始大輅寧有椎輪之質增冰為積水所成積水曾能凜錦何哉深曾則微無凜矣也言玉輅因椎輪生增冰由積水成然玉輅無質積水無寒何哉言何故如斯哉蓋自設疑問以發後詞蓋踵腫其事而增華變其本而加厲物既有之文亦宜然隨時變改難可詳悉言因時變改增加華厲不可備知論之曰詩序云詩有六義焉一曰風二曰賦三

曰比四曰興去五曰雅六曰頌銑曰嘗斲㡳試諭之
布義曰賦取類曰比感物曰興政事六義者謂歌事曰風
曰雅成功曰頌各隨作者之志名也
不同古詩隨志立名者也良曰詩賦殊體
謂班固云賦者古詩之流濟曰苟卿宋
首文章源流甚繁玉為文章之
也
乎古昔古詩之體今則全取賦名至於今之作者異
賈馬繼之於末荀宋表之於前
翰曰賈誼
司馬相如
向曰降下也言荀宋
巳下文章源流甚繁自茲以降源流寔繁
戒畋遊則有長楊羽獵之制濟曰張衡西京賦相如
以述邑居楊雄作羽上林賦並託憑虛亡是之作
獵長楊賦以戒畋獵若其紀一事詠一物風雲草木
之興去魚蟲禽獸之流推而廣之不可勝載矣
銑曰述邑言紀事詠物其流
既廣不可盡載於此也 又楚人屈原含忠履潔君匪

從流臣進逆耳深思遠慮遂放湘南耿介之意既傷壹鬱之懷靡愬音素向曰秦思也靡無也言無所申愬銑曰言屈原秉節忠諒思慮深遠屢進逆耳時君不能從諫如流遂遭放湘水之南臨淵有懷沙之志吟澤有憔悴之容良曰原既放逐懷沙賦以見志凡作騷雖別也原行吟澤畔顏色憔悴也騷人之文自茲而作銑曰原於是著離騷秋也者蓋志之所之也情動於中而形於言言其志也情發於內必見於言關雎麟趾正始之道著桑間濮上亡國之音表故風雅之道粲然可觀自濟曰表出也關雎麟趾詩之篇名也明正理也桑間濮上之音注樂出於亡國風雅謂詩政事粲然喻明白也炎漢中葉厥塗漸異退傅有在鄒之作降江將

著河梁之篇四言五言區以別矣　翰曰漢火德故稱炎武帝居元
帝之中故稱中葉言文章漸殊於古退傅謂韋孟傳楚元
二孫代作四言詩諷王自此始也降將謂李陵降匈奴蘇武
王孫梁上作五言詩　　　　　　　　　　　　　　　
自此始也是區分也

典分鑣　　　　　　　　　　　　又少則三字多則九言各體互
　彼嬌並驅　丘遇反取聲也向曰丈始三字起夏
　一體互有興作亦猶鑣鑾雖　湛九言出高貴鄉公言此已上各執
　異馳驚乃同鑣鑾排並也

讚成功　　　　　　　　　　　頌者所以游揚德業襃
　其德業讃其功成也謂揚

談李子有至矣之歎　　　　　吉甫有穆若之
　銳曰尹吉甫作頌曰穆若清風昊
　舒布爲詩既言如彼總成爲頌文亦若此
　公子季札聘魯觀周樂歎曰至矣

頌之體亦作　　　　　　　　　　　　　
　哉出亦作

良曰詩布猶張設也如彼　謂今之詞頌也
　成謂總括而成也若此謂

　次則箴興於補　　　　　　　　　　　　
　闕戒出於弼匡　以療痰也戒警言弼輔匡王也言可以補
　　翰曰箴所以攻疾防患亦猶針石之針

關輔

**論** 去則析**理精微 銘**則序事清潤

洗曰：論之為體也，論則分別精微

也。謂論之體也，論則分別精微

銘則述其功美使可稱名也。

**讚典** 美然則諫發圖像 又詔

讚者贊也，有功業而終者累其形為丈以讚美也。

**誥教令之流表奏箴記之列** 書

誥教令者上為下如詔令諸侯約信

告喻令曉，教者效也。言上為下效令領也。詔者告也。

犯表者思於內以表於外奏進也箴表飾也記之言志也。

**誓符檄** 胡激 **之品弔祭悲哀之作**

誓符檄者事實中孚檄者激也諭彼令壞然如

曰誓符手也徵召防偽事資中孚檄者激也諭彼令壞然如

明白弔問也祭祀也悲蓋傷痛之丈濟曰哀者亦受念之辭 苔

**客指事之制三言八字之文**

謂漢武秋風辭八字篇辭引 序碑碣誌狀

謂魏文帝樂府詩以遣思舒其物理碑

偏述一章之事辭猶思也寄辭也舒也難指事辭解朝之類三言

也披載其功美也碣傑也亦碑類誌記其年代狀墓其德

行衆制鋒起源流間去出出皆衆多也譬陶匏
蒲異器並為入耳之娛蠛甫蠛勿不同俱為悅
包向日嚛喻也陶塤匏笙也自黑曰嚛黑青
目之翫曰嚛言音聲彩色雖異耳目之翫不殊
之致蓋云備矣余監織撫餘閑居多暇日鉌曰余
謂監監國撫撫軍也歷觀文囿泛覽辭林未嘗不心遊目想昭明自
移晷忘倦向日歷觀泛覽言偏涉文章之林囿也心遊目想謂慕之深
其自姬漢以來眇焉悠邈時更七代數去逾
卷翰曰姬周姓也眇焉悠逸言遠也七代謂平
千祀自周至梁也逾越也祀年也言數千年也詞人才
子則名溢於縹詔囊飛文染翰則卷盈乎緗
帙向日縹青白色囊有底衣袋也用以盛
書縹淺黄色也帙書衣盈溢言多也自非略其蕪穢

集其清英，蓋欲兼功太半，難矣。若夫姬公之籍，孔父之書，與日月俱懸，鬼神爭奧，孝敬之準式，人倫之師友，豈可重以芟夷，加之翦截。老莊之作，管孟之流，蓋以立意爲宗，不以能文爲本，今之所撰，又以略諸。若賢人之美辭，忠臣之抗直，謀夫之話，辯士之端，冰釋泉涌，金相

玉振

濟曰相質也振發聲也言金箴玉聲所謂坐狙丘議稷下
聲也言金箴玉聲皆聲地之丘山也田巴置館於稷下以延遊談之上
狙丘稷下皆聲地之丘山也田巴置館於稷下以延遊談之上
聞魯仲連在趙為之退舍

食其饑之下齊國 仲連之却秦軍

留侯之發入難 曲逆之吐六奇

乃事美一時語流千載概見墳籍旁出子史蓋

簡牘而事異篇章今之所集亦所不取至於記

事之史繫年之書所以襄興是非紀別入異同

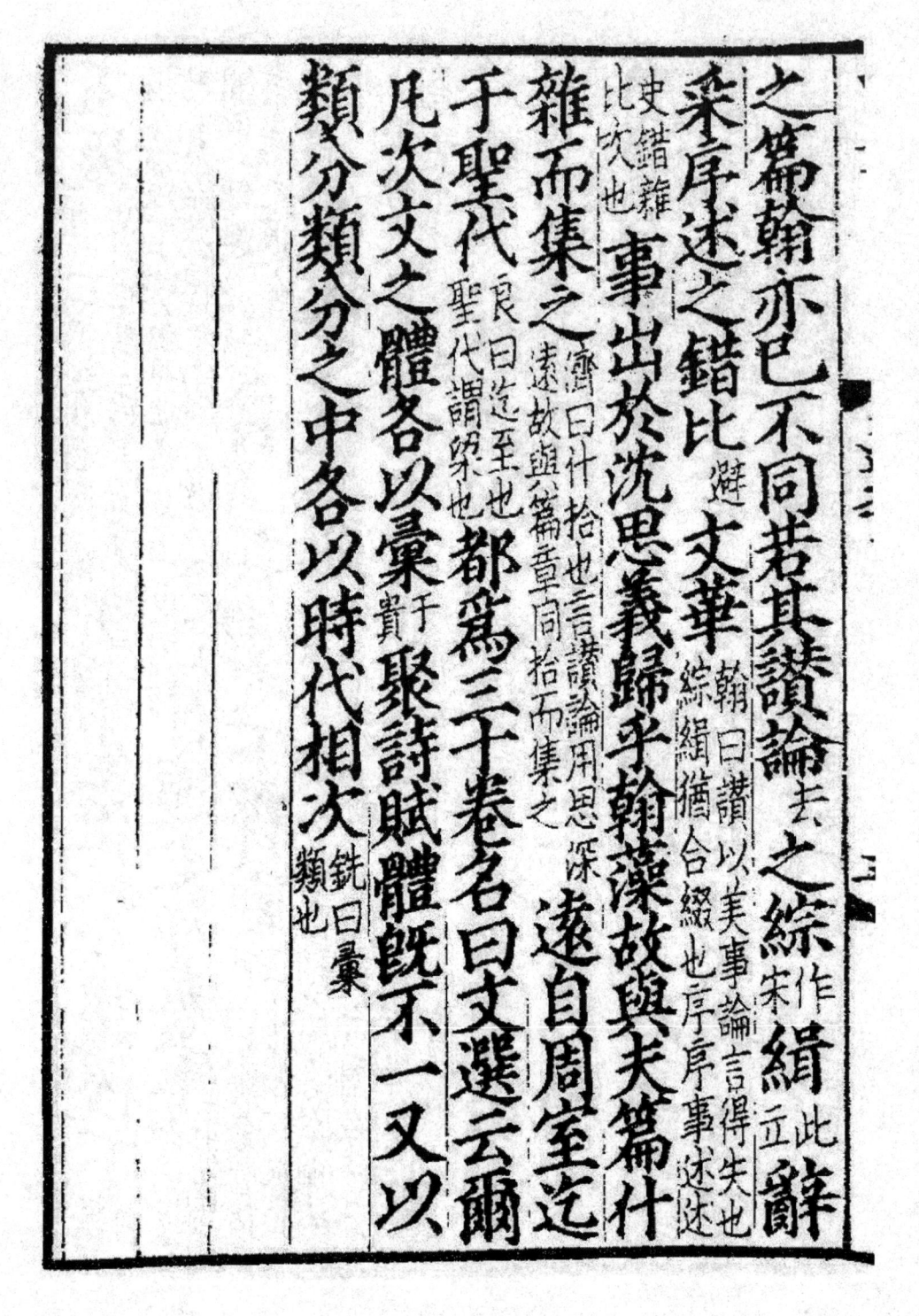

之篇翰亦已不同若其讚論之綜緝辭作此
柔序述之錯比避文華綜緝辭翰曰讚以美事論言得失也序述
史錯雜比次也事出於沈思義歸乎翰藻故與夫篇什
雜而集之齊曰述言讚論用思深遠故與篇章同拾而集之
于聖代聖代謂梁也都爲三十卷名曰文選云爾
凡次文之體各以彙聚詩賦體既不一又以
類分類分之中各以時代相次類也

# 主要参考文献

［梁］萧统·辑 ［唐］李善·注：《宋尤袤刻本文选》，北京，国家图书馆出版社 2017 年版。

［梁］萧统·辑 ［唐］李善、吕延济、刘良、张铣、李周翰、吕向·注：《六臣注文选》，上海，中华书局 2012 年版。

［梁］萧统·辑 ［唐］李善·注：《文选》，清嘉庆十四年胡克家刻本。

陈宏天、赵福海、陈复兴：《昭明文选译注》，长春，吉林文史出版社 2020 年版。

张启成、徐达：《文选》，上海，中华书局 2019 年版。

屈守元：《昭明文选·选讲》，北京，文津出版社 2022 年版。

［清］于光华：《重订文选集评》，清同治十一年江苏书局刻本。

［清］薛传均：《文选古字通·疏证》，清光绪二十二年鸿宝斋、龙威阁合刻本。

［清］吕锦文：《文选古字通·补训》，清光绪二十七年怀砚斋刻本。

［清］吕锦文：《文选古字通·拾遗》，清光绪二十七年怀砚斋刻本。

［南朝］刘勰·著 ［清］黄叔琳·注 ［清］纪昀·评 戚良德·校：《文心雕龙》，上海，上海古籍出版社 2020 年版。

［宋］洪兴祖：《楚辞补注》，上海，商务印书馆《四部丛刊》电子版。

［汉］司马迁·撰 ［南朝］裴骃·集解 ［唐］司马贞·索隐 ［唐］张守节·正义：《史记》，上海，商务印书馆《四部丛刊》电子版。

［汉］班固·撰 ［唐］颜师古·注：《汉书》，上海，商务印书馆《四部丛刊》电子版。

［晋］陈寿·撰 ［南朝］裴松之·注：《三国志》，上海，商务印书馆《四

257

部丛刊》电子版。

[汉]许慎：《说文解字》，"汉典网"在线字典。

[清]段玉裁：《说文解字注》，"汉典网"在线字典。

[清]张玉书、陈廷敬等：《康熙字典》，"汉典网"在线字典。

# 后记

自 2019 年开始看《昭明文选》，到完成《昭明文选·选读》的修订稿，已经过了五个年头。时间倏忽而过，世界变化不息，我感受到了研究的乐趣，隐隐约约摸到了文学的大门。一路上有许多人为我指明了前进的方向，在此向支持我帮助我的老师、朋友致以诚挚的感谢，衷心的祝福。

本书配套的教学视频已经开始录制，录好之后我会上传，视频中对因篇幅、难度等问题，未收入本书的名篇，进行了专门介绍。还有更贴合现行教材的讲解，另附有选文的朗读，内容与本书相比，会更为充实。

南朝庾信在《哀江南赋》序文中说："潘岳之文采，始述家风；陆机之辞赋，先陈世德。"东汉王逸撰《楚辞章句》，其内也附有自己的作品《九思》。我自幼喜欢玩游戏看小说，写过一些粗浅的网络文学作品，今天借此机会，献诗一首：

### 游镇江南山

电竞达人烦世端，呼朋引伴上南山。
竹林寺后寻修士，招隐碑前仿逸仙。
文苑楼中听妙论，昭明台外颂华言。
仿佛前彦环身侧，陪我读书又一年。

学无止境，岂可以自我设限！去年我自学了人工智能的数学课程，又练习了一些软件操作，准备开展交叉学科研究。朋友们一致认为，最近人工智能学习热潮越来越疯狂，各大院校纷纷开设相关专业，英才汇聚，行业卷上了天，

你不是科班出身，专业不对口，没有基础优势。我对此毫不畏惧，反而兴奋不已，人越多展现才华的舞台就越大。今年暑假期间，我将赴北京大学学习统计学，我一定会拿出成果，请大家做个见证。

邓腾跃<br>
2024 年 6 月于镇江梦溪园